Regine Kölpin
Otternbiss

Regine Kölpin
Otternbiss
Inselkrimi

1. Auflage 2010

ISBN 978-3-939689-31-7
© Leda-Verlag. Alle Rechte vorbehalten
Leda-Verlag, Kolonistenweg 24, D-26789 Leer
info@leda-verlag.de
www.leda-verlag.de

Lektorat: Maeve Carels
Satz: Heike Gerdes
Titelillustration: Carsten Tiemeßen
Gesamtherstellung: Bercker Graphischer Betrieb GmbH & Co. KG
Printed in Germany

REGINE KÖLPIN
OTTERNBISS
INSELKRIMI

LEDA

Für Torben

Im Jahr 2000

Wangerooge

Maria weiß nicht, was Achim hier will. Sie weiß nicht einmal, warum sie sich von dieser Nervensäge hat breitschlagen lassen, ihm bis zum Osten von Wangerooge zu folgen.

Sie blickt zum Himmel. Es wird erneut ein heißer Tag werden. Später würde man sich am aufgeheizten Sand die Füße verbrennen. Achim hüpft fröhlich neben ihr her, aber sein Gesicht wirkt verkrampft. Er scheint ein großes Geheimnis zu haben. Sie sieht es ihm an. Immer wieder zerfurcht er seine sommersprossige Stirn, lässt den Zeigefinger in der kleinen Nase verschwinden. Außerdem hat sie gehört, wie er etwas von Bernsteinen geflüstert hat. Er ist fasziniert vom Goldgelb dieser Steine. Wenn Maria ihre Kette trägt, streicht er mit seinen dünnen Fingerspitzen fast andächtig darüber. Im Osten liegen nach starkem Seegang öfter welche. Wahrscheinlich hat Achim davon gehört. Er hat seine Ohren ja überall.

Da stehen sie sich beide nichts nach. Sie nehmen alles auf, was sie hören. Ihre Art, am Leben teilzunehmen, weil sie von den anderen ausgeschlossen sind. Außer Daniel gibt es niemanden, der Maria wirklich mag. Alle finden sie eigenartig. Weil sie mit ihren fünfzehn Jahren zu viel nachdenkt.

Sie weiß, dass Achim sie nett findet. Aber er ist gerade erst acht. Der Kleine wirkt immer so wie ein zu früh aus dem Nest gefallener Vogel. Seine rotblonden Haare, die sein blasses, mit Sommersprossen überzogenes Gesicht strähnig umrahmen, tragen dazu bei. Vielleicht mag sie ihn deshalb. In den zwei Wochen, seit sie zusammen im Schullandheim sind, hat sie ihn lieb gewonnen, wie einen kleinen Bruder.

Maria ist es jetzt am frühen Morgen bereits zu warm. Immer öfter wischt sie sich verstohlen über die Stirn. Schweißperlen reihen sich Pore an Pore. Sie schwitzt so leicht. Ab und zu öffnet sie den Mund, will etwas sagen, verschließt ihn dann aber, sperrt die Worte ungesagt ein.

Sie hält Achims Hand fest umschlossen und stapft mit ihm den langen Weg in Richtung der Ostdünen. Ihre Lippen werden von Schritt zu Schritt schmaler, bis sie schließlich nicht mehr zu sehen sind. Ihr Atem geht eine Spur zu schnell. Sie hofft, dass keiner ihr Verschwinden bemerkt und sie zum Frühstück zurück sind. Es ist nicht erlaubt, unangemeldet zu gehen. Aber etwas in ihr hat sie davon abgehalten, ihren Spaziergang kundzutun. Vielleicht ist es die Spur von Abenteuer, die das alles hier so spannend macht. Endlich ist sie der Bestimmer, muss sich nicht den Anweisungen anderer unterordnen. Hätte sie gesagt, was sie vorhaben, es wäre ihnen vermutlich verboten worden. Keiner darf so früh am Morgen allein durch die Dünen laufen, geschweige denn sich so weit vom Heim entfernen. Auch wenn sie als Betreuerin arbeitet, ist es ihr nicht erlaubt, mit einem der Kinder einfach wegzugehen.

Maria wedelt sich mit der bloßen Hand Luft zu. Sie ist völlig aus der Puste. Es ist keine gute Idee gewesen, mit Achim mitzugehen. Sie hat ein schlechtes Gefühl.

Der Junge hüpft wie ein Gummiball auf und nieder, stimmt ein Lied an. Seine Worte klingen merkwürdig dünn in der Landschaft, so sehr er sich auch um Festigkeit in der Stimme bemüht.

»Kleine Möwe Jonathan ...« Als hätten die Vögel seinen piepsigen Gesang vernommen, antworten sie ihm kreischend.

»Lass uns umkehren, Achim!«

Der Junge schüttelt den Kopf. »Ich muss bis ans Meer. Wo die Wellen brechen.«

»Warum?«, fragt sie, obwohl sie die Antwort eigentlich kennt. Maria zieht an seiner Hand. Die ist mittlerweile feucht geworden. Achim ist aufgeregt. Sie schaut in seine blassblauen Augen, die ihrem Blick aber ausweichen. »Du willst Bernsteine suchen, stimmt's?«

Er nickt. Eine Strähne schiebt sich übers rechte Auge, wischt eine herauskullernde Träne zu einer gebogenen Linie.

»Für Oskar«, flüstert er und reißt sich los. Er kraxelt den Dünenüberweg hinauf.

»Bleib stehen!«, ruft Maria.

Achim hört aber nicht hin. Er stolpert durch den Sand, rennt in Richtung Dünenkamm. Dort verharrt er eine Weile, schaut sich kurz um und verschwindet zum Strand.

Für Oskar also. Maria seufzt. Oskar ist Achims kleiner Bruder. Todkrank, hat Leukämie. Deshalb ist Achim in der Kinderfreizeit. Seine Eltern müssen sich um den Jüngeren kümmern. Für den Älteren bleibt nicht viel Raum in einer solchen Zeit. Maria hat die Mutter beim Abschied erlebt. Achim ist ihr zu viel. Ihr Herz war nicht bei ihm. Maria sieht das. Der Vater ist auch komisch. Er hat den Kleinen fest im Arm gehalten und ihm noch etwas ins Ohr geflüstert. Danach hat Achim zwar gestrahlt, aber trotzdem war auch zwischen den beiden keine Nähe zu spüren.

Es steht ihr nicht zu, über irgendjemanden zu richten. Das ist arrogant.

Maria folgt Achim. Der Sand, der seitlich in ihre Sandalen rieselt, ist unangenehm. Sie schüttelt ihn aus, schleppt sich die Düne hinauf. Neben ihr raschelt es. Sie sieht das Ende einer Kreuzotter gerade im Dünengras verschwinden. Maria ist froh, dass der Überweg größtenteils mit Holzbohlen ausgelegt ist. Darauf läuft es sich etwas besser. Doch die Wärme steht hier schon, nimmt ihr die Luft zum Atmen. Sie ist empfindlich damit. Als sie den Strand endlich vom Dünenkamm aus überblicken kann, rennt Achim bereits in Richtung Wattsaum.

Die Nordsee dümpelt in der Ferne wie eine leicht bewegte Folie auf und ab und erinnert Maria an das Meer der Augsburger Puppenkiste. Es ist auflaufend Wasser. Maria kann fast zusehen, wie sich die ersten Priele in Ufernähe füllen und das Meer nach und nach das Watt bedeckt.

Der Horizont ist aber zur *Blauen Balje* hin nicht erkennbar. Das Meer wird nicht wie sonst mit einem schmalen Strich vom Himmel getrennt. Es vermischt sich mit ihm zu einer graudunklen Masse, die auf die Küste zuwabert.

Marias Herz schlägt ein paar Takte schneller. Hier stimmt etwas nicht. Achim wird immer winziger, je deutlicher er sich entfernt. Maria formt die Hände zu einem Trichter. Sie atmet tief ein, versucht Kraft in die Stimme zu legen: »Achim! Komm zurück!« Die Töne verhallen in der Weite, die durch diese merkwürdige Wand weniger zu werden scheint.

Maria hastet die Düne hinunter, stürzt, rollt den feinsandigen Abhang hinab, krallt ihre Hände in den Sand, um den Sturz abzufangen. Sie schafft es, auf die Füße zu kommen, greift nach ihren Latschen und rennt. Und rennt und rennt. Sie bemerkt nicht, wie ihre Zehe zu bluten beginnt, weil sie auf eine klaffende Muschel getreten ist. Sie merkt nicht das Stechen im Knie, das sie sich bei ihrem Sturz verletzt hat.

»Achim!«, ruft sie wieder. Doch der ist längst nur noch ein kleiner blauer Tupfen, den man wie zufällig dorthin platziert hat. Er hat die Welt um sich herum vergessen.

Maria sammelt ihre Kräfte, will dem Jungen ein Stück näher kommen, ihn einholen. Sie spürt, wie wichtig es ist. Dass ihr kaum noch Zeit bleibt.

Die dunkle Wand nähert sich stetig der Küste, scheint mit ihren ersten Ausläufern bereits am Wattsaum zu lecken. Es wirkt so, als habe sie sich auf die herannahende Wasseroberfläche gesetzt und reite auf ihr dem Strand entgegen.

Maria hält abrupt an. Ein Begreifen kriecht vom Kopf her in ihren Bauch und verursacht dort ein Brennen. Diese seltsame Wand ist der Nebel. Dieser tiefe, graue, gefährlich undurchdringliche Nebel, der jetzt feine Schwaden über das noch trockene Watt schickt und mit den ersten Ausläufern am Strand leckt.

Bald werden diese Fäden sich mit der See und dem Sand verweben und Wasser und Meer zu einer Einheit verbinden.

»Achim!« Marias Stimme überschlägt sich, gerät in ungeahnte Höhen. »Wir müssen weg!«

Der Junge blickt nicht einmal auf. Wahrscheinlich hat er sie nicht gehört. Maria erkennt seine gebückte Haltung. Er scheint unglaublich in etwas vertieft zu sein.

»Achim!« Ihr Ruf wird vom Meer und dieser Suppe verzerrt, dringt nicht durch.

Bevor der Kleine vom Nebel verschluckt wird, glaubt Maria noch eine Gestalt neben ihm zu erkennen, aber sie weiß selbst, dass es nur ein Trugschluss, eine verfehlte Hoffnung ist.

Die dunkle Wand hat auch sie fast eingeholt.

»Wenn der Seenebel kommt, müsst ihr, so rasch es geht, an die Dünenkette laufen. Bei Flut ist er so dicht, ihr wisst nicht mehr, in welche Richtung ihr gehen sollt. Und ihr seid verloren!« Warum fällt ihr erst jetzt ein, was der Betreuer ihnen wieder und wieder eingetrichtert hatte? Vorhin wäre es früh genug gewesen, Achim zurückzuholen. Wenn sie nur die Zeichen rechtzeitig erkannt hätte. Hätte, hätte, hätte ...

Erst im vergangenen Jahr ist ein Mädchen bei Seenebel im Osten ertrunken, weil es vor Angst ins Wasser gefallen, dort in einer Senke abgetaucht und in Panik geraten war.

Aber sie kann jetzt nicht zurück zu den Dünen. Sie muss Achim finden. Irgendwo in dieser Brühe irrt er herum, wartet auf ihre Hilfe. Er vertraut ihr. Sie ist die Einzige, die in der Lage ist, etwas zu tun. Niemand sonst ist hier. Es ist zu früh am Tag. Er ist ihr anvertraut. Sie wird ihn nicht allein lassen. Mittlerweile umtanzen die Nebenschwaden ihre Füße. Es ist fast unmöglich, den Boden zu erkennen. Dann wird auch sie verschluckt. Es ist plötzlich viel kälter und unglaublich feucht. Suchend schlägt Maria mit den Armen um sich. Sie verharrt auf der Stelle, versucht sich zu orientieren. Ganz ruhig bleiben. Es ist so still um sie herum, als gäbe es auf der Welt nur sie allein. Sie vernimmt weder Möwenschreie noch das Plätschern der Wellen. Gespenstische Ruhe, tödliche Ruhe.

Maria lässt ihre Latschen aus der Hand fallen. Sie braucht sie hier nicht. Sie tastet sich vorwärts. Schritt für Schritt tappt sie durch den Sand, in die Richtung, wo sie den Jungen vermutet. »Achim!« Ihre Stimme klingt so dumpf, so verloren. »Wo steckst du, verdammt?« Wieder heften sich die Augen in das graue Dickicht, suchen Millimeter für Millimeter alles ab.

Nach einer Weile entdeckt Maria, dass sie im Kreis gelaufen ist. Ihre Latschen liegen achtlos dahin geworfen im Sand.

Wangerooge, zehn Jahre später

SEELENPFAD 1

Ränder

*Manchmal muss einer fortgehen
um allein zu sein ...*

Elke Langenstein-Jäger

Angelika Mans stand vor der Polizeistation in der Charlottenstraße und klingelte schon seit geraumer Zeit Sturm. Sie hatte ihr Handy vergessen, konnte die dort angeschlagene Nummer nicht wählen. Wangerooge schlief um diese Zeit noch und normalerweise würde sie das auch tun. Wenn sie nicht eine Eingebung früh aus dem Bett gescheucht hätte und in das Zimmer von Lukas sehen lassen. Das Bett war ordentlich gemacht, das Kopfkissen in der Mitte geknufft, wie sie das gern tat, und darauf thronte der dunkelbraune Teddy mit dem Herzen an der Hand. Aber von ihrem Sohn keine Spur. Er hatte das Haus mitten in der Nacht oder zumindest früh am Morgen verlassen.

Lukas war erst acht Jahre, viel zu klein für eine solche Aktion. Es passte auch nicht zu ihm. Aber er war in der Zeit seit der Trennung von Dieter seltsam geworden. Deshalb hatte sie diesen Kurztrip allein mit ihrem Sohn gebucht, wollte sich ein schönes verlängertes Wochenende auf der Insel machen. Lukas hatte sie in der Schule krankgemeldet, Urlaub während der Ferien war in der Firma einfach nicht drin. Zu viele andere Mitarbeiter drängten mit ihren Urlaubswünschen in die schulfreie Zeit.

Gestern war er eine Weile allein am Strand gewesen.

Sein Vater hatte angerufen, wieder hatte es Streit gegeben. Sie konnte nicht mehr sagen, an welcher Stelle das Gespräch eskaliert, wann es genau entglitten war. Nur Lukas' große Augen waren ihr in Erinnerung. Wie sie sich mit Tränen gefüllt, wie seine Unterlippe zu zittern begonnen hatte. Bevor er sich abgewandt, den kleinen roten Eimer und seinen Käscher in die Hand genommen hatte und über die Straße in Richtung Strand entschwunden war.

Danach war er anders gewesen. Gelöster. Freier. Er hatte sogar gelacht. Eine Reaktion, die er schon lange nicht mehr gezeigt hatte. Doch jetzt war ihr Sohn verschwunden.

Und die Polizeistation war nicht besetzt. Ihr war, als würden die Gedärme in ihrem Bauch brennen, Angst ihre Kehle zuschnüren. Hatte er doch zu viel von dem Streit mitbekommen und durch seine Fröhlichkeit, die vermutlich gar nicht echt war, nur alles überspielen wollen?

Angelika spürte die Tränen die Wangen hinunterrinnen.

Sie trommelte mit der Faust gegen die Glasscheibe der Eingangstür der Polizei und wusste gleichzeitig, wie sinnlos ein solches Unterfangen war. In diesem Haus befand sich keiner. Sie musste erst zurück in ihre Ferienwohnung gehen und das Handy holen. Sie suchte in ihren Taschen, fand aber weder Stift noch Zettel. Sich unter den gegebenen Umständen die angegebene Telefonnummer einprägen zu wollen, war völlig unmöglich. Sie konnte sich nur die ersten vier Zahlen merken, mehr war nicht drin. Es half nichts. Sie musste umkehren und wiederkommen. Wiederkommen, dröhnte es in ihrem Kopf. Lukas sollte zurückkommen. Sie hoffte einfach, dass er, wenn sie nach Hause kam, brav in seinem Bett liegen würde. Sich vorhin nur versteckt hatte.

»Das hat er schon so oft getan«, sagte sie laut, während sie auf die Straße zurücktrat. »Ja, das hat er schon so oft getan ...« Den Gedanken, dass es aber nie so früh am Morgen passiert war, weil ihr Sohn als Morgenmuffel lange brauchte, um zu Späßen aufgelegt zu sein, verdrängte sie. Ihre Schritte beschleunigten sich von Meter zu Meter. Sie würde Lukas gleich zu Hause antreffen, sie war völlig umsonst so in Panik geraten. Er lag bestimmt in seinem Bett, würde sie mit seinen blauen Augen anblinzeln und »Hallo, Mama« sagen. Sie sah schon sein Grinsen. »Hast dich ganz schön erschreckt, was?«

ooo

Rothko blickte in den Himmel. Der zeigte sich ihm in strahlendem Blau, nur ein paar vereinzelte Wolken zogen behäbig darüber. Sie wirkten wie Schafe und der Kommissar empfand direkt so etwas wie Empathie für sie. Er war auch ein Schaf. Hierher abkommandiert. Er wartete auf die Schlachtbank. Ein bisschen durfte er auf der Insel noch seinen Dienst tun, dann würde man ihm den Todesstoß versetzen.

Eine Kur hatte er beantragt. Weil ihm all die Verbrechen auf die Nerven fielen, weil er keine Lust mehr hatte, sich mit dem Abschaum der Gesellschaft auseinanderzusetzen.

»Für eine Kur reicht es nicht, Herr Rothko. Wir lassen Sie den Frühling und den Sommer auf Wangerooge Ihren Dienst tun. Dann sehen wir weiter. Dort wird Ihnen der frische Wind um die Nase wehen, Ihre negativen Gedanken einfach wegpusten.« Ein breites Grinsen hatte sich über das Gesicht seines Chefs gezogen, bevor er Rothko die übrigen Vorzüge der Insel angepriesen hatte. »Klären Sie den einen oder anderen Fahrraddiebstahl auf. Vielleicht beschäftigen Sie auch ein paar Drogendelikte, da haben Sie dann aber die Kollegen vom Zoll als Unterstützung. Und natürlich Jillrich, Ihren Partner in der Polizeistation. Den Rest der Zeit nutzen Sie für ausgiebige Spaziergänge am Strand.«

Rothko fand im Nachhinein, dass die Stimme seines Vorgesetzten ein wenig spöttisch geklungen hatte.

Er hatte sich nicht gewehrt. Gedacht, so schlecht sei die Idee mit der Insel nicht, und sich in sein Schicksal ergeben. Gleich zu Beginn war er über diese Gedichttafeln in den Dünen gestolpert. Das erste, das er gelesen hatte, war »Manchmal muss einer fortgehen, um allein zu sein mit Himmel und Wasser.« Das hatte er sich zu eigen gemacht und als Startschuss für sein neues Leben betrachtet. Ein ungewöhnlicher Zug an ihm, sonst dachte er nicht in diesen esoterischen Bahnen, war eher nüchtern veranlagt. Aber wenn er schon sein Dasein komplett veränderte, warum dann nicht auch im Denken anders werden?

Eine Woche befand er sich bereits auf Wangerooge. Außer dem bisschen Papierkrieg hatte er tatsächlich nichts weiter zu tun gehabt. Zwischendurch beschlich ihn das Gefühl, er könne es hier wirklich aushalten. Es kam natürlich darauf an, was der Kollege, der hier seinen regelmäßigen Dienst tat, für ein Typ war. Mit dem musste er schließlich eine ganze Weile auskommen. Aber der wohnte unten in seiner eigenen Wohnung. Man konnte sich aus dem Weg gehen.

Ein weiteres Manko war die Kaffeemaschine. Völlig verkalkt spuckte sie eine undefinierbare braune Brühe aus. Ein Gesöff, das er nun wirklich nicht als Kaffee bezeichnen würde.

Immerhin gab es einen funktionierenden Wasserkocher. Im Augenblick trank er Pulverkaffee.

Eine Katastrophe, wenn man dermaßen auf Kaffee fixiert war wie er. Hin und wieder beschlich ihn das Gefühl, es könne ihm doch so etwas wie Sucht anhaften. Aber gab es das? Kaffeesucht? Er schüttelte den Kopf darüber, mit was für Gedanken er sich so den ganzen Tag beschäftigte, wenn er dem Nichtstun ausgesetzt war.

Der Kollege würde morgen aus seinem Urlaub zurückkehren. Bevor der Osteransturm auf die Insel begann, hatten sie ungefähr zwei Wochen, sich aneinander zu gewöhnen. Schlimmer als mit dem Kollegen Kraulke konnte es sicher nicht werden. Kraulke war für Rothko nach wie vor ein rotes Tuch. Er war ihm auf dem Festland im letzten Jahr an die Seite gestellt worden. Sie hatten den Mord an einer Frau aufzuklären gehabt.

Die Chemie zwischen ihnen stimmte einfach nicht.

Rothko sog die salzige Luft tief in seine Lungen. Allein, dass er diesen Menschen auf dem Festland zurückgelassen hatte, war ein Geschenk. Eines, das selbst den fehlenden Kaffee zur Nebensache degradierte. Seine Frau vermisste er nicht sonderlich, sie hatten sich schon lange nicht mehr viel zu sagen. Sie wollte in drei Wochen kommen. Vielleicht.

Rothko legte den Kopf in den Nacken, erfreute sich jetzt an den weißen Schafen, die gemächlich über den Himmel schwebten. Er hatte zum ersten Mal in seinem Leben das Gefühl, ein Glückspilz zu sein.

Zu seiner Rechten ertönte das laute Hecheln eines Hundes. Dann stoppte etwas neben ihm und im selben Augenblick fühlte er winzige Sandkörner an seinem Unterschenkel. Rothko warf einen Blick auf das Tier. Der Hund war groß und ihm fehlte der Schwanz. Einen solchen Hund gab es nur einmal auf der Insel und er gehörte dem Zollbeamten.

»Moin!« Der Kollege klang etwas gehetzt, vermutlich hastete er schon eine geraume Weile hinter seinem Tier her. »Auch unterwegs?«

Rothko mochte Ubbo Münkenwarf. Sie hatten gleich am ersten Abend ein Bier in Rothkos neuer Wohnung getrunken. »Moin! Bisschen Frischluft tanken. So gemütlich ist meine neue Bleibe ja nicht!« Rothko streichelte dem Hund flüchtig über den Kopf. Der schleckte sofort mit der Zunge über seinen Unterarm.

»Buddy, lass das!«, sagte Ubbo.

Rothko wischte die Hand an der Hosennaht ab und verkniff sich einen Kommentar, zumal sein Kollege gleich weiterredete: »In der Bude bei Ihnen da oben fühlt man sich wie in dem schwedischen Möbelhaus, oder?« Er grinste. »Nur ohne die schöne Deko, die sie da immer noch haben. Aber seien Sie froh, dass Sie noch allein wohnen können. Genießen Sie das!« Der Zollbeamte schob sich die Mütze in den Nacken und strich sich über die Glatze.

Rothkos Gesicht sprach Bände. »Ich freu mich schon, wenn sich das in Kürze ändert und wir zu zweit in der Bude hausen dürfen. Ist genau das Richtige für einen Einzelgänger wie mich.« Die Tatsache, dass er nur vorübergehend allein in der Dienstwohnung wohnen konnte, war der größte Nachteil seiner Versetzung. Zur Hauptsaison, kurz vor Ostern, kam immer ein dritter Kollege auf die Insel und würde zu ihm in die Wohnung ziehen. Er hatte vorsorglich den größten Schlafraum mit dem Doppelbett besetzt. Er hoffte auf einen umgänglichen Mitmenschen, der ihn in Ruhe ließ.

»Der Hund ist heute so unruhig, das geht auf keine Kuhhaut.« Der Zollbeamte schüttelte den Kopf. »So kenne ich Buddy gar nicht. Immer will er zu den Dünen. Merkwürdig. Sonst kann er vom Wasser nicht genug haben und nun das! Ich werde ihn anleinen.« Er tippte sich mit Zeige- und Ringfinger grüßend an die Stirn. »Nichts für ungut, Herr Kommissar!« Der Mann trollte sich.

Rothko sah, dass der Hund seine Schnauze ständig in Richtung Dünenkette drehte, der Zollbeamte ihn aber lieber am Wattsaum halten wollte.

Der Wind blies aus Osten, was sicher die klare Luft erklärte. Das schlechte Wetter kam fast immer aus Nordwest. Rothko spazierte noch ein Stück dagegen an, kehrte schließlich um und schlenderte über den Strand in Richtung der Dünen, die sich hier recht steil auftaten.

Der Kommissar betrachtete die überhängenden Dünenkämme. An einigen Stellen hatte der Sturm es geschafft, sie zum Einstürzen zu bringen. Wie Schneelawinen waren sie abgebrochen. Nicht mehr lange und der Wind würde den Sand davontragen. Nichts bliebe davon zu sehen. Die Dünenformation änderte sich ständig. Nie sah die Insel gleich aus. Ein ewiges Wechselspiel.

Rothko ließ sich vor der Anpflanzung nieder, die zum Schutz der Dünen errichtet worden war. Er griff mit der Faust in den Sand. Die feinen Körner rieselten zwischen den Fingern hindurch. Eine Möwe schrie gellend.

Dieser Ton löste in ihm eine Unruhe aus, die ihn an seine Zeit auf dem Festland erinnerte. Ein Gefühl, das ihn genau dann anfiel, wenn er in einem Fall eine Spur gewittert hatte, wenn er glaubte, auf der richtigen Fährte zu sein. Hier gab es allerdings nichts, nach dem er jagen konnte und wollte. Er war auf Wangerooge, um Abstand zu bekommen. Dass er so reagierte, zeigte ihm deutlich, wie nötig er eine Auszeit hatte. Doch ihm ging das Verhalten des Hundes nicht aus dem Kopf. Warum zum Teufel war der so erpicht darauf gewesen, vom Wasser weg genau in diese Richtung zu laufen?

Rothko schlug mit der geballten Faust im Sand herum. Er wollte diese Gedanken jetzt nicht zulassen. Er war hier, weil er seine Ruhe brauchte. Keine Verbrecherjagd mehr. Aus. Vorbei. Schluss.

Rothko erhob sich. Es war besser, wenn er weiterging und damit weitere Fantasien um das Theater, das der Hund gemacht hatte, im Keim zu ersticken.

Sein Blick wanderte dennoch zum Dünenkamm hinauf.

Der war erst frisch abgebrochen und das Ausmaß recht groß. »Als ob jemand nachgeholfen hätte«, sagte er zu sich. Der Sand hatte sich großflächig verteilt, sah an einigen Stellen nicht verweht aus. Fußspuren gab es eine ganze Menge. Entweder hatten da oben Kinder herumgeturnt und dabei war der Kamm hinuntergestürzt oder aber ...

Rothko entfernte sich. Er war wirklich krank. Hinter allem und jedem vermutete er ein Verbrechen. Was für eine armselige Kreatur er war.

Nach fünf Minuten hielt er jedoch inne, bohrte die Spitze seines Schuhs in den Sand. Drehte sein Gesicht zur Meerseite, beobachtete eine Sturmmöwe, wie sie ihr Gefieder putzte.

Nach weiteren fünf Minuten kehrte er in Richtung Osten um. Und nach wiederum fünf Minuten befand er sich hinter der Dünenbepflanzung und schabte mit dem Fuß im Sand herum.

Es dauerte nicht lange und er stieß auf einen Widerstand. Vorsichtig begann er, mit seinen Händen zu graben. Als er eine Stelle freigelegt hatte, wünschte er, er hätte sich niemals auf den Kompromiss eingelassen, seinen Dienst auf Wangerooge zu verbringen.

ooo

Er hat es getan. Es ist einfach passiert, ohne dass er sich dagegen wehren konnte. Er weint, schaut auf seine Hände. Gepflegt sind sie und enden in schönen Fingerkuppen. Kleine Haare sprießen über dem Gelenk. Sie bewegen sich, wenn er die Finger auf und nieder gleiten lässt. Wie Schwingen heben sich die Hände an, wie Schwingen senken sie sich erneut. Er spreizt die Finger leicht, sieht sich selbst gern an. Er ist zu schön und das ist ihm seit jeher zum Verhängnis geworden. Seine Schönheit, seine Weichheit ... beides ein Fluch, sein Verderben. Er muss es tun. Immer wieder, weil er rein bleiben muss.

Er muss sie bewahren. Sie sollen nicht in der Sünde verkommen. Gott hat ihn berufen.
Er schaut die Hände an. Junges Fleisch hat er damit gehalten, zentimeterweise ausgekostet.
Zu schön sind sie, wenn sie leben. Zu schön, wenn der Seewind ihnen das Haar aus dem Gesicht streicht. Er liebt den frischen Geruch, der von ihrer glatten Haut ausgeht, seine Nase streichelt. Wenn er aber diesen Duft aufsaugt, muss er ihn auslöschen. Weil er ihn nicht ertragen kann, weil er zu betörend ist. Weil dieser Duft sie in Gefahr bringt. Eine Gefahr, der sie nicht mehr entrinnen können. Wenn er nicht da ist. Es ist jedes Mal gleich.
Seine Arme drücken zu, umschlingen den kleinen dürren Körper. Immer kräftiger, bis alles in ihm danach lechzt, den Leib ganz in sich aufzusaugen, ihn zu verschlucken. Er lockert den Griff, wenn sein Gegenüber sich nicht mehr wehrt, weil es erstarrt ist, sich in sein Schicksal ergibt. Seine Hände tanzen über das Gesicht, tasten über jede Öffnung, jede Erhebung. Auch weiterhin rührt der Junge sich nicht. Als spüre der die Gefahr, die von seinen Händen, seinem ganzen Ich ausgeht. Er weiß, dass keine Chance besteht, dem Schicksal zu entrinnen. Der Mann selbst ist gespannt wie eine Feder. Sein Atem fließt ruhig und gezielt, fokussiert sich auf das Wesen, das er voll und ganz in der Hand hat. Er liebt diese Macht. Sie macht ihn unangreifbar, lässt ihn über dem stehen, was ihn einst erniedrigt hat. Der Mensch in seiner Hand ist ihm ergeben.
Seine Finger wandern weiter bis zum Hals, der so dünn ist, dass seine Hände ihn ganz umschließen.
Ein letzter Blick in Augen, die noch glänzen, jetzt ängstlich schauen. Ängstlich und gleichzeitig wissend. Er liebt den Augenblick kurz davor. Er braucht ihn, um eine Weile überleben zu können. Wenn er den Moment ausgekostet hat, drückt er zu. Die Augen werden größer

und größer. Sie quellen aus dem Gesicht, zeigen die Tiefe der Seele. Es gibt nichts in der Welt, das erhebender ist.

Man muss gehen, um den Himmel zu erreichen. Es ist etwas Gutes, was er macht. Er bereitet den Weg ins Paradies. Kinder kommen immer dort hin. Wenn sie jedoch länger leben und eine Verfehlung nach der anderen begehen, wird das nicht mehr klappen. Dann bleibt nur noch der Weg nach unten in die Hölle. Davor schützt er sie. Die, die gefährdet sind.

Er ist ein guter Mensch, fast ein Engel auf Erden, der die unschuldigen Kinder vor dem Schlimmsten bewahrt. Er muss es tun. Vor allem bei den bestimmten kleinen Jungs, die den Schalk in den Augen haben. Er behütet sie vor den Fehltritten dieser Welt. Nur durch ihn haben sie die Chance, bei den Engeln zu wohnen. Er bereitet ihnen den direkten Weg dorthin. Es ist gut, was er tut. Gut und richtig.

Das letzte »Nein«, die Verzweiflung in der Stimme, die in dem Augenblick schon keine mehr ist, gepaart mit dem Geruch nach Todesschweiß, lässt sein Glied erigieren. Wenn das letzte Röcheln die kleinen Münder verlässt, begleitet er es mit seinem Timbre. Ein ähnliches Geräusch. Und doch ganz verschieden. Lust und Leid. Es hält sich die Waage. Er braucht den gemeinsamen Schrei. Er verspricht tiefe Erfüllung. Für den kurzen Moment schwebt er mit einer anderen Person auf einer Welle, ist ihr nah. Gibt es eine größere Nähe, als einem Menschen im Augenblick des letzten Atemzuges beizustehen, ihn zu halten?

Dann ist es vorbei. Der Körper hängt schlaff in seiner Hand, zu nichts mehr zu gebrauchen.

Danach folgt das Begreifen. Er hat Leben ausgelöscht. Sich zum Gott gemacht. Er muss sich hinterher übergeben. Jedes Mal. Und jedes Mal kommen die Tränen. Gepaart mit einem Schluchzer, der nicht von dieser Welt ist.

Wieder starrt er auf seine Hände. Sie können in ihrer Perfektion brutal sein. Auf das Begreifen folgt das Handeln. Keiner darf wissen, was er getan hat. Er kann planvoll vorgehen, das hat er gelernt. Er ist ein organisierter Mensch. Er fühlt sich stark. Jetzt.

Er allein war dabei, als sie gegangen sind. Er hat den letzten warmen Atem an seinem Handgelenk gespürt. Manchmal hat etwas Speichel an ihm geklebt. So lange, bis das graugrüne Nordseewasser sich erbarmt und das klebrige Nass mit seinen Wellen abgeleckt hat. Er geht hinterher immer baden. Das reinigt. Seinen Körper, seine Seele, nimmt die Erinnerung mit. Damit er weiterleben kann. Einfach so. Bis zum nächsten Mal.

ooo

Der Junge war blass, bläuliche Adern drückten sich unnatürlich durch die Haut. Der Sand hatte sein Gesicht gepudert, sich über die einst blaue Iris gelegt und nahm ihr so den letzten Glanz.

Rothko wandte sich ab. Er hätte vorhin weitergehen sollen, seinen Instinkt ignorieren. Vielleicht wäre der Junge nie gefunden worden. Ein frommer Wunsch! Er entsprach auch überhaupt nicht Rothkos wirklichem Empfinden.

Er zückte das Handy und rief bei Ubbo an. »Ich brauche Dienstbeistand«, sagte er. »Dein Hund hatte recht damit, in Richtung der Dünen laufen zu wollen.«

Es dauerte nicht lange, bis sein Kollege eintraf. Sofort schob er seine Mütze vom Kopf und kratzte sich ausgiebig hinter dem Ohr. »Verdammt«, sagte er. »Verdammt.«

»Wir müssen in Wilhelmshaven anrufen, hier alles absperren. Weißt du, ob jemand dieses Kind vermisst?« Rothko war wieder ganz der Kommissar. Obwohl es eine besondere Situation war. Er hatte noch nie in seinem Polizistendasein selbst eine Leiche gefunden.

Ubbo zuckte mit den Schultern. Er war fast so blass wie der tote Junge. »Willst du dich lieber setzen?«, fragte Rothko, der befürchtete, dass sein Kollege sich gleich daneben legen würde.

Ubbo trat einen Schritt zurück, schüttelte entschieden den Kopf. »Geht schon.«

Mittlerweile hatten sich ein paar Neugierige um die beiden geschart. Ubbo wies den Hund an, auf und ab zu laufen, um die Meute in Schach zu halten. Das machte zumindest vorübergehend Eindruck, die Leute wichen zurück. Doch deren Neugierde war stärker. Einer glaubte den Jungen gestern noch mit dem Rad die Zedeliusstraße entlangfahren gesehen zu haben, andere waren der Meinung, ganz sicher gehöre er zu einem der Inselheime.

»Ich alarmiere die Feuerwehr. Zum Absperren«, beschloss Ubbo.

Rothko hatte sein Telefon bereits in der Hand. »Die Kollegen vom Festland müssen kommen«, erklärte er, während er die Nummer in die Tasten haute.

SEELENPFAD 2

Reisen

*... Ach, vergeblich das Fahren!
Spät erst erfahren Sie sich ...*

Gottfried Benn (1886-1956)

Maria schälte sich aus dem Bett. Sie hatte keine große Lust aufzustehen, aber der Nachbarin versprochen, ihr beim Fensterputzen zu helfen. Sie konnte es nicht lassen, glaubte sich immer und überall kümmern zu müssen. Wer sie bat, ihm unter die Arme zu greifen, dem schlug sie nichts ab.

Sie jobbte ein paar Stunden in der Woche im Buchladen von Carolinensiel. Sie liebte das tägliche Schmökern, das Abtauchen in fremde Welten, die sie von ihrer eigenen Realität entfernten. Lektüre, die sie später den Leuten guten Gewissens zum Kauf anbieten konnte. Wobei sie eher scheu war. Menschen anzusprechen, auf sie zuzugehen, war nicht ihre Stärke. Sie war auch nicht in der Lage, einem wirklich geregelten Alltag nachzugehen, füllten ihre Grübeleien doch einen beträchtlichen Teil ihres Lebens aus.

Im letzten Jahr hatte sie beschlossen, den kleinen Fischerort zu verlassen, und eine längere Reise gebucht. Sie hatte eine größere Summe geerbt, weil ihr Vater, den sie gar nicht kannte, gestorben und sie Alleinerbin war. Sie solle verreisen, die Welt kennenlernen und darüber gesund werden, hatte Onkel Karl gesagt. Überall war Maria gewesen. In Habana, Zürich, Paris. Alle großen Städte dieser Welt hatte sie gesehen, um festzustellen, dass es besser war, sie blieb für den Rest ihres Lebens in

Carolinensiel. Sie konnte nicht vor sich selbst davonlaufen. Die Vergangenheit wurde sie auch nicht los, wenn sie vor ihr floh. Verreisen war nur für die Menschen gut, die sich erholen wollten. Es taugte nichts für Leute, die schwer bepackt durch ihr Leben stolperten.

Nur wenige wussten allerdings von ihrem Trauma, von dem Tag vor zehn Jahren, der ihr Dasein so drastisch verändert hatte, dass sie ihr Leben nicht so führen konnte, wie andere es taten. Daniel gehörte zu diesen wenigen.

Die Schuld lastete schwer auf ihren Schultern. Sie hatte sich einen leicht gebeugten Gang angewöhnt. Maria war es wichtig, nicht aufzufallen, leise zu existieren. War sie schon zuvor ein eher stiller und zurückhaltender Mensch gewesen, so steigerte sie sich mittlerweile dermaßen in ihren Rückzug hinein, dass sie kaum engere Bekanntschaften oder Freunde an ihrer Seite duldete. Maria glaubte, dass alle Lebewesen, die zu dicht an sie herankamen, dazu verurteilt waren, Schlimmes zu erfahren. Sie verstieg sich in schlechten Phasen so weit, sich selbst als Überbringerin des Bösen schlechthin zu sehen.

Sie duldete nur wenige Menschen in ihrer unmittelbaren Umgebung. Daniel eben, ihren Sandkastenfreund. Und Onkel Karl, den Bruder ihrer Mutter. Da Onkel Karl alleinstehend war, hatte ihre Mutter ihm irgendwann angeboten, bei ihnen einzuziehen. So lebte er, seit sie denken konnte, bei ihnen und spielte seitdem eine wichtige Rolle in ihrem Leben. Einen Vater kannte Maria ohnehin nicht.

Er war ein stiller Zeitgenosse, passte mit seiner Art zu Maria, weshalb sie sich in seiner Nähe auch unglaublich wohlfühlte. Weil ihre Mutter sich nur wenig um sie gekümmert hatte, war er es, der mit ihr zum Schwimmen gegangen war, war er es, der sie in jenem Sommer zum Anleger gebracht hatte. Und dort in Empfang genommen hatte, als sie zurückgekommen war. Schwer bepackt mit einer Schuld, die eine Fünfzehnjährige genauso wenig tragen konnte wie eine heute Fünfundzwanzigjährige.

Ihr Onkel versuchte immer wieder, sie mit Gleichaltrigen bekannt zu machen, motivierte sie, dem Sportverein beizutreten. Doch ab dem Augenblick, in dem sich jemand mit ihr verabreden wollte, tauchte Maria nicht mehr auf. Sie hatte kein Interesse an einer Freundschaft, konnte die Nähe anderer Menschen nicht ertragen.

Jede Nacht schreckte sie hoch. Träumte den immer gleichen Traum.

Sie ist gefangen im Nebel, sucht Achim. Sie riecht seine Haut, spürt die kleine Hand in ihrer. Manchmal haucht er sie mit seinem Atem an, fragt, wo sie sei, warum sie nicht käme. Ihm sei so kalt. Maria kämpft sich zu ihm durch, kann aber immer nur sein blaues T-Shirt sehen. Es ist leer. Kein Achim steckt darin. Nur seine Stimme ist zu hören, bis auch sie sich weit entfernt.

Wenn sie erwachte, war die Last oft so schwer, dass sie kaum aus dem Bett kam. Sie hatte Achim damals im Stich gelassen. Ihn allein in sein Verderben geschickt, wo er von einer Macht aufgefressen wurde, die sie nicht hatte beeinflussen können.

Keiner hatte ihr dafür die Schuld gegeben. Alle hatten sie getröstet. Der Seenebel sei schon oft eine tödliche Gefahr gewesen. Er komme und verschlucke die Welt. So auch Achim. Er war nie wieder aufgetaucht, seine Leiche hatte man nie gefunden. Er war vom Meer und diesem grauenhaften Nebel einverleibt worden.

Die Feuerwehr hatte die Suche nach einiger Zeit eingestellt, behauptet, Achim sei wahrscheinlich in Panik geraten, hatte die Orientierung verloren. Dabei sei er ins Meer hineingestolpert, in der Senke verschwunden und später mit der Ebbe in die Nordsee hinaus gespült worden.

All das konnte Maria nie beruhigen, ihr nie die Last

von der Seele nehmen, dass sie schuld war an seinem Verschwinden. Hätte sie ihn damals nicht laufen lassen, wäre ihm nichts passiert.

Sie stolperte mit halb geschlossenen Augen in die Küche, stellte den Wasserkocher an, um sich einen Tee aufzubrühen. Die meisten ihrer Bekannten hatten mittlerweile diese neumodischen Kaffeevollautomaten und tranken mit Vorliebe Latte Macchiato oder Cappuccino. Sie selbst war noch immer ein eingefleischter Teetrinker, der an dem alten Zeremoniell festhielt, sich die Mühe machte, die richtige Zeit des Ziehens abzuwarten und beim Trinken kleine Tassen zu verwenden. Bei jedem Einschenken musste der obligatorische Kluntje knacken, sonst war es nicht gut. Dieses »gut« war unglaublich wichtig in Marias Dasein. Wenn nichts in Ordnung war, so sollte es doch wenigstens dieser winzige Bestandteil ihres Lebens sein.

Egal, was noch kommen mochte, sie, Maria, war Teetrinkerin. Es war, als sei dieses Ritual so etwas wie ein Halt, der sie begleitete, der ihr vermittelte, alles sei so, wie es sein müsse.

Während das Wasser kochte, schleppte sie sich zum Briefkasten und entnahm ihm die Tageszeitung.

ooo

Daniel stand am Fenster und wartete wie jeden Morgen darauf, dass Maria loszog. Gestern Abend hatte sie das Licht in ihrem Zimmer erst spät ausgemacht. Daniel wusste immer sehr genau, was sie tat. Er liebte es, sie beim Fensterputzen oder Rasenmähen zu beobachten, mochte ihren Gang, der so anrührend schleppend war. Ihre leicht gebeugten Schultern weckten in ihm den Beschützerinstinkt. Wie gern würde er seine Arme darum legen, sie auffangen und nach und nach aufrichten.

Er sah, dass Maria die Tür öffnete und sich auf den Weg zum Bäcker machte. Drei Brötchen kaufte sie dort jeden Morgen. Ein »Weltmeister«, das sie jedoch erst am Mittag zu sich nahm, ein »Mohn«, dessen Hälften sie dick mit Erdbeermarmelade beschmierte und ein »Normales«. Das aß sie immer mit viel Remoulade und Käse.

Daniel wusste alles über Maria. Wusste, dass sie darunter litt, ein paar Kilos zu viel auf die Waage zu bringen, wusste, dass sie es aber verabscheute, sich übermäßig zu bewegen. Hin und wieder hatte er versucht, sie zu überreden, ihn zum Joggen zu begleiten, aber das hatte Maria vehement abgelehnt. Sie hasste es zu schwitzen.

Sie würde in circa fünf Minuten zurück sein, die Tageszeitung unter den Arm geklemmt, die Brötchentüte in der Hand, den Schlüssel bereits vorgestreckt in der anderen. Sie hatte es immer unglaublich eilig, rasch in ihrem Haus zu verschwinden. Dort war der einzige Ort, an dem sie sich sicher fühlte. Maria lebte wie eine Einsiedlerin mit ihrem verschrobenen Onkel.

Daniel hätte so gern mehr Kontakt zu ihr, würde ihre Mauern gern Schicht für Schicht abtragen. Sie ließ ihn nicht.

Also blieb ihm nur, sie weiter zu beobachten, alles in sich aufzusaugen, zu speichern. Bis sie ihn erhörte. Jedes Opfer würde er dafür bringen. Er brauchte Maria wie keinen Menschen auf der Welt. Sie war die Einzige, die ihn erretten konnte.

ooo

Rothko sah sich in seiner Dienstwohnung um. Die karge Einrichtung kam ihm eigentlich entgegen, wenngleich er das Sofa gern gegen ein anderes ausgetauscht hätte. Er ging in die Küchenecke, füllte etwas Kaffeepulver ein, er hatte die Nase von dem Pulvergesöff so was von voll. Er wollte einen zweiten Versuch mit der Maschine wagen. Er war eigentlich nicht pingelig, aber das Weiß des Kalkes war auch ihm aufgefallen.

Der Kaffee hatte fast keinen Geruch, das Pulver wirkte blass. Angeekelt schubste er den ausgefahrenen Filter zurück und stellte die Taste an. Wider Erwarten konnte er den Geruch von Kaffee tatsächlich erahnen. Das Wasser rülpste sich durch die Maschine. Er nahm die Kanne und goss sich die fast schwarze Brühe ein. Schon der erste Schluck war eine Beleidigung für seinen Gaumen. Er goss den gesamten Kaffee in den Ausguss.

Wie sollte er unter diesen Umständen einen vernünftigen Gedanken fassen? Er war hierher gekommen, um Abstand zu gewinnen und als ersten Akt fand er sogleich eine Leiche. Und dann noch die eines Kindes.

Die Spurensicherung aus Wilhelmshaven war mit dem letzten Schiff schon aufs Festland zurückgekehrt. Viel hatten sie nicht sichern können. Spuren waren unmöglich zu finden, bei der Bewegung, mit der der Sand sich immer wieder umschichtete.

Kraulke war auch mit von der Partie gewesen. Wichtig hatte er sich aufgeplustert, etwas davon gefaselt, man könne eventuell mit extremer Kriminaltechnik auch die Fingerabdrücke auf der Haut nachweisen. Weil DNA-Spuren bleiben. Der Pathologe hatte unwirsch abgewinkt. Es zwar nicht negiert, aber doch gemeint, es sei überaus schwierig und in den meisten Fällen nicht von Erfolg gekrönt. Oft fehle die Masse an Zellen. An Rothko gewandt, hatte er mit vorgehaltener Hand geflüstert, dass der Kollege Kraulke sich doch besser mit seinem eigenen Dunstkreis beschäftigen solle.

Hier würde nun ein weiterer Polizist einziehen. In ein paar Tagen kam auch der Dienststellenleiter der Insel zurück, so dass sie bald zu dritt wären. In einem Mordfall müssten sie sich sofort verstärken, war die Anweisung von oben.

Rothko wusste nicht, ob das eher positiv oder negativ war. Einerseits war er nicht erfreut darüber, sich Küche und Bad zukünftig teilen zu müssen. Andererseits hatte er nur wenig Motivation, sich hier voll und ganz auf diesen Mordfall einzulassen. Er wollte das eigentlich nicht mehr. Hatte doch die Nase voll von all dem Elend, Sumpf und Dreck. Nun holte ihn all das ein, wie eine losgetretene Lawine.

Er hatte schlecht geschlafen in der Nacht.

Er bekam den Anblick nicht aus dem Kopf. Wer zum Teufel erwürgte einen kleinen Jungen? Einfach so? Es gab keine Spuren sexueller Gewalt, nichts.

Die Mutter war völlig zusammengebrochen. Als er vom Strand zurückgekommen war, hatte sie wie ein Häufchen Elend vor der Tür des Polizeireviers gesessen, das Handy in der Hand, nur die ersten Ziffern der an der Tür angegebenen Nummer eingegeben. Sie war nicht einmal mehr in der Lage gewesen, sie vollständig einzutippen.

Die Frau musste mindestens fünfunddreißig sein, aber sie wirkte gute zehn Jahre jünger auf Rothko, trotz des blassen Gesichtes, in dem die furchtbare Ahnung bereits zu erkennen gewesen war. Sie hatte nicht viel sagen müssen. Er hatte auf Anhieb gewusst, warum sie hier war. Schon beim Aufschließen der Tür war ihm ein leiser Fluch über die Lippen geglitten.

Die Frau war ihm ins Dienstzimmer gefolgt. Der Name Lukas war aus ihr mit einer Verzweiflung herausgebrochen, die ihm Gänsehaut verursacht hatte. An dem Glas Wasser, das er ihr recht unbeholfen reichte, waren ihre Lippen abgerutscht, als habe er den Rand mit Vaseline eingefettet. Sie war nicht in der Lage, einen vernünftigen Satz zu sagen. Immer nur »Lukas. Lukas. Lukas.«

Rothko hatte zunächst den PC hochgefahren. Er brauchte irgendetwas, womit er beginnen konnte. Natürlich würde jeder Satz so verkehrt sein wie nur was. Für diese Situationen gab es keinen guten Einstieg, nichts, was die Sache auch nur im Geringsten entschärfte. Er begann folgerichtig völlig falsch. Die Frage, wie denn ihr Sohn aussehe, hatte die Frau vollends in sich zusammenbrechen lassen. Ihre Finger hatten sich ineinander verschränkt und ihre ohnehin bleiche Haut erschien noch weißer. Blond sei er, hallten ihre abgehackten Worte noch im Ohr. Blond und sommersprossig. Eher dünn. Vor allem die Arme und Beine schlackerten noch so wie nicht dazugehörig. Es hatte eine Weile gedauert, bis sie weitersprechen konnte, oder besser, bis Rothko ihre Worte wieder verstand.

Sie sei extra noch einmal in die Wohnung zurückgegangen, weil sie gehofft hatte, er liege doch in seinem Bett und lache sie aus, weil sie sich Sorge mache. Er sei aber nicht dagewesen. Einfach nicht dagewesen. Den Satz wiederholte sie noch etliche Male. Es klang wie ein Echo und schraubte sich unwiderruflich in Rothkos Gehörgang.

Irgendwann hatte Angelika Mans den Mut gefasst, dem Kommissar ins Auge zu sehen. Ihr Kinn zitterte, während sie sagte: »Er ist tot, nicht wahr?«

Rothko senkte den Blick. Er folgte einer Spur, die sich längs über den Tisch zog. Er hatte die Lippen fest zusammengekniffen, hob die Augen wieder, als die Frau ihm ein Bild über den Schreibtisch schob. Ein Foto von dem Jungen, wie er weißgepudert am Strand stand. Weiß gepudert war der Kleine jetzt auch. Sein Gesicht sah nur anders aus. Ihm fehlte das Leuchten, das Rothko von dem Foto entgegenstrahlte. Er nickte vorsichtig, mochte den Kopf nicht zu stark bewegen. Das wäre ihm in dem sensiblen Augenblick zu hart, zu brutal vorgekommen.

Ihr bestätigendes Nicken war ihm durch Mark und Bein gegangen. Auch ihr Satz: »Wir wollten eine schöne Reise machen. Nur wir beide«, war wie eine Anklage an das Leben.

Er hatte Schwierigkeiten gehabt, selbst den Würgereiz

zu unterbinden. Diese Frau, mit all ihrer Tragik und dem Schmerz, der ihr so tief ins Gesicht geschnitten war, rührte ihn, wie ihn noch nie einer seiner Klienten gerührt hatte. Er teilte ihr Leid, fühlte wie sie das Bohren tief im Bauch. Dieses Messer, das sich mit scharfen Schnitten durch die Eingeweide wühlte.

Das war nicht mehr sein Job. Es war gut, dass er Unterstützung bekam. Er wollte das alles nicht mehr. Nie mehr. Was sehnte er sich nach Ruhe und Abstand! Er verfluchte seinen Chef, der ihn hier auf die vermaledeite Insel statt zur Kur geschickt hatte.

Es hatte eine Weile gedauert, bis sich Frau Mans und auch er gefangen hatten. Rothko war sich unglaublich unprofessionell vorgekommen. Schon ihre Frage, ob sie ihren Sohn sehen könnte, hatte ihn hoffnungslos überfordert.

Der Kommissar wusste, dass die Feuerwehr den Kleinen mitgenommen hatte. Die Frau würde ein Beerdigungsinstitut nennen müssen, mit dem der Junge von der Insel gebracht werden musste. Sie war dazu aber nicht mehr in der Lage gewesen. Mit jeder Information, die zu ihr durchdrang, wich ein Stück Leben mehr aus ihrem Gesicht, bis sie völlig erstarrt dasaß. Rothko hatte noch eine Weile versucht, sie anzusprechen, aber letztendlich den ansässigen Inselarzt gerufen, der sich der Frau angenommen hatte.

Verdammt, war Rothko jetzt nach einem Cappuccino! Er würde in ein Café gehen und sich dort in aller Ruhe seine gewohnte, qualitativ hochwertige Kaffeedröhnung zu Gemüte führen. Nach einem solchen Tag konnte er einfach nicht mit Pulverkaffee existieren.

Er schlüpfte in seine blaue Windjacke, die er sich eigens für Wangerooge gekauft hatte, und trat hinaus in die Charlottenstraße. Noch war nicht viel los, aber schon bald würden sich wahre Urlauberströme auf die Insel ergießen. Rothko schlug den Kragen hoch, zupfte den Schal am Hals zurecht und schlenderte in Richtung Zedeliusstraße. Er brauchte die unbeschwerten Menschen um sich herum, wollte für einen Augenblick so tun, als sei er rein zufällig hier und nichts auf der Welt könne ihn aus der Ruhe bringen.

Er steuerte auf das Hotel *Hanken* zu. Die verglaste Terrasse lud ihn geradezu ein, sich genau hier niederzulassen. Er setzte sich ans Fenster, bestellte aber einen Latte Macchiato, keinen Cappuccino. Das größere Glas würde ihm eine gewisse Genugtuung verschaffen.

Gegenüber vom Hotel befand sich die kleine Inselbuchhandlung. Rothko überfiel das Gefühl, er müsse sich dringend mal wieder ein Buch zulegen. Lesen, ja lesen wäre eine Beschäftigung, die ihn von dieser grausamen Welt ablenken würde. Er sah sich in seiner Dienstwohnung sitzen, einen Schmöker in den Händen, entrückt in eine andere Welt, die nichts, aber auch gar nichts mit seiner Wirklichkeit hier zu tun hatte. Hauptsache abgelenkt.

Gleichzeitig aber tanzte sofort das bleiche Gesicht des Jungen vor seinem Auge. Es würde nichts nützen. Nichts in dieser Welt befreite ihn von den grausamen Bildern. Jede Flucht war umsonst. Er war ein Sklave seiner Gedanken, ein Opfer seines eigenen Berufes, den er vor langer Zeit einmal als Berufung gesehen hatte. Gerechtigkeit war sein Stichwort. Er war ein Fanatiker. Wollte, dass es in dieser Welt fair zuging. Er lachte auf, dass die Leute vom Nebentisch verwundert herüberschauten. Er nahm einen Schluck von seinem Latte Macchiato. Der war noch heiß. Was aber war schon gerecht? Rothko war rasch klar geworden, wie schwammig der Begriff der Gerechtigkeit war und viele Facetten das Leben für alle Situationen bereithielt.

Er war nur ein winziges Rad in diesem großen System,

konnte nur winzige Räder in Bewegung setzen. Aber genau diese Räder waren wichtig für die Funktion des ganz großen Rades, in das sie alle auf irgendeine Weise involviert waren. Jeder hier hatte seine Aufgabe. Rothko kam sich für den Moment unglaublich philosophisch vor.

Er trank den Latte Macchiato in einem Zug aus und winkte der Bedienung. Sein Trinkgeld fiel recht großzügig aus. Sein Gedankenparcours hatte ihm gezeigt, welchen Weg er gehen musste. Er hatte keine Chance, würde sein ganzes Leben von den Eindrücken geprägt sein. So gab es nur eines: Rothko stand so schwungvoll auf, dass der Korbstuhl hintenüber kippte. Das Personal war sofort zur Stelle und hob ihn auf. Kein böser Blick streifte ihn.

Gerade als er den Türgriff schon in der Hand hielt, trat der Chef des Hauses auf die Terrasse und brachte der älteren Dame in der Ecke zu ihrem neunzigsten Geburtstag ein Ständchen mit der Drehorgel. Rothko nickte stumm. Das genau war es. Genau deshalb machte er diesen Job. Um solch harmlosen und netten Menschen wie in diesem Hotel ihr sicheres Leben so weit wie möglich zu erhalten. Sie sollten weiterhin unbeschwert Musik hören und Geburtstagslieder singen können. Sie sollten das Lachen in ihren Augen nicht verlieren. Es war seine Aufgabe, ihnen Schutz zu gewähren. Dafür musste er alles tun, was in seiner Macht stand. Rothko merkte, dass er seinen Oberkörper aufrichtete.

Auf dieser Insel hatte sich ein Mensch herumgetrieben, der ein kleines Kind auf dem Gewissen hatte. Und er, er würde diesen Menschen finden!

ooo

Maria wartete, bis der Tee auf die Minute richtig gezogen hatte. Sie hatte noch den Kaffeeduft der Bäckerei in der Nase, der sich mit dem Duft des frischen Brotes vermischt hatte. Wie jeden Morgen war sie versucht, vielleicht doch einmal eine Tasse zu probieren. Aber das ließ sie nicht zu. Ihr Leben konnte nur weiter funktionieren, wenn sie funktionierte. Und zwar in festen und geordneten Bahnen. Keine Abweichung von der Norm. Sie musste Tee trinken, egal wonach ihr der Sinn stand. Sie ließ sich auf den nächstbesten Stuhl fallen, griff nach der Zeitung und schlug sie auf.

Toter Junge in den Dünen sprang ihr als Schlagzeile entgegen. Sie quälte sich durch jedes Wort, wollte eigentlich nicht weiterlesen. Zu schmerzhaft waren die Erinnerungen, die sich aus ihrer Tiefe mehr und mehr nach oben schoben. Das alles erinnerte sie an Achim. Vielleicht war er es? Sie schüttelte den Kopf. Achim war seit zehn Jahren verschollen, wie sollte er jetzt plötzlich als Leiche in den Dünen auftauchen? Das ergab keinen Sinn. Sie las Wort für Wort, kämpfte sich durch den Inhalt. Erwürgt worden war der Kleine. Er war in etwa so alt, wie Achim es damals gewesen war.

Marias Hände zitterten. Sie betrachtete ihre Finger. Wie konnte ein Mensch damit einen anderen auslöschen? Sie tastete über ihren Hals, erspürte die Oberfläche. Haut an Haut. Dicht dran. Man fühlte die Wärme des Körpers. Oder hatte der Täter ein Seil, ein Tuch oder Ähnliches benutzt? Sie blätterte weiter. Auf der dritten Seite blickte sie das Foto des Jungen an. Er sah fast aus wie Achims Reinkarnation. Blond, sommersprossig, in alle Richtungen abstehendes Haar. Dazu die lustigen und gleichzeitig so unendlich traurigen Augen. Eine Mischung, die Tragik suggerierte. Das Gesicht tanzte vor ihr herum. Obwohl es erheblich breiter als Achims war, nahm es nach und nach dieselbe Form und den gleichen Ausdruck an, verschmolz immer stärker zu einer Einheit mit ihrer Erinnerung.

Maria musste mit ansehen, wie grobe Hände den

schmalen Hals umfassten, wie Achims Augen größer und größer wurden. »Nein!«, entfuhr es ihr. Sie sprang auf, schleuderte die Zeitung in die Ecke. »Achim habe ich im Nebel verloren.« Sie ließ sich auf den Stuhl fallen. Ihr Kopf sank auf die Tischplatte, riss dabei die Tasse um. Ihr Haar badete in lauwarmem Teewasser. Maria merkte es nicht. Sie spürte auch nicht, dass sich die Pfütze ihren Weg bahnte und ihre nackten Füße benetzte.

Sie wurde die Bilder nicht los. Sie hämmerten durch ihren Kopf, schlugen Schneisen in ihren kleinen Schutzwald, der nie richtig wachsen durfte. Zu oft gab es Gelegenheiten, ihn niederzumetzeln. Maria hatte kein Mittel dagegen gefunden, sie wusste nicht einmal, ob sie eines finden wollte.

Als ihr Herz ruhiger schlug, das Zittern in ein monotones Beben übergegangen war, schoss es ihr wie ein Blitz durch den Kopf. ›Wangerooge‹, dachte sie. ›Ich muss nach Wangerooge. Nach all den Jahren gibt es für mich jetzt nur einen Weg. Ich muss mich der Sache von damals stellen.‹

Sie stürzte in ihr Zimmer, riss die Reisetasche vom Schrank. Ein Nebel aus Staub umhüllte sie. Maria musste husten. Sie hatte die Tasche seit ihrer langen Reise nicht benutzt. Maria wischte sie notdürftig sauber, warf eine Jeans, ein paar Socken, Pullis und Shirts hinein. Sie achtete nicht darauf, ob es farblich zusammenpasste, geschweige denn, wie sie darin aussehen würde. Als sie den Reißverschluss zuzog, glaubte sie, hinter sich ein Geräusch zu hören. Sie schnellte herum. Im Türrahmen stand Onkel Karl. Das Sonnenlicht brach sich in seinem angegrauten langen Haar, das sich ohne Übergang mit einem dichten Rauschebart vermischte. Der überdimensionale Bauch versteckte sich unter seinem karierten Hemd, über dem er stets eine beigefarbene Fellweste trug. Die Arme lagen jetzt verschränkt vor seiner Brust.

»Was hast du vor?«, fragte er mit seiner leisen Stimme, die zwar jederzeit zu Maria fand, ihn aber außerhalb des Hauses ebenso abgrenzte wie sie selbst. Onkel Karl wurde nur dort ernst genommen, wo man ihn kannte. Wo er schon hatte beweisen können, was sich hinter der Maske aus Bart und Stimme verbarg. Für die Insulaner war er ein solcher Mann. Obwohl er längst in Rente war, hatten es sich die Bewohner von Wangerooge noch nicht abgewöhnt, ihn, wie seit jeher, für alle möglichen Reparaturarbeiten anzurufen. Ruhig, wie er war, genoss er dort die uneingeschränkte Akzeptanz, die ihm auf dem Festland versagt blieb. Auch wenn er keiner von ihnen war. Aber er entsprach dem Bild des wortkargen Friesen in so einem Ausmaß, dass sie es augenscheinlich einfach vergaßen.

Für andere war er einfach ein Niemand. Vielleicht klebten Maria und er aus diesem Grund so aneinander. Ihre Symbiose hatte beinah pathologische Züge, war von einer gewissen Abhängigkeit geprägt. Maria und Karl redeten nicht darüber. Sie wussten beide darum, fanden es aber nicht der Rede wert. Wichtig war ihnen nur, dass sie selbst damit umgehen konnten.

»Was hast du nun vor?«, fragte Karl ein zweites Mal, nachdem Maria ihm die Antwort schuldig geblieben war.

»Ich fahre nach Wangerooge«, sagte sie und wunderte sich, wie selbstverständlich ihr die Auskunft über die Lippen kam.

»Nach Wangerooge«, wiederholte Karl.

Maria sah, dass er es nicht glauben wollte.

»Du warst seit zehn Jahren nicht mehr drüben. – Warum jetzt?«

Sie deutete mit einer Handbewegung in die Küche. Karl trat in den Flur, blickte zum Küchentisch, auf dem die Zeitung noch aufgeschlagen lag. Maria folgte ihm. Der braune See hatte sich auf dem geblümten Wachstischtuch ausgebreitet und trocknete an den Rändern bereits an. Die Teetasse lag seitlich gekippt, der Kluntje darin hatte sich noch nicht vollends aufgelöst. Die Zeitung war vom Tisch gefallen, ihre Seiten hatten sich auf dem Boden schon mit dem ausgelaufenen Tee vollgesogen.

Karl begriff wie immer sofort. Er hob das Tageblatt auf. Seine Augen klebten an dem Bild des toten Jungen. Wortlos legte er die Zeitung zurück. Maria stand ebenfalls stumm daneben. Karl nahm ein Tuch, wischte den Tisch sauber, stellte die Tasse wieder hin. Er rückte den Stuhl zurecht.

»Es ist keine gute Idee«, sagte er schließlich. »Es wird dir nicht guttun.«

»Warum hast du nichts gesagt?«, flüsterte Maria »Du musst doch gestern etwas mitbekommen haben, als du drüben warst.«

Karl sog die Luft scharf ein. »Ich dachte, es sei besser, du weißt es nicht.« Er wollte ihr über das Haar streichen, verharrte aber ein paar Zentimeter darüber. Karl mochte keine Berührungen. »Die Sache«, er räusperte sich, »muss doch mal zur Ruhe kommen.«

Maria drehte sich um und holte die gepackte Tasche. »Ich nehme das nächste Schiff. Ich kann bei Tant' Mimi schlafen.«

Mimi war die Cousine von Karl, bei der er stets Unterschlupf fand, wenn er die Insel aufsuchte. Karl zuckte mit den Schultern. Er war noch nicht so recht überzeugt, das sah Maria.

»Ich muss dorthin, Karl.« Sie senkte die Augen. Eine Träne bahnte sich ihren Weg.

»Aber was soll das bringen? Achim ist doch nicht umgebracht worden. Was willst du erreichen?« Karl schüttelte den Kopf.

Maria zuckte mit den Schultern, war aber schon auf

dem Weg zur Tür. »Ich glaube, es wird mir helfen. Da war jemand an dem Morgen. Ich bin mir ganz sicher. Achim ist nicht vom Nebel verschluckt worden, Karl. Achim und dieser Junge: Sie verbindet etwas. Ich spüre das ganz genau.«

Sie sah, dass Karls Hand zitterte, als er ihr hinterher winkte.

SEELENPFAD 3

Und gehen

*... und sehen
sehen o Wunder ...*

Heinz-Albert-Heindrichs (* 1930)

Maria hatte gleich das nächste Schiff genommen. Tant' Mimi wohnte in der Siedlerstraße, hatte sich eines der grauen Häuser zurechtgemacht und vermietete Zimmer an die Feriengäste. Nur eines hielt sie immer frei. Für Karl. Manchmal dachte Maria, dass Onkel Karl womöglich eine Liebesbeziehung zu Mimi hatte. Aber sie konnte sich ihn nur schwer als Liebhaber vorstellen.

Er war nicht nur äußerlich, sondern auch vom Wesen her sehr speziell. Ein prima Kumpel, ein Mann, auf den man sich in jeder Lebenslage verlassen konnte. Für so manche Frau mochte das reichen. Doch Maria fiel es schwer, sich das einzugestehen: Onkel Karl glich er einem abgeliebten Teddybären. Sein Rauschebart ließ kaum einen Blick auf die Gesichtszüge zu. Ein Rest rot geäderter Wangenhaut blinzelte unterhalb des Auges hervor, zeugte von häufigem Aufenthalt an der frischen Luft. Viel Mimik war bei ihm ebenfalls nicht zu erkennen. Einzig seine Lippen bewegten sich ununterbrochen, wie bei einem Fisch, der an Land nach Luft schnappte. Seine Augen wirkten so, als würden sie immer lächeln. An den meisten Tagen trug er eine Latzhose, die er nur hin und wieder gegen eine dunkelbraune, verwaschene Cordhose tauschte.

Nein, Maria konnte es drehen, wie sie wollte: Onkel Karl war alles andere als attraktiv. Wobei Tant' Mimi mit ihrer übergewichtigen Dominanz auch nicht auf den Laufstegen dieser Welt zu Hause war. Von daher waren ihre Ansprüche vielleicht nicht so hoch.

Karl hatte bei Mimi angerufen und Marias Kommen angekündigt. Noch während des Telefonats hatten seine Hände dermaßen vibriert, dass Maria kaum hinsehen mochte. Immer wieder schüttelte Karl den Kopf, während er Tant' Mimi die Situation klar machte.

Maria hatte zu Hause die Tasche noch gegen Karls Trolley eingetauscht. Es machte einen Höllenkrach, als sie damit über das unebene Pflaster lief. Auch nicht besser als Autolärm, dachte sie und stellte sich vor, wie es klingen musste, wenn sich ganze Gruppen auf den Weg in das Oldenburger Heim oder zur *Villa Kunterbunt*, dem Mutter-Kind-Heim, machten.

Tant' Mimi wartete schon im Vorgarten. Sie zupfte an ein paar Blütenstängeln herum, die noch vom Vorjahr karg ins Licht schauten. Außer den vereinzelten Krokussen war noch kein Farbtupfer im Garten zu erkennen. Es war zu lange viel zu kalt gewesen. Schwerfällig stemmte Mimi ihren Oberkörper in die Höhe. Sie blinzelte in die Sonne, als Maria vor ihr stand.

»Da bist du ja, mien Deern.« Sie strich ihr mit der erdigen Hand über die Wange. Es kratzte, als dabei ein paar Krümel zur Erde fielen. »Warst so lange nicht mehr hier. Hätte dich kaum erkannt.« Sie schürzte die Lippen. »Zehn Jahre sind das wohl.«

Maria nickte. Im Sommer waren es zehn Jahre.

Tant' Mimi bugsierte sie ins Haus, in dem es etwas abgestanden und leicht schimmelig roch. Marias feine Nase hatte den typischen Geruch sofort eingefangen.

»Tee?«, fragte Tant' Mimi und setzte schon den Kessel auf den Herd.

Maria verstaute derweil ihre Tasche im Zimmer.

»Hast auch eine eigene Dusche«, hörte sie Tant' Mimi. Es war Maria egal, sie hätte sich das Bad auch mit anderen geteilt. Schließlich wollte sie sich hier nicht erholen.

»Warum bist denn du überhaupt auf der Insel?« Tant' Mimis Stimme klang angestrengt, als recke sie sich gerade, um etwas vom Schrank zu holen. Über Marias Gesicht glitt ein flüchtiges Grinsen. Tant' Mimi holte den Kandis von dort oben. Mimi war kein Mensch, der in seiner kleinen Welt gern etwas veränderte.

Maria antwortete nicht, stand mit hängenden Armen vor ihrem Bett. Karl hatte es Tant' Mimi doch am Telefon lang und breit erklärt, und auch aus ihrem Mund würde seine Cousine es nicht verstehen. Die hatte ihre eigene Sichtweise auf die Dinge. Was vorbei war, war vorbei. Wer gestorben war, war gestorben und konnte nicht wieder zum Leben erweckt werden. Besser, man verdrängte alle Erinnerungen. Sie lebte nach der Vogel-Strauß-Methode. Kopf in den Sand und abtauchen. Da war sie wie Karl.

Achim war nun schon lange verschollen. Wenn er tot war, würde von ihm nicht mehr viel übrig sein. Wahrscheinlich gar nichts. Nicht ein Haar, vielleicht ein paar Knochen. Maria kannte sich damit nicht aus. Das Meer hatte bestimmt entsprechend dazu beigetragen.

Gleich wollte Maria noch zum Osten raus radeln. Es war wie eine Schocktherapie und sie wusste auch nicht, ob es eine gute Idee war. Ob nicht zu viele Erinnerungen ausgegraben werden würden.

»Tee ist jetzt fertig, mien Deern. Setz dich zu mir.«

Maria seufzte und schlich in die Küche. Auf dem runden Eckregal tanzten noch immer zwei Porzellanfeen um eine halbnackte grüne Meerjungfrau und kleine gehäkelte Blumen schmückten die Fensterbänke. Nichts sah auch nur ansatzweise anders aus als vor zehn Jahren.

Sogar das schlammfarbige Tischtuch zierte den dreibeinigen Beistelltisch noch wie damals.

Trotz der Furcht vor der eigenen Courage fühlte Maria an diesem Ort so etwas wie ein Nachhausekommen. Sie hatte schreckliche Angst vor dem, was sie hier finden könnte. Am meisten fürchtete sie sich davor, zu viel von sich selbst zu entdecken, ihren Erinnerungen nicht gewachsen zu sein.

Tant' Mimi bemerkte davon nichts. Redete ununterbrochen über den zu kalten Frühling, über den Garten ihrer Nachbarin und ob die Insel in drei Wochen von den Badegästen förmlich überflutet werden würde. Sie hoffte auf eine große Ausbeute. »Immerhin habe ich viel renoviert im letzten Winter.«

Maria blickte erstaunt zu Tant' Mimi. Die Küche war von den Neuerungen definitiv nicht betroffen.

Tant' Mimi realisierte Marias fragenden Blick sofort. »In den Gästezimmern. Das muss sich jetzt auszahlen.« Sie wiegte den Kopf. Allein die Toilette habe sie ein Vermögen gekostet. Keiner müsse noch an der Strippe ziehen. Zwei runde Scheiben an der Wand waren für alles zuständig. Eine zum Wassersparen. Man käme nicht umhin, an den Aufwand zu denken, mit dem das Wasser vom Festland hierher gebracht werden würde. Die Wasserlinse unter der Insel reiche schließlich nicht, dazu sei Wangerooge viel zu sehr geschrumpft. Man munkele jetzt sogar, die Insel sei mittlerweile kleiner als Baltrum. Aber davon wollten weder die Wangerooger noch die Baltrumer etwas wissen.

Tant' Mimi war nicht zu stoppen. Auch die Stelle des Inselarztes sei vakant. Eine Vertretung wäre jetzt da.

Maria trank ihren Tee, sagte aber nichts dazu. Das wusste sie noch von früher: Tant' Mimi widersprach man besser nicht und eine Unterbrechung des Redeflusses wurde mit einem noch ausschweifenderen geahndet.

Nach drei Tassen mochte Maria nicht mehr. Tant' Mimi kochte den Tee so stark, dass sie bei zu großer Menge Magenschmerzen davon bekam. »Ich will los, Tant' Mimi. Noch ist es hell.«

»Komm ja vor Sonnenuntergang zurück!« Sie kniff die Lippen zusammen, nickte beflissen mit dem Kopf. »Hier treibt sich ein Mörder herum.«

Maria nahm sich Tant' Mimis Fahrrad, das sie vorher bereitgestellt hatte. Die Straße war arg uneben und die Reifen holperten über die Siedlerstraße in Richtung Osten. Der Flughafen lag sehr ruhig da, noch schlief die Insel ihren Winterschlaf. Doch schon bald würden die Maschinen in Schwärmen aufsteigen und landen.

Je weiter Maria aus dem Dorf herausfuhr, desto freier fühlte sie sich. Sie hätte dieses Gefühl selbst nicht für möglich gehalten, aber die große Furcht, die sie eben noch in Tant' Mimis Haus befallen hatte, war wie weggeblasen.

Schon am ersten Dünenübergang stellte sie das Rad ab. Es zog sie an den Strand und die steilen Dünenhänge. Sie wollte die Schaumkronen vom Meer sehen, wenn die Wellen sich brachen. Egal, wie das hier ausging. Sie war über sich selbst hinausgewachsen, indem sie den Mut gefasst hatte, nach Wangerooge zu reisen. Auf dem Dünenkamm stellte sie sich auf und schaffte es zum ersten Mal nach zehn Jahren, sich gerade hinzustellen, den Rücken aufzurichten.

Das Schicksal des kleinen Jungen hatte sie hierher geführt, damit sie das vollenden konnte, was sie musste, um endlich leben zu können.

Unten am Weg stand ein Pfahl mit einer Tafel darauf. Maria fühlte sich magisch angezogen. Und gehen hieß das Gedicht. Sie würde gehen. Sie würde sehen, atmen und am Ende hören, was das Leben ihr zu sagen hatte. Sie ging los, ihren neuen Weg entlang.

ooo

Daniel hatte Maria vorhin fortgehen sehen. Mit dem Trolley in der Hand. Er konnte das nicht zulassen. Sie war seine Braut, auch wenn sie das noch nicht wusste. Was hatte er nicht schon für sie getan. Und er wollte es noch weiter tun. Liebe kannte keine Grenzen. Ihm war klar, wohin sie unterwegs war und er würde ihr nach Wangerooge folgen. Nicht einen Schritt durfte sie ohne ihn machen. Er musste auf sie aufpassen. Das hatte er sein Leben lang so gehalten. Auch als die Sache mit dem Jungen damals passiert war, war er da gewesen.

Sie hatten sich zusammen für die Betreuung der Kinder angemeldet. Das heißt, sie hatte sich angemeldet und er hatte es ihr gleichgetan. Nur in ihrer Nähe wollte er sein. Es war für ihn so wichtig wie essen und trinken. Auch wenn sie seine Sehnsucht nicht erwiderte, nicht begriff, welche Anziehungskraft sie auf ihn hatte. Er liebte ihren warmen Blick, der in den letzten Jahren von so unglaublicher Traurigkeit geprägt war. Er liebte ihren recht kräftigen Po, der für ihn nicht dick, sondern einfach wahnsinnig weiblich war. Er liebte den vollen Mund, der sich viel zu selten zu einem Lachen verzog, obwohl Marias Schönheit erst durch ein Lächeln richtig zur Geltung kam. Er liebte sogar ihre kleine Speckfalte oberhalb des Hosenbundes, die sich auch mit geschickter Kleidung nur schwer verbergen ließ. Sie gehörte zu Maria, genau wie ihre Wortkargheit, die sie nur durchbrach, wenn sie wirklich etwas zu sagen hatte. Maria war keine Frau, die wahllos drauflosplapperte. Sie redete nur, wenn sie es für unabdingbar hielt.

Daniel kniff die Augen zu. Warum nur wollte sie nun nach Wangerooge? Er selbst segelte ab und zu rüber, versuchte aber, die Kindermassen nicht zu beachten, die das ganze Jahr über aus den Schullandheimen über die Insel schwärmten.

Er dachte an den liebevollen Blick, mit dem Maria

dieses hässliche sommersprossige Kind damals immer angesehen hatte. Das, was aussah wie einer der Simpsons. Oder wie ein aus dem Nest gefallener Vogel. Er fand keinen passenden Vergleich, weil es für diese Ausgeburt an Hässlichkeit keinen gab. Er war schlaksig und eigenwillig gewesen. In Daniels Augen auch viel zu besitzergreifend. Wenn er nur an dieses blöde Lied dachte, das der Kleine ständig beim Anziehen gesungen hatte: »Erst die Schuhe, dann die Jacke, dann die Mütze, dann der Schal.«

Dabei hatte er gekichert. Weil Sommer war und er weder Mütze noch Schal brauchte. Wenn er die Handschuhe dazu kreierte, hatte er sich schließlich vor Lachen auf dem Fußboden gekugelt.

Dass der Seenebel Achim mitgenommen hatte, war für Daniel eine gute Fügung des Schicksals gewesen. Verschluckt und weg. Das durfte er natürlich nur denken, solche Gedanken sprach man nicht aus.

Maria hatte sich danach Hilfe suchend an ihn geklammert. Sie war so froh gewesen, dass er da war. Daniel, ihr bester Freund. Er, der ihr sacht über das halblange Haar gestrichen hatte. Eine Strähne nach der anderen war ihm durch die Finger geglitten. Maria hatte unvergleichlich weiches Haar. Sie hasste es, weil sie es nicht richtig frisieren konnte. Nicht eine Spange hielt darin. Daniel aber liebte es. Diese Gar-nichts-Farbe, die Marias Onkel liebevoll als straßenköterblond bezeichnete.

Er sah es noch sacht im Wind fliegen, als sie gerade mit ihrem Trolley um die Ecke gebogen war. Er würde ihr folgen. Wie er es immer in seinem Leben getan hatte. Und wie immer würde sie es hinnehmen, es nicht wirklich bemerken.

ooo

Angelika Mans hatte rotgeweinte Augen. Ihre Gesichtszüge waren erstarrt, wirkten maskenhaft. Rothko war klar, dass er vorsichtig vorgehen musste. Diese Frau war in ihren Grundfesten erschüttert worden. Sie schwebte ohne Halt durchs Leben, wusste noch nicht, wie sie sich ohne ihr Kind neu platzieren sollte, ja wie sie überhaupt ohne Lukas weiterleben konnte. Wobei er aus Erfahrung wusste, dass das Ausmaß des Schmerzes, die ganze Intensität, noch gar nicht bei ihr angekommen war.

Rothko hatte Tee gekocht, aber der war ihm nicht so recht gelungen. Er hatte eine uringelbe Färbung und erinnerte nur mit großer Fantasie an das, was man echten Ostfriesentee nannte. Angelika Mans schien es egal zu sein. Sie hatte wahrlich andere Sorgen, als sich um schwachen oder starken Tee zu kümmern. Wahrscheinlich schmeckte sie den Unterschied nicht einmal.

»Wissen Sie, wo der Kleine an diesem Morgen hinwollte?« Rothko bemühte sich um einen sensiblen Tonfall. Am liebsten würde er schweigen, gar nichts sagen, aber das war in diesem Fall völlig unmöglich. Er musste den Menschen finden, der dieser Frau und ihrem Kind das angetan hatte.

Angelika schüttelte den Kopf. Nein, sie wisse nicht, wo er hinwollte. Normalerweise schlafe ein Kind um diese Zeit und treibe sich nicht draußen herum.

Ganz langsam bewegte sie dabei ihren Kopf hin und her, wurde mit ihrer Bewegung aber immer schneller. Am Ende schleuderten die aschblonden Haare um ihr Gesicht, bis sie abrupt innehielt. Gleichzeitig mit diesem Stopp sank ihr Kopf auf die Tischplatte. Die Frau war einfach erledigt. Viel mehr als gestern würde nicht aus ihr herauszukriegen sein. Der Schmerz hatte ihre Sinne betäubt, duldete keine nähere Erinnerung an das, was so wehtat, dass es nicht auszuhalten war.

Rothko, der keine Kinder hatte, bekam eine vage Ahnung davon, dass man ein Stück von sich selbst verlor, wenn ein Kind plötzlich nicht mehr da war. Angelika Mans kam ihm wie abgeschnitten vor. Nicht so, als fehle ihr mindestens ein Körperteil, sie wirkte eher wie seelenamputiert.

Ihre Stimme klang dumpf, als sie wie zur Bestätigung sagte: »Es ist, als habe man ein Stück vom Herzen entfernt. Mein Zentrum fehlt, Herr Kommissar. Alles verliert seinen Sinn. Ohne ihn.« Sie hob kurz den Blick. »Ohne Ehepartner kann man leben. Das habe ich begriffen, als er mich wegen einer anderen verlassen hat.« Sie warf mit einer energischen Handbewegung die Haare über die Schultern. »Das war nichts gegen das, was jetzt in mir vorgeht.« Ihr Kopf sank zurück auf die Tischplatte.

Es hatte etwas von »Vorhang zu«, dachte Rothko.

»Nichts«, wiederholte sie.

Der Kommissar räusperte sich. So kam er nicht weiter. Aber er hatte absolut keine Lust, sich einen Seelenklempner dazuzuholen, der ihm auch noch ins Handwerk pfuschte. Irgendwie musste er selbst an die Frau herankommen.

»Wo ist Ihr Mann denn jetzt?«, fragte er.

Angelikas Schultern zuckten fast unmerklich. »Ex-Mann«, korrigierte sie. »Keine Ahnung. Er tourt durch die Welt. Mit seiner Neuen.«

»Es ist aber ausgeschlossen, dass er sich auf Wangerooge befindet?«

Angelika erhob ihren Kopf. Sie zupfte ein Papiertaschentuch aus der Tasche. Rothko erwarte, dass sie sich nun kräftig schnäuzte. Ihre Stimme klang von dem vielen Weinen ganz näselnd. Als sie mit den Fingern über die Nasenspitze wischte, zog sich glasiger Schleim über ihr Handgelenk.

Angelika tupfte sich mit dem Taschentuch zunächst

vorsichtig über die Augen, tastete sich hinunter zum Nasenflügel, den sie beim Abwischen hin und her bewegte. Danach war ihre Haltung merklich aufgerichteter und die Stimme fester. »Mein Ex-Mann hasst die Insel. Zumindest hat er das während unserer Ehe getan.« Sie schaute Rothko fest an. »Ich glaube, ehrlich gesagt, nicht, dass er hier ist oder war.«

»Weiß er denn Bescheid?« Rothko nahm einen Schluck von dem blassen Tee und verzog angewidert das Gesicht. Der Kaffee oben war schon eine Katastrophe, aber dieses Gebräu grenzte an Folter. Zum Teufel, warum hatte sein Inselkollege nicht einmal hier eine Kaffeemaschine? Er schien eingefleischter Teetrinker zu sein. Rothko hatte nichts gegen Sitten und Gebräuche, aber man musste schließlich nicht dogmatisch an allem festhalten, wenn es bessere Alternativen gab.

»Nein, Herr Kommissar. Er hat sein Handy ausgeschaltet. Ich habe am Tag vor Lukas' Verschwinden mit ihm gesprochen.« Sie hielt inne, sprach dann sehr überlegt weiter, als müsse sie die Tragweite eines jeden Wortes genau abwägen. »Gestritten haben wir. Über nichts, wie immer. Lukas hat das völlig verstört.« Sie schluckte. »Auch wie immer. Aber ich kann Ihnen nicht sagen, wo er sich gerade aufhält.« Sie tupfte ihre Augen trocken. »Darüber haben wir nicht geredet. So war das dauernd.« Angelika Mans sah ihn von unten her an. »Hören Sie mir überhaupt zu?«

Rothko schreckte zusammen. »Natürlich höre ich zu, Frau Mans.« Er räusperte sich. »Ihr Mann ist also irgendwohin entfleucht. Was hatte er denn für eine Beziehung zu Lukas?«

Angelika Mans lachte schrill auf. »Beziehung?« Wieder folgte dieser merkwürdige Ton. »Er hat ihn vergessen. Einfach vergessen in seinem neuen Leben.« Sie sank erneut in sich zusammen. »Es gibt uns nicht mehr.«

Angelika stieß mit gespitztem Mund Luft aus, als puste sie eine Kerze aus. »Weg. Einfach weg.«

Rothko schob seinen Oberkörper ein Stück weit über den Tisch. »Könnte es sein, dass er ...«

Angelikas Augen vergrößerten sich. Ihre Stirn legte sich in Falten. Ganz langsam begann sich ihr Kopf zu bewegen. Sie verneinte die Frage, das war eindeutig.

Rothko lehnte sich zurück. Egal, was Angelika Mans sagte, sie war befangen. Er würde den Vater von Lukas finden und ihm gehörig auf den Zahn fühlen.

SEELENPFAD 4

Heute hier, morgen dort

So vergeht Jahr um Jahr,
und es ist mir längst klar,
dass nichts bleibt, dass nichts bleibt,
wie es war.

Hannes Wader (* 1942)

Kristian Nettelstedt hatte sich das Appartement mit Blick auf das Festland gemietet. Den Anblick der tosenden Nordsee konnte er nicht ertragen, seit damals sein Sohn Achim verschwunden war. Warum es ihn nun trotz allem zurück auf diese Insel gezogen hatte, war ihm selbst nicht klar. Nach Achims Verschwinden war auch kurz darauf Oskar gestorben. Wie ein Engel war er seinem Bruder gefolgt. Eva, seine Frau, hatte sich Vorwürfe gemacht, weil sie Achim wegen Oskars Krankheit nicht genug Aufmerksamkeit gewidmet hatte. Es war ein Ding der Unmöglichkeit, sie vom Gegenteil zu überzeugen.

Es wurde immer mehr zu einer Selbstanklage, die ihr Leben prägte. Kein Gespräch war mehr möglich. Als Kristian eines Tages von der Arbeit gekommen war, war ihm die Leere eines unbewohnten Hauses entgegengeschlagen. Sie hatte zwar nicht ein einziges Möbelstück mitgenommen, aber allein durch ihre Abwesenheit war ihm jeder Raum tot und leer erschienen. Er hatte auf der Welt noch nie einen Menschen so sehr geliebt wie Eva.

Er selbst war, bevor er sie kennenlernte, ein Blatt im Wind gewesen, das von einem Wirbel zum nächsten trudelte. Er hatte es nie geschafft, sich auf ein bestimmtes

Leben festzulegen. Er hielt es nie lange an einem Fleck aus. Dann war Eva gekommen. Blond, grazil und wunderschön. Sie strahlte eine Verletzlichkeit aus, die ihn anrührte. Ihre Augen hatten die Farbe des Ozeans, eine interessante Mischung aus Grün und Blau, ihr Körper wirkte überaus zerbrechlich.

Kristian hatte nicht anders gekonnt, als sesshaft zu werden und sich um sie zu kümmern. Er war der Starke in der Beziehung. Das war genau das, was er brauchte. Auch Achim hatte rasch seine Nähe gesucht. Er war ein schwächliches Kind, glich Eva in fast aufdringlicher Weise. Seine labile Art rührte ihn allerdings nicht, wie sie es bei Eva tat. »Hilf ihm. Irgendwie. Er soll stark werden«, war eine der Aussagen zu Beginn ihrer Beziehung gewesen. Er solle nicht so haltlos und unsicher durchs Leben gehen wie sie. Kristian hatte ihren Wunsch sehr ernst genommen und alles versucht, was in seiner Macht stand.

Kristians Blick folgte den Silber- und Sturmmöwen, die ihre Bahnen über dem Wattenmeer zogen. Es war ablaufend Wasser, der Schlick spiegelte sich im Sonnenlicht, schien wie mit winzigen Glassplittern bedeckt.

Ohne Eva war Kristian schließlich zu seinem Vagabundenleben zurückgekehrt. Er hatte nie wieder von ihr gehört. Sie war aus seinem Leben verschwunden wie ihre beiden Söhne. Es war, als habe es die drei nie gegeben. Manchmal redete er sich ein, es sei tatsächlich so, um überhaupt weiterleben zu können. Menschen, die es nicht gab, konnten auch keinen Schmerz verursachen. Kristian hatte gelernt zu verdrängen. Es gab nur wenige Lücken, durch die er die Realität einließ.

Vor ein paar Tagen war er nachts aufgewacht. Er hatte von Achim geträumt, auf seinem blassen Gesicht schienen die Sommersprossen von noch kräftigerer Farbe. Die stoppeligen, wirren Haare standen wie stets in alle

Richtungen ab. Evas Arm lag um seine Schultern, die Nägel tief im Stoff des T-Shirts eingegraben. Ihr Blick war eine einzige Anklage.

Wenn Kristian etwas nicht ertrug, war es, Eva so zu erleben. Und sei es nur im Traum.

Er hatte sich sofort ins Auto gesetzt und war mit dem nächsten Schiff auf die Insel gefahren. Angezogen wie von einem Magneten, ausgelöst von diesem Blick in seinem Traum. Was er hier wollte, das eigentliche Ziel, war ihm aber selbst nicht ganz klar.

Die ersten Tage hatte er geglaubt, wieder zu leben. Er hatte die Weite des Meeres genossen, sich vornehmlich im Westen aufgehalten. In einem Prospekt hatte er von dem Seelenpfad gelesen, den der Lions Club der Insel in Zusammenarbeit mit den beiden Kirchen erstellt hatte. Jeden Tag kletterte er durch die Dünenlandschaft und ging den Schildern nach.

»Im Osten ist der Pfad viel länger«, sagte ein Mann, der diesen Tafeln ebenfalls folgte. »Und die Aussicht dort, die viele Natur drum herum ... ein Paradies. Eine Landschaft, die die Schönheit der Insel erst in vollen Zügen widerspiegelt, sage ich Ihnen.«

Kristian hatte nur genickt. Im Osten war er noch nicht gewesen, wusste auch nicht, ob er je einen Fuß dorthin setzen konnte. Im Osten war Achim verschwunden. Hier würde Evas Anklage über ihn hereinbrechen. Er wollte das alles nicht mehr. Er wollte frei sein. Es vielleicht schaffen, eines Tages zu vergessen. Doch war es möglich, so etwas je abzuschließen? Sicher nicht, verdrängen war der einzige Weg. Es wäre besser, er wäre nicht hier.

Schließlich hatte er es nicht ausgehalten und hatte sich doch zum Ostteil von Wangerooge gewagt. Eine unbestimmte Kraft hatte ihn getrieben. Sein Blick war in Richtung Ostbalje geschweift. Starr hatte er dorthin geblickt, quälende Bilder schoben sich vor seine Augen.

Doch er war weitergegangen. Immer weiter. Bis zum Meer. Es war ein Fehler gewesen.

ooo

Wenn Maria etwas liebte, war es die Freiheit der Insel. Trotz allem, was sie hier erlebt hatte. Nirgendwo auf der Welt konnte sie die Klarheit der Luft, die Unbezwingbarkeit der Natur und gleichzeitig die Unabhängigkeit so hautnah erleben wie hier. Erst jetzt merkte sie, wie unglaublich sie all das vermisst hatte.

Es war außerhalb der Saison besonders schön hier. Eine ganz andere Atmosphäre, als wenn die Ausflugsschiffe die Touristen auf die Insel spuckten, die sich in alle Winkel verstreuten, und ein großer Teil von ihnen abends von der Inselbahn verschlungen und abtransportiert wurde. So wie es schon damals gewesen war. Maria befürchtete, die Touristenströme könnten seitdem noch zugenommen haben. Wobei es ein Phänomen war, wie sich die Menschenmassen auf der Insel verteilten. Es gab auch in der Hauptsaison immer noch Ecken, wo man völlig ungestört sein konnte. Nur im Zentrum des Dorfes war es zu der Zeit bedrückend voll. So hatte es Karl jedenfalls erzählt und Maria glaubte ihm, denn auch das war schon vor zehn Jahren so gewesen.

Es war noch früh am Tag, die Insel schlief noch. Maria war gestern den Seelenpfad des Lion Clubs gegangen, war den Tafeln durch die Dünen gefolgt. Sie war ganz gefangen von den Gedichten und Liedern, die alle paar hundert Meter auf den Schildern zu finden waren. Dieser Gang beruhigte sie, ließ sie für den Augenblick innehalten. Die Texte waren verfasst für Menschen wie sie. Menschen, die sich auf der Suche befanden. Nach Frieden, nach ihrer Mitte. Sie hatte gestern tatsächlich den Anflug der Hoffnung gehabt, hier würde endlich alles gut.

Bis sie in der Nacht wieder von ihren Träumen heimgesucht worden war, die sie brutal daran erinnert hatten, was hier vor zehn Jahren geschehen war. Ständig war Achims Stimme durch ihr Ohr geistert, von einer Etage zur nächsten gesprungen. Irgendwann hatte sie wie immer den Schlaf nicht mehr ertragen und war aufgestanden, hatte den Wolken bei ihrem Nachttanz zugeschaut. Hier verharrten sie wegen des immerwährenden Windes nur selten. Meist huschten sie in lebendigem Spiel über den Himmel, formierten sich neu, um nach kürzester Zeit erneut auseinanderzudriften.

Sie warf einen Blick zum Meer, entschied sich aber dann, doch nicht hinunter zum Strand zu gehen, sondern lieber zwischen den Hagebuttenbüschen und Gräsern den Pfad durch die Dünen weiterzugehen. Das Meeresrauschen konnte sie auch hier oben hören. Mit etwas Glück würde sie auch noch ein paar Vögel beobachten können. Erst gestern hatte sie die Kornweihe bei der Jagd gesehen. Es war ein Geschenk, diesen seltenen Greifvogel zu entdecken. Maria wusste diese Glücksmomente, die ihr die Natur schenkte, durchaus zu schätzen. Es lenkte so wunderbar von den schrecklichen Gedanken ab.

Nach einer Weile ließ sie sich auf einen der zahlreichen Bunker nieder. Er war in sich zusammengefallen, schon in seine Umgebung integriert. Rings umher standen Heckenrosen in Massen, doch erst zart sprossen die ersten grünen Blätter. Wie dürre Finger mit vielen Haaren daran wackelten die Zweige im Wind. Maria ließ sich auf dem Betonrand nieder.

Sie hatte Glück. Kurze Zeit später sah sie tatsächlich die Weihe am Himmel. Starr verharrte sie dort, glitt dann im Gleitflug näher, rüttelte kurz und schoss schließlich zur Erde. Maria sah den Vogel eine Weile nicht, vermutlich verspeiste er gerade genüsslich seine Beute. Warum sie so großen Gefallen daran fand, diese

Greifvögel bei der Jagd zu beobachten, war ihr nicht ganz klar. Vielleicht war es die Anmut dieser Tiere. Das Grazile, das ihr selbst völlig fehlte. Marias Statur war kräftig geworden, ihr Gang glich dem einer watschelnden Ente. Zumindest empfand sie es so. Daniel hatte dagegen öfter angedeutet, dass er in ihr den Inbegriff der weiblichen Schönheit sah. Aber er war in dieser Hinsicht nicht objektiv.

Daniel liebte sie, seit sie denken konnte. Schon im Sandkasten hatte er ihr gesagt, dass sie ihn heiraten solle. Weil sie der beste Arbeiter war. Keine beherrschte es damals so gut, den Bagger mit dem winzigen Lenkrad durch die imaginäre Sandwüste zu steuern, wie sie. Obwohl sie ein Mädchen war. Das musste die Jungen erst akzeptieren. Daniels Besitzanspruch hatte ihr gut gefallen. Jetzt fand sie es eher lästig. Sie wollte keinen Mann. Sich gefühlsmäßig auf niemanden mehr einlassen. Das Alleinsein war ihre Strafe dafür, dass sie auf Achim nicht gut aufgepasst hatte.

Aber als Kinder hatten Daniel und sie zusammengehört. Wie man eben in einem kleinen friesischen Dorf zusammengehörte, wenn jeder von jedem alles wusste. Nicht nur ihr war bekannt gewesen, woher die ständigen blauen Flecken kamen, die immer öfters Daniels Haut zierten. Es war gut gewesen, als der Vater die Familie endlich verlassen hatte.

Maria durchlief ein Schaudern, das sie in die Wirklichkeit zurück katapultierte. Während der Vogel seine Beute verspeiste, fühlte auch sie Hunger. Sie kramte aus ihrem Rucksack ein Stück Brot heraus, dick belegt mit Schinken, Remoulade und Salatblättern. Eine Böe riss ihr das Butterbrotpapier aus der Hand, ließ es zwischen den Heckenrosen tanzen, bis es sich in den kleinen Dornen verfing und sich die knorrigen Äste darin festkrallten. Maria mochte es nicht, wenn die Natur verschandelt wurde, weil alle ihren Müll in die Landschaft warfen. So stand sie auf und haschte nach dem Papier. Sie bekam nur einen Zipfel zu fassen, der gleich abriss. Auf allen vieren robbte sie sich näher heran, ignorierte die feinen Dornen, die sich in ihre Haut bohrten. Der Wind riss den Fetzen derweil wieder ab. Das Papier wirbelte in der Luft herum, legte sich auf die Erde und verfing sich ein Stückchen tiefer im Geäst als zuvor.

Maria stöhnte. Was halste sie sich auch immer auf! Ihre Unterarme bluteten an einigen Stellen bereits leicht. Trotzdem haschte sie weiter nach dem Papier, wollte nicht aufgeben. Es nicht einzufangen, wäre ihr wie eine Niederlage vorgekommen. Sie streckte den Arm aus, bekam es beinahe zu fassen, als sie das Gleichgewicht verlor und mit den Füßen in die Senke hineinrutschte. Maria schrie auf. Sie glaubte, diese Dornen seien das Letzte, was sie in ihrem Leben spürte. Wie Tausende von Nadeln zerstachen sie ihre Haut.

Das Papier hatte sich durch ihren Aufprall wieder losgerissen und trudelte weiter über die Dünenlandschaft.

Nach einer Weile fing Maria sich wieder. Sie bewegte nach und nach ihre Gliedmaßen, prüfte, ob nichts gebrochen war. Vorsichtig glitt ihre Zunge über die Zähne, weil sie mit dem Kopf an den Betonrand des Bunkers gestoßen war. Sie schienen völlig unversehrt, nur an der Oberlippe schmeckte sie etwas Blut.

Maria versuchte, irgendwo Halt zu finden, um aus der Senke herauszuklettern, was wegen der vielen schmerzhaften Dornen nicht einfach war. Sie verspürte nur wenig Lust, sich weitere Stiche einzuhandeln. Wahrscheinlich würde sie ohnehin ein paar Stunden damit verbringen müssen, diese winzigen Teile mit der Pinzette aus ihrer Haut zu entfernen.

Gerade als sie sich mit den Füßen abstoßen wollte, spürte sie etwas Unebenes. Es rollte sich unter ihrem

Ballen, fühlte sich an wie ein Ast. Wahrscheinlich war sie auf eine Wurzel getreten. Aber daneben befanden sich weitere Teile, die sie problemlos hin- und herschieben konnte. Dann stieß ihr Fuß gegen etwas Rundes. Vorsichtig tastete sich Marias Hand an ihrem Hosenbein entlang nach unten. Die Oberfläche der Gegenstände zu ihren Füßen war glatt. Es fühlte sich an wie gut gehobeltes Holz. Eine Stimme warnte sie, sagte ihr, es sei besser, hier zu verschwinden.

Maria tastete sich mit ihrer Hand weiter. Der Schmerz war höllisch, sie musste Hunderte von kleinen Dornen in den Händen stecken haben. Sie sollte abhauen. Seit damals ignorierte Maria ihre inneren Warnungen nicht mehr. Sie hatte gelernt.

Sie zog ihre Hand hoch, wollte nicht ertasten, was sich dort zu ihren Füßen befand.

Ein weiteres Mal versuchte sie sich hochzustemmen, doch dann hielt sie inne. Wieder wanderten ihre Hände am Bein entlang, strichen über den Stoff ihrer Jeans, bis sie schließlich ihre Füße erreichten. Für diese Bewegung musste Maria ihren Kopf in eine völlig unnatürliche Haltung zwingen. Was sie antrieb, den Gegenstand letztendlich zu umschließen und Stück für Stück nach oben zu befördern, war ihr selbst nicht klar.

Sie bugsierte ihn an ihrer Hüfte vorbei. Als sie ihn endgültig ans Tageslicht befördert hatte, sah sie, in was ihre Finger steckten.

ooo

Man hat den Jungen also in den Dünen gefunden. Der Kommissar war es sogar selbst gewesen.

Der Tod des Kindes ist in aller Munde. Das war vorauszusehen.

Die Polizei wird ihn, den Mörder, aber nicht aufspüren. Er ist geschickt und deshalb noch nie entdeckt worden.

Er wird von großen Mächten geschützt. Wer denkt auch schon, dass er solche Dinge tut? Mörder sind Monster, ist die allgemeine Ansicht. Sie bedenken nicht, dass es kein Exot ist, dem es auf die Stirn geschrieben steht, sondern es immer einer aus ihrer Mitte ist, einer von ihnen. Deshalb werden sie ihn auch nie verdächtigen. Er ist eben ein Mensch wie sie alle, einfach keiner, dem man es zutraut. Ein Mann ohne besondere Merkmale, ohne Auffälligkeiten.

Schade, dass sie das Kind nicht hier beerdigen würden. Er hätte den Jungen gern zu seiner letzten Ruhestätte begleitet. Schließlich ist er es gewesen, der ihm geholfen hat, die Schwelle zu überschreiten.

Der Mann steht an der Strandpromenade, lässt den Blick über die See schweifen. Am Horizont gleiten blaue und rote Schiffe entlang. Die Sicht ist heute gut, er kann die Umrisse von Helgoland erkennen.

Ein paar Radfahrer fahren unerlaubterweise an ihm vorbei, streifen seinen Mantel mit dem Gepäckträger. Er steht stockstreif, sagt nichts. Er will keine Aufmerksamkeit erregen. Doch er will auch nicht gehen. Bleiben ist die unauffälligste Variante. Dann fragt keiner.

Der Mann schluckt. Wie riskant, es genau hier noch einmal getan zu haben. Schon während er darüber nachdenkt, weiß er bereits, dass es auch jetzt nicht das letzte Mal gewesen ist. Er muss nur vorsichtiger werden. Es wird zurückkommen, dieses Gefühl, es tun zu müssen. Egal, welches Elend er bei den Eltern damit anrichtet. Darüber will er nicht nachdenken. Dann müsste er ins Meer gehen, doch er lebt doch so gern. Es gab Zeiten, in denen das anders war.

Sein Rücken streckt sich kerzengerade durch, als ihn diese Gedanken attackieren. Seine Brust schnellt hervor, als könne sie so einen Schutzschild gegen das formen, was ihn nun angreifen wird, bis er es kaum noch erträgt. Bilder schieben sich vor seine Augen, blenden die Wirklichkeit aus, katapultieren ihn in eine Welt, in die er nur ungern zurückgeht. Nur lässt es sich nicht immer vermeiden, dass die Gedanken ihn wie auf einem Schiff, das im Wind treibt, in seine Kindheit zurückschwimmen lassen.

Sein Vater steht vor ihm, die Augen zu Schlitzen zusammengezogen. Er hat es gerade wieder mit ihm getan. Die Beine des Vaters sind leicht auseinandergestellt, die Hände zu seinem Hals hin geöffnet. Gleich wird er zudrücken. So lange, bis der kleine blonde Junge Sterne sieht. Die Züchtigung für Ungehorsam, eine eigenwillige Art, dieses Kind zu strafen. Ein Balg, das ihm seine Frau untergejubelt hat. Erst als der Bauch mit der provokativen Wölbung nicht mehr zu übersehen war, erst da hat sie es ihm gesagt. Der Unterleib ist so stramm gewesen, dass seine Faust daran abgeprallt ist.

Der Vater erzählt dabei immer, wie er sich an die hämische Lache seiner Mutter erinnert. Der Kleine muss es ausbaden. Seine ganze Kindheit, seine ganze Jugend über. Außerdem sagt sein Vater hässliche Dinge zu ihm. Dinge, die ihn treffen sollen und es auch tun.

Für den Moment streift den Mann der Wind der Nordsee, öffnet ein Fenster in die Realität. Obwohl er hier an der Strandpromenade durchaus frei atmen kann, glaubt er, nicht genug Luft zu haben. Er spürt die Hände seines Vaters am Hals. Sie drücken zu. Fester und fester. Bis ihm endgültig der Atem genommen wird. Es ist ein komisches Gefühl. Er schwebt zwischen Leben und Tod.

Als ganz kleiner Junge umfasst er die anderen Kinder gern von hinten mit den Armen und drückt zu. Manchmal werden sie ganz rot und japsen nach Luft. Das gefällt ihm. Dann ist er der Herr. Er ist stark.

Ein paar Jahre später ist er mit dem Nachbarjungen allein. Es ist ein schwacher Typ, ihm körperlich unterlegen. Der Hals ist dünn genug, seine Hände passen genau darum herum. Er macht es einfach so, will spüren, wie es sich anfühlt.

Die Augen quellen weit heraus, selbst die zarte rosa Zunge streckt sich ein Stück aus dem Mund. Den jungen Mann durchläuft ein warmes Gefühl.

Er hat Macht. Er ist nicht der, mit dem etwas getan wird. Ein erhebender Moment.

Der Junge petzt nicht. Schüttelt immer nur den Kopf, wenn er in die Nähe des Älteren kommt. Er ist unterwürfig, ihm ergeben. Und er, der Große, ist seitdem stark. Weil er weiß, was er tun kann.

Er nimmt sich einen weiteren kleinen Jungen. Einen, der sich auch nicht wehrt. Er genießt den Duft der Angst, der von dessen Haut abstrahlt. Dann legt er die Hände um den Hals, weidet sich an dem Blick, der tiefer und tiefer wird, ihm die ganze menschliche Seele offenbart.

Das ist der Moment, in dem er sich göttlich findet. Er ist der Herr. Er hat alles in der Hand.

ooo

Karl stand in Mimis Küche und starrte aus dem Fenster. Er war unruhig gewesen und Maria gleich auf die Insel gefolgt. Mimi hatte immer ein Plätzchen für ihn. Oft kroch sie nachts in sein Bett, rieb sich an seinem Körper, bis sie stöhnte. Er selbst hatte nichts davon, wollte sie aber nicht vor den Kopf stoßen. Mimi erregte ihn nicht. Er mochte Männer, hatte aber diese Vorliebe nie ausgelebt. Er fürchtete sich vor dem Gerede. Seine Generation war nicht so tolerant wie die jüngere. Er wäre im Dorf sicher geliefert gewesen. In Berlin, da konnte ein Klaus Wowereit sagen, dass er schwul sei. Alle tolerierten es. Oberflächlich. In Wirklichkeit war dieser Spruch mit dem Schwulsein die allgemeine Lachnummer. Karl erinnerte sich nur zu gut an die feixenden Gesichter, wenn sie ihn abließen: »Ich bin schwul und das ist auch gut so.« Vielleicht war er als Betroffener aber auch nur besonders empfindlich.

Ein Freund war also unmöglich, für den Rest gab es Etablissements. Er konnte zwar nicht oft dorthin, weil er mindestens bis Wilhelmshaven oder Oldenburg fahren musste, um die Anonymität zu gewährleisten.

»Wo bleibt sie denn nur?« Karl schürzte die Lippen. Er war unruhig. »Maria. Sie muss doch kommen.«

Mimi kochte gerade Kohlsuppe und hatte ihm nicht richtig zugehört. Über der ganzen Küche klebte der süßliche Kohldunst wie eine Glocke. Die Abzugshaube schaffte die Geruchsmenge nicht, dröhnte aber mit gewaltiger Lautstärke über die Köpfe der beiden hinweg.

»Wo Maria steckt, habe ich gefragt«, schrie Karl gegen den Lärm an.

Mimi sah zu ihm, ihre Brille war beschlagen. »Sie wollte zum Strand, ins Dorf … Was weiß denn ich«, kreischte sie zurück und warf ein Stück Mettwurst in den Topf. Es zischte, als Wasser auf die heiße Herdplatte tropfte.

Karl winkte ab. Er musste Maria finden, musste wissen, was sie genau suchte.

Er riss seine Joppe vom Haken und machte sich auf den Weg. Karl kannte auf Wangerooge fast jeden Winkel. Wenngleich er kein Insulaner und auch kein Wangerooger war, so hatte er doch so viel Zeit seines Lebens hier verbracht, dass er sich wie einer fühlte. Vielleicht lag es auch daran, weil er mit Mimi so verbunden war. Ihre Familie gehörte seit Generationen hierher.

Karl vermutete, Maria habe sich in ihrer depressiven Anwandlung in Richtung Osten aufgemacht. Zurück an den Tatort, Schocktherapie. Das war das, was man den jungen Leuten von heute eintrichterte.

Sie würde völlig verstört zurückkommen. Ihre Seele würde wie damals traurig hin und her schwingen, nicht einzufangen von einem einfachen Mann wie ihm.

Es gab keine Chance, dieses Leiden zu beenden. Es verfolgte sie auf ewig, raubte ihnen das, was Glück ausmachte.

ooo

Maria verharrte eine ganze Weile. Sie brauchte eine Zeit, um zu begreifen, versuchte sich immer wieder klarzumachen, dass es sich hier um keinen Traum, sondern die grausame Realität handelte, die sie eingeholt hatte. Es war ein Schädel, nicht sehr groß. Ihr Zeige- und Ringfinger steckte jeweils in einer Augenhöhle. Der Knochen war von bleicher Farbe und an einigen Stellen bereits etwas porös.

Maria wollte den Gedanken nicht zulassen. Es war zu abscheulich, übertraf das, was sie im Augenblick ertragen konnte. Sie holte tief Luft, starrte über die Dünenlandschaft, beobachtete das Hin- und Herwiegen des Strandhafers. Sie wollte es nicht begreifen. Verdrängte die Realität, indem sie andere, alltägliche Gedanken in den Vordergrund schob und versuchte, die Grausamkeit dadurch zu überspielen. Strandhafer hat bis zu zwölf Meter lange Wurzeln, dachte sie. Er ist unser Schutz für die Insel. Sie stockte. Schutz, schoss es ihr durch den Kopf. Schutz, was für ein kurzes Wort für einen so langen und umfangreichen Sinn.

Dann fiel ihr ein, dass es für sie keine Sicherheit gab. Sie war den Stürmen hilflos ausgeliefert, musste jetzt ertragen, was sie hier vorgefunden hatte.

Maria hob den Kopf, lauschte den Rufen der Möwen. Es gab kein Zurück. Sie hatte sich dem zu stellen, was sie entdeckt hatte. All dem, was sie seit Jahren verfolgte, weil alles im Leben miteinander zusammenhing, alles miteinander verzahnt war.

Ihr Herzschlag war bis zum Hals zu spüren. Die Welt drehte sich in einer atemberaubenden Geschwindigkeit.

Es war zu viel. Zu viel, was sich vor zehn Jahren in ihr Leben geschlichen und sie aus der Bahn geworfen hatte. Zu viel, was sie jetzt mit diesem Fund ertragen musste. Hilfe suchend sah sie sich nach anderen Spaziergängern um. Doch keiner hatte sich um diese gottverlassene Zeit hierher verirrt.

Sie war allein an diesem Bunker. Sie stand verlassen in diesem Loch und ihre Schuhe bewegten runde längliche Dinge, die vermutlich weitere Teile des Skelettes waren, dessen Kopf sie in der Hand hielt. Maria griff erneut nach unten, wagte einen zweiten Blick darauf.

»Ein Skelett gehört zu einem toten Menschen«, flüsterte sie. »Und dieser Schädel ist klein. Kleine Schädel gehören zu einem toten Kind.« Dann traf es sie mit voller Wucht. ›Er ist es‹, hämmerte es in Marias Kopf. Immer wieder: ›Er ist es!‹ Die Sicherheit dieser Einsicht war so groß, dass sie keine weiteren Gedanken in eine andere Richtung zuließ. Maria warf noch einen kurzen Blick auf den kleinen Kopf, der keinerlei besondere Kennzeichen aufwies. Er war weder deformiert noch waren Verletzungen zu erkennen. Es war ganz einfach ein skelettierter unversehrter Schädel. Maria schleuderte ihn in die umliegenden Heckenrosen. Er versank sofort darin. Sie wollte sich gar nicht merken, an welcher Stelle er abgetaucht war. Sie wollte nur weg hier, nur weg. Alles vergessen. Das war ein schlechter Scherz, den sich jemand mit ihr erlaubt hatte. Lächerlich. Sicher handelte es sich um einen Plastikkopf, zu ihren Füßen lagen bestimmt keine weiteren Knochen. Sie hievte sich aus ihrer misslichen Lage, beachtete nicht den Schmerz, den ihr die winzigen Dornen zufügten. Es war ihr egal. Sie musste hier verschwinden, drohte wahnsinnig zu werden, wenn sie auch nur eine Minute länger an diesem abgelegenen Ort bliebe.

Sie schaffte es, sich binnen kürzester Zeit zu befreien

und stürzte, über ihre eigenen Füße fallend, durch die Dünen.

Maria musste ein Stück auf dem Weg hinter dem Kamm entlanglaufen, bis sie den Überweg zum Meer erreichte. Sie hatte hektisch geatmet in den letzten Minuten, ersehnte eine Verschnaufpause. Die Sonne war schon höher gestiegen, hatte aber um diese Jahreszeit noch nicht die Kraft, viel Wärme abzustrahlen.

Der Zwischenhalt tat Maria gut. Sie brauchte eine Pause, um durchatmen und denken zu können. Sie rutschte mit dem Rücken an einem Zaunpfahl nieder, senkte den Kopf. Noch immer spürte sie die glatten Ränder der Augenhöhlen an ihren Fingern. Glatt, und – seltsamerweise vertraut. Sie begann lautlos zu schluchzen. Neben ihr raschelte es. Eine Kreuzotter wand sich durchs Gras und verschwand. Maria blieb stocksteif sitzen. Nicht, dass die Schlange noch auf sie aufmerksam wurde. Doch sie kam nicht zurück, war auf der Suche nach einem kleineren Opfer.

Das Auftauchen der Otter hatte Maria aus ihrer Lethargie geweckt. Ihr Gehirn begann zu arbeiten, die Gedankenblitze von vorhin zu sortieren.

Eines wurde ihr immer klarer: Achim hatte sie mit dem Tod des anderen Jungen gerufen, das war ihr jetzt ersichtlich. Maria glaubte an so etwas. Er wollte, dass sie ihn fand, bevor sein kleiner Körper vollends zu Staub verfallen war. Er wollte richtig beerdigt werden. In Würde in die Ewigkeit eingehen. Und er wollte, dass sie endlich ihren Frieden fand. Achim war ihr wie ein Bruder gewesen, sie hatten trotz des großen Altersunterschiedes eine unglaubliche Seelenverwandtschaft gehabt. Es war kein Wunder, dass ausgerechnet sie ihn aufgespürt hatte. Weil es vorherbestimmt war, dass genau sie das tat. Warum sonst hatte man Achims Leiche vorher niemals gefunden? Sie war einfach dran, war verpflichtet, ihr Schicksal anzunehmen.

Maria richtete sich kerzengerade auf. Sie musste umkehren. Nachsehen, ob es wirklich nur der Schädel war, der dort unterhalb des Bunkers lag. Sie wollte es Achims wegen tun, ob es ihr passte oder nicht. Schließlich war sie es gewesen, die ihn damals im Nebel verloren und einsam herumirren lassen hatte.

ooo

Karl kannte die Hinweistafeln mit den Seelensprüchen, aber er konnte mit so etwas nichts anfangen. Er amüsierte sich immer über die sogenannten »Seelenwanderer«, die an den Schildern vorbeipilgerten. Er ging davon aus, dass die meisten die Gedichte und Lieder ohnehin nicht verstanden. Wahrscheinlich, weil er große Schwierigkeiten hatte, den Inhalt gedanklich umzusetzen und ihn diese Kirchensongs nicht vom Hocker rissen. Was sollte er mit einem Gott, der ihm die leidige sexuelle Neigung mit in die Wiege gelegt und ihm so jegliches Liebesglück versagt hatte?

Außerdem war er zu einfach gestrickt für diese geistigen Höhenflüge. Sein Denken beschränkte sich auf elektrische Schaltungen und Stromkreisläufe. Dinge, die das alltägliche Leben am Laufen hielten. Philosophisches war ihm fremd und er bezeichnete es als »Tüddelei«. Seine wenigen Freunde waren mit ihm einer Meinung, und wenn sie in der *Teestube* oder der *Kogge* am Abend ihr Pils tranken, lachten sie nicht selten über die Großstädter, die nichts Besseres zu tun hatten, als sich Gedichte lesend oder Kirchenlieder singend von Tafel zu Tafel bewegen. Es gab wirklich welche, die sich nicht scheuten, laut und falsch die Nordseeluft mit ihren Stimmen zu schwängern.

Er wusste aber, dass Maria diese Schilder lieben würde. Karl erinnerte sich genau an ihren interessierten Gesichtsausdruck, als sie ihn davon im letzten Sommer erzählen hörte. Während er sich über diesen Blödsinn ausließ, hatte ein Hauch von Verletzlichkeit darin gelegen, obwohl sie die Tafeln überhaupt nicht kannte. »Gedichte und Lieder in den Dünen, das ist einfach ... einfach überirdisch, Onkel Karl«, hatte sie gesagt. »Die Worte von Dichtern und Sängern haben etwas Heiliges, bereichern Geist und Seele. Dann noch in Verbindung mit der Natur!« Den Kopf hatte sie über seine Ignoranz geschüttelt.

So konnte er sich auf jeden Fall denken, wo seine Nichte steckte, wenn sie ihre Gedanken und Seele reinigen wollte. Zumal sie sich bestimmt dieser selbstverordneten Schocktherapie aussetzen würde. Obwohl es für alle Beteiligten besser wäre, die Vergangenheit ruhen zu lassen. Karl lebte nach dem Motto: »Was ich nicht dauernd ausspreche, ist auch nicht wahr.«

Und war es doch so, dass etwas hochkam, half der ein oder andere Schnaps mit etwas Bier, um den Geist erneut locker fliegen zu lassen. Er stand mitten im Leben, wollte sich nicht unnötig mit Altlasten herumquälen. Es wäre besser für Maria, wenn sie auch so dachte. Wer weiß, was ihr Herumstochern in der Vergangenheit für Folgen haben würde.

Karl hatte mit dem Rad den ersten Dünenüberweg im Osten erreicht. Er stellte es am Rand ab und stieg bedächtig hinauf. Oben schlug ihm eine kräftige Brise entgegen. Auf dem Meer zeigten sich jedoch nur kleine Schaumkronen, die Wellen donnerten gleichmäßig an den Strand und zogen sich wie gehabt zurück. Er blickte in Richtung Osten. Dort war Achim damals verschwunden. Jetzt lag die Ostbalje frei vor ihm, kein Wölkchen trübte den klarblauen Himmel. Es stand ein schöner Frühlingstag bevor. Zumindest vom Wetter her. Was wegen Marias Schnüffelei daraus werden würde, wussten nur die Sterne.

Karl wandte sich vom Meer ab und lief weiter auf dem Dünenweg, an dem die Schilder angebracht waren. Obwohl sie lange nicht mehr darüber gesprochen hatten, war er sich ganz sicher, dass Maria diesen Pfad zu Beginn ihrer Suche ablaufen würde. Sie war so, sagte so komische Dinge wie, man müsse seine Mitte finden und sich erden, wenn man überleben wollte. Ab und zu hatte er sie zu Hause im Schneidersitz, die Arme mit den Handflächen vor der Brust zusammengepresst, vorgefunden. Ihre Augen waren dabei geschlossen und ihr Atem war mit immenser Lautstärke über die Lippen geflossen.

Manchmal stand sie auch breitbeinig vor dem geöffneten Fenster, malte mit den Armen einen großen Kreis und ließ sich am Ende mit einem lauten Seufzer zusammenfallen. Was denn diese Kasperei solle, hatte er sie gefragt und zur Antwort bekommen, sie beatme ihre Chakren. Er hatte nicht weitergefragt. Maria war, wie sie war, und wenn es sie glücklich machte – ihm war es egal, was sie für sich beatmete.

Auch am nächsten Seelenschild fand er sie nicht. Karl legte die Handkante an die Stirn, weil ihn die Sonne von vorn blendete, und versuchte, seine Nichte ausfindig zu machen.

Wegen seines großen Gewichtes fiel ihm der Gang schwer. Jeder Schritt war eine Qual. Schließlich fand er sie. Sein Herz stolperte für einen Moment, als er Maria sah. Ihr kinnlanges Haar schien vollkommen durcheinander. Sie stand vor dem zerstörten Bunker, darauf lagen helle längliche Teile, fein säuberlich aufgereiht, als spiele sie mit Bauklötzen. Karl beschleunigte den Schritt. »Maria!«, entfuhr es ihm. Sie blickte gar nicht erst auf, bewegte sich nicht einen Zentimeter.

Karl griff an ihre Schulter. Was er dann wirklich vor seiner Nichte liegen sah, hätte er lieber nicht gesehen.

ooo

Daniel nahm seine Wangerooge-Card am Schalter entgegen. Sonst fuhr er mit seinem kleinen Boot. Ein zeitaufwändiges Hobby, das er sich auch nur leisten konnte, weil er als Pfleger durch den Schichtdienst zwischendurch ein paar Tage frei und damit die Möglichkeit hatte, öfter als andere zu segeln. Dafür machte er gern einige Abstriche in seinem Leben. Er musste hin und wieder raus aufs Wasser, den festen Boden hinter sich lassen, nichts als die See um sich herum spüren und nur in der Ferne die Umrisse von Land erkennen. Sonst konnte er das Leben ohne Maria nicht ertragen. Er wollte sie heiraten, Tag und Nacht bei ihr sein. Sie sollte in seinen Armen erwachen, seine Kinder bekommen und später alt und grau mit ihm auf der Bank vor ihrem Häuschen sitzen und die Enkelkinder betrachten.

Stattdessen lebte sie wie eine Nonne mit diesem spinnerten Alten und versorgte ihn. Daniels Atem wurde immer schneller, wenn er nur in ihre Nähe kam, sein Herz raste und er konnte sich nur schwer beherrschen, sie nicht in den Arm zu nehmen. Wenn er das nämlich täte, hätte er bei ihr verloren. Maria nahm man nicht so einfach in den Arm. Es war, als sei sie ein wertvoller Gegenstand in einem Museum, den man zwar bewundern, aber nicht berühren durfte.

Wenn sein Verlangen nach Nähe zu ihr zu groß wurde, nahm er seine *Maria* und segelte von einer ostfriesischen Insel zur nächsten.

Gelegentlich fuhr er auch Wangerooge an und blieb dort ein paar Tage, wenn sein Zeitplan es zuließ. Manchmal ließ er sich am alten Ostanleger trockenfallen, wartete auf die Flut und fuhr dem Horizont entgegen. Der Horizont ... Für ihn die absolute Freiheit. Er war jedoch nur selten weiter als eine Seemeile von den Inseln entfernt auf die Nordsee hinausgefahren. Meist war dann die Sehnsucht nach der wirklichen Maria so übermächtig geworden, dass er umdrehte. Er war einfach kein Mensch, der sich weit von seinem Zuhause entfernen mochte. Nur etwa drei Mal hatte er sich bis Holland oder Helgoland gewagt. Sein Empfinden hatte sich zwischen Stolz auf seine Leistung und Unabhängigkeit und der unglaublichen Sehnsucht nach Maria eingependelt. Letztere hatte ihn jedes Mal dazu bewogen, doch rasch umzukehren.

Trotz seiner Liebe zum Segeln wollte er heute aber mit der *Wangerooge* übersetzen. Das braungrüne Nordseewasser mischte sich unter der Schraubenbewegung auf. Dem Schiff flogen die Möwenschwärme nach, in der Hoffnung, der eine oder andere Passagier würde etwas ins Wasser werfen.

Die *Wangerooge* war nicht voll, nur wenige Menschen wollten um diese Jahreszeit Urlaub auf der Insel machen. In ein paar Wochen würden sich die Touristenströme in nicht enden wollenden Knäulen über das Eiland winden, aber auch die Küstenregion auf dem Festland nicht verschonen. Wobei die Bewohner hier froh darüber waren. Es war der einzige Arbeitsmarkt, der funktionierte, Wangerooge lebte nun mal ausschließlich von den Badegästen. Daniel holte sich einen Becher Kaffee und ließ sich im Bauch des Schiffes auf eine der langen Bänke fallen. Die *Wangerooge* kam nur langsam voran. Es war Niedrigwasser und der Wind stand ungünstig. Die Überfahrt würde länger als die üblichen fünfzig Minuten dauern.

Daniel zog eine Zeitung aus der Tasche. Über den Mord an dem kleinen Jungen gab es noch keine neuen Erkenntnisse, nur, dass die Polizei allen Spuren nachging. So es denn welche gab, der Wind ließ alle Hinweise immer rasch verschwinden.

Der Zug mit den Werbeaufdrucken stand schon am Bahnhof. Da nur wenig Gepäck verladen werden musste, war die Zeit nur kurz, bis er vom Westanleger in Richtung Dorf fuhr.

Dort angekommen wartete Daniel auf seinen Koffer und zog ihn über das Kopfsteinpflaster. Er wollte wie immer bei Tant' Iris wohnen. Daniel wünschte, Maria würde keinen Fehler machen, wenn sie zu tief in Dingen wühlte, die besser zugedeckt blieben. Er hoffte es. In ihrem eigenen Interesse.

SEELENPFAD 5

*... die Spuren der Zeit:
Bilder verfolgend ...*

Quelle unbekannt

Rothko saß beim Frühstück. Er hatte grottenschlechte Laune. Zum einen war ihm das Ei zu hart geworden, und wenn er eines hasste, waren es hart gekochte Eier, die man nur mit einem Getränk durch den Schlund brachte. Dazu kam, dass die Qualität des Kaffees sich noch nicht gebessert hatte, obwohl er bereits die doppelte Menge an Pulver in den Filter gab. Es war, als fresse diese verkalkte Maschine das gesamte Aroma.

Der dritte Punkt war allerdings der Schlimmste. Nachdem er gestern Abend die Bestätigung aus Wilhelmshaven erhalten hatte, dass der Junge in den Dünen laut der rechtsmedizinischen Untersuchung eindeutig Opfer eines Gewaltverbrechens geworden war, kam gleichzeitig die Neuigkeit, dass man bei dem Kollegen, der bei ihm einziehen sollte, an den Mitarbeiter Kraulke dachte. Mit ihm habe er doch schon im letzten Jahr den Mord an der Frau im Hooksmeer sehr erfolgreich aufgeklärt. Ein gutes Team solle man nicht auseinanderreißen, zumal die Zeit dränge und die Presse bei einem Kindermord immer gern nah dran sei.

Rothko hatte der Stimme aus dem Hörer mit wachsendem Entsetzen gelauscht. Kraulke, der Mann, mit dem er eigentlich nie mehr arbeiten wollte, würde also nach Wangerooge kommen. Dort Hektik verbreiten, ihn mit unwichtigen Thesen zutexten und zu allem Überfluss mit ihm in dieser koffeinreduzierten Zone hausen. Mehr

Folter ging wirklich nicht. Warum hatte er nicht auf einer Kur, einer echten Auszeit bestanden?

Rothko knallte die Kaffeetasse auf den Unterteller, der sofort zerbarst, da er in der Mitte bereits einen Sprung hatte. Genau in dem Augenblick ging die Klingel. Rothko warf einen Blick auf die Uhr. Es war erst halb zehn, die Station noch nicht geöffnet.

Er seufzte, entschied sich aber, doch nach unten zu gehen, da es sich im Augenblick um eine extreme Situation handelte. Im Stillen hoffte er noch, den Mord vielleicht in Windeseile aufklären zu können, damit Kraulke weiter seinen Dienst auf dem Kommissariat in Wilhelmshaven tun könnte und dort den Kollegen auf die Nerven fallen würde.

Er ging die Treppen hinunter, ließ sich aber etwas Zeit. Es klingelte bereits das dritte Mal. »Komm ja schon«, brummte er.

Vor der Tür stand eine junge Frau. Das Haar wehte um das schmale Gesicht, das nicht recht zu dem stabilen Körper passte. Die Brille hing asymmetrisch auf ihrer Nase. Ständig fuhr sie sich durchs Haar, versuchte dem Wind zu trotzen. Rothko öffnete die Tür ein Stück weiter. Die Frau wirkte, als habe sie etwas zu sagen, das sah er sofort. Sie kaute auf ihrer Unterlippe herum, als müsse sie die Worte vorerst zurückhalten.

Im Flur schüttelte sie ihre Frisur auf, die aber gleich wieder strähnig auseinanderfiel. Rothko führte sie geradeaus ins Vernehmungszimmer. »Wasser?«, fragte er.

Die Frau verneinte. Sie hatte zwar eine dunkle, angenehme Stimme, wirkte aber, als wäre sie nicht gewohnt, sie gezielt einzusetzen. Ihr Gesicht war nicht von klassischer Schönheit, strahlte aber einen großen Liebreiz aus, der den Betrachter augenblicklich in den Bann zog. Ihre Kleidung war eher unauffällig. Jeans, grauer Pullover mit grauer Blazerjacke. Ihre Füße versteckte sie in unförmigen gelblichen

Ökotretern, die zwar teuer, aber nicht schön anzusehen waren, zumal ihre Form Entenschnäbeln glich. Dann fiel sein Blick auf die Hände der Frau. Sie waren aufgerissen, zerkratzt und blutig. In der Haut schienen Unmengen von winzigen schwarzen Dornen zu stecken. Rothko schwieg dazu, wies mit der Hand auf einen der Stühle. Sie nahm ihre Brille ab, die beim Betreten des Raumes beschlagen war.

»Was kann ich für Sie tun?«

»Ich habe eine Leiche gefunden«, sagte die Frau. Sie klang merkwürdig distanziert, als gehe sie das alles nicht so richtig etwas an.

Rothko konnte ein Lächeln nicht unterdrücken. Vielleicht stand die Frau unter Drogen. Das kam auf der Insel bei den jungen Menschen schon mal von, wie Ubbo erzählt hatte.

»Sie verwechseln da etwas, gute Frau. Die Leiche habe ich gefunden. Vorgestern Morgen in den Ostdünen.« Rothko zückte einen Stift und zog ein Formular hervor. Auch solche Gespräche mussten leider dokumentiert werden. »Wie ist denn überhaupt ihr Name?«

»Maria. Maria Christina Fenja Nagel. Ich komme aus Carolinensiel und habe gerade am Bunker eine Leiche entdeckt.«

Rothko schrieb den Namen auf, um etwas Zeit zu gewinnen. Er räusperte sich. Diese Maria Nagel schien nicht ganz dicht zu sein, aber er wollte sich diese Empfindung nicht so direkt anmerken lassen.

»Sie wollen also einen Toten entdeckt haben. Das habe ich richtig verstanden?«

Maria nickte. »Den Rest von einem Toten. Es ist ein Junge. Nur die Knochen sind noch da.« Sie räusperte sich, deutete auf die wunden Hände.

Rothko schluckte. Er war erleichtert. Die Frau hatte also Knochen gefunden und glaubte, sie gehörten zu einem Menschen. Wie oft lagen in den Dünen Knochenreste von

Kaninchen, Möwen oder anderem Getier, das von den Füchsen oder Raubvögeln geschlagen worden war. Der Mord an dem kleinen Jungen machte hier alle verrückt.

»Wenn es nur Knochen sind, woher wissen Sie a), dass sie zu einem Menschen gehören und b), dass es sich um ein männliches Wesen handelt?« Er wollte die Frau ein bisschen verunsichern, ihr deutlich machen, wie absurd ihre Idee war.

Sie ließ sich aber nicht beirren. Weiterhin war sie seltsam distanziert, weiterhin sprach sie mit einer emotionslosen dunklen Stimme. »Ich habe einen Schädel gefunden, ein paar längliche Knochen und ein paar Rippen. Alles schon älter. Es ist Achim, der dort seit zehn Jahren liegt.«

ooo

Daniel hatte Karl am Bunker stehen sehen. Der Alte rannte ziellos hin und her, winkte ständig mit der Hand ab, schüttelte den Kopf. Mit einem Mal stürzte er sich auf den Weg, sah Daniel nicht einmal an, und lief davon. Daniel wollte erst rufen, aber Karl schien Scheuklappen aufzuhaben. Er war direkt an ihm vorbeigerannt und hatte ihn nicht wahrgenommen.

Daniel schlich sich näher zu dem Bunker. Sein Herz klopfte bis zum Hals, als er sah, was dort lag. Die hohlen Augen des Schädels blickten ihn an, sie wirkten merkwürdig bedrohlich. Wie zum Teufel hatte Karl diese Skelettteile gefunden? Und wo war Maria? Für einen Augenblick überlegte Daniel, ebenfalls zu flüchten. Tant' Iris würde dem keine Bedeutung beimessen, sie kannte das. Abhauen wäre die gesündeste Alternative für das alles hier. Menschliche Knochen. Einfach so auf den Rand eines Bunkers gestapelt, als sei es das Normalste der Welt. Besser nicht mit hineingezogen werden. Das hatte Karl sicher auch gedacht und war deshalb getürmt.

Hinter ihm auf dem Weg hörte er Stimmen. Die ersten Inselfrischler machten sich auf den Weg. »Morjen«, riefen sie fröhlich zu ihm herunter. Sie wollten anscheinend das friesische »Moin« imitieren, was ihnen aber nicht gelang. Das »Moin« hatte mit dem »Guten Morgen« nun gar nichts zu tun.

Daniel ärgerte sich. Man hatte ihn hier stehen sehen. Vielleicht würden sie sich an ihn erinnern, wenn jemand die Teile entdeckte. Die Gebeine mussten verschwinden. Und zwar zügig. Er raffte sie zusammen und schleuderte sie in die umliegenden Dornenbüsche. Die verschluckten jeden einzelnen Knochen. Dann haute auch Daniel ab, so schnell er konnte.

ooo

Die Kirche liegt auf einem kleinen Hügel, der Eingang versteckt. Der Mann muss dort hinein. Er will Gottes Segen für sein Tun fühlen. Das geht am besten hier, wo der alte Himmelsmann sein Zuhause hat. Sein Herz klopft, als er das Pflaster nach oben steigt.

»Fliehe vor der Sünde wie vor einer Schlange; denn so du ihr zu nahe kommst, sticht sie dich.« Mit der Bibel kennt er sich aus. Den Inhalt hat er von seinem Vater eingetrichtert bekommen. Jeden Abend einen Vers aus dem alten Testament. Sein Vater hat ihn aufgesagt und er musste ihn am nächsten Tag auswendig können.

Den Satz mit der Schlange hat er sich am besten gemerkt. Er muss der Sündenschlange die Jungen wegnehmen, das weiß er seitdem. Doch ihm ist auch noch dieses andere Gebot im Kopf. »Du sollst nicht töten.« Das kennt jeder.

Er tötet auch nicht wirklich, er leitet über und schützt vor den Verfehlungen, die unweigerlich kommen, wenn diese Jungen auf der Erde bleiben, zweifelsohne den Falschen begegnen. »Wie der Löwe auf den Raub lauert, also ergreift zuletzt die Sünde den Übeltäter.« Das darf nicht sein, er muss etwas tun, damit die kleinen Knaben nicht in der Hölle schmoren müssen. Ihm selbst bleibt der Weg dorthin auch nur erspart, weil er zu dieser Aufgabe berufen wurde. Klar geworden ist es ihm, als er selbst noch ein Junge war. Nach dem letzten Mal, als sein Vater es getan und zwei Tage später einfach tot umgefallen ist. Da hat er diese Stimme zum ersten Mal gehört, die ihn seitdem leitet.

Wenn sie da ist, wird das Gefühl übermächtig. Suchen, zudrücken, diesen Blick sehen. Angst inhalieren. Für den Augenblick glücklich sein in dem Wissen, die Verfehlung der Welt vermieden zu haben.

Danach schmerzt es oft. Wenn er zu dem Menschen wird, der in dieser Welt der Unauffällige ist. Dem tut es weh.

Er muss in die Kirche. Gott nah sein. Das Gebäude zieht den Mann magisch an. Er muss vor dem Altar niederknien, den Kopf in Demut senken und Buße tun. Danach wird alles gut sein und er kann erneut Kraft spüren. Ja, alles wird ihm verziehen, zu was er den Vater durch seine bloße Anwesenheit verleitet hat. Weil er jetzt gute Dinge tut. Dinge, die unglaublich wichtig sind. Darum verzeiht Gott ihm alles. Er muss daran glauben, sonst gibt es keinen Weg mehr für ihn.

Der Mann stößt die dunkle Tür auf. Der Geruch von Kerzen schlägt ihm entgegen. Im Vorraum liegt ein Buch. Einige Kirchgänger haben sich dort eingetragen, Sprüche hineingeschrieben. Er nimmt den Kugelschreiber in die Hand. »Der Gottlose hat viel Plage; wer aber auf den Herrn hofft, den wird die Güte umfangen«, schreibt er hinein und fühlt sich gut. Er beseitigt die Plage, öffnet den Weg zur Güte. Er darf nicht den einfachen Weg durchs Leben gehen, muss abwägen, wen er bewahren muss. Andere haben weniger Last zu tragen.

Der Mann geht zwischen den Bänken hindurch. Auf das Licht zu. Sein Gang in den Himmel. Obwohl die Kirche dicht umwachsen ist, strahlt die Sonne durch die Glasfenster und verbreitet eine friedliche Atmosphäre. Hier ist er zu Hause. Er spürt Ruhe. Sein Herz klopft gleichmäßiger, sein Bauch hört zu schmerzen auf. Hier hat er das Gefühl, mit anderen gemeinsam über diese Welt zu reisen. Er ist nicht allein, egal, was er getan hat.

Eine Frau kommt mit ihrem Sohn in die Kirche. Blond ist er. Dünne Beine werden von einer viel zu weiten Hose umwickelt. Er steht andächtig vor dem Altar, der eher schlicht gestaltet ist. Dann will das Kind ein Licht anzünden und nimmt sich eine der dünnen Kerzen. In dieser Kirche gibt es keine Teelichte. Echte lange Kerzen, die in einen ausgehöhlten Marmorstein, der mit Sand gefüllt ist, gesteckt werden.

Dem Mann gefällt der Junge. Wüsste zu gern, wo er wohnt. Er ist ein Urlauberkind, wird nicht lange bleiben. Er muss es herausfinden! Nicht, dass er wegfährt, ohne dass er ihn näher kennengelernt hat. Dem Mann beginnen die Hände zu zittern. Kleine Schweißperlen reihen sich auf seiner Stirn. Er fixiert den Jungen. Er blickt zu ihm, während der Kleine die Kerze in den Sand steckt. Der Junge hat schöne Augen. Tief. Blau.

Was für ein Glück, ihn hier getroffen zu haben. Abermals ein Zeichen, ein Geschenk Gottes. Direkt in seinem Haus. Es ist richtig, was er tut. Gott schickt ihm wieder einen Jungen her. So kurze Zeit danach. Er verlangt so viel von ihm.

Der Junge geht. Die Mutter wirft dem Mann einen komischen Blick zu. Ahnend, als wüsste sie, was er plant.

Der muss vorerst sitzen bleiben, darf ihnen nicht folgen. Die Gefahr ist zu groß. Er ist ganz entspannt. Er wird den Kleinen finden. Auf der Insel kann man nicht ohne weiteres verschwinden. Es gibt nicht viele Orte, die

Mütter mit ihren Kindern um diese Jahreszeit aufsuchen. Er wird ihn aufspüren. Er wird ihn in den Arm nehmen. Ein letztes Mal wird er es tun, Gott verlangt es. Und ihm wird endgültig verziehen werden. Bestimmt wird es das.

ooo

Maria sah, dass der Kommissar ihr nicht glaubte. »Es ist Achim. Er war wie mein kleiner Bruder.« Sie senkte den Blick. »Damals.«

»Sie sagen, Sie haben ein Skelett gefunden, Frau Nagel. An Knochen steht aber nicht dran, ob Sie vor einem männlichen oder weiblichen Wesen stehen. Da müsste man erst eine Untersuchung machen. Es ist doch nicht einmal klar, ob es sich überhaupt um einen Menschen handelt.«

Maria hasste die Selbstherrlichkeit, mit der der Kommissar sich zurücklehnte. Er glaubte ihr nicht. Sie streckte die Hände vor, dass er die Blessuren daran deutlicher sah. »Sehen Sie? Ich habe in den Dornen danach gewühlt.«

Rothko ging nicht darauf ein. Vor dem Fenster ertönte ein lautes Poltern. Der Zug mit den Gästen schien angekommen zu sein. Trolleyrappeln erfüllte das Dorf, machte die Inselruhe zunichte. Maria wollte gerade ihre ganze Geschichte von vor zehn Jahren wiederholen, als es klingelte.

Der Kommissar erbleichte, als erwarte er ein Gespenst, das gleich vor der Tür der Polizeistation stehen würde.

Dabei stürmte ein dynamisch wirkender Mann herein, der ohne Umschweife seine Tasche in die Ecke donnerte. Er stank nach Lakritz und Maria erkannte, dass er eine schwarze Masse im Mund hatte.

»Sie vernehmen schon, Kollege Rothko?«

Der Kommissar nickte, murmelte etwas von einer zweiten Leiche, wenn die Aussage diese Frau denn stimme. Zweifelsohne mochte er den neu hinzugestoßenen Mann nicht. Man musste für diese Erkenntnis kein Psychologe sein.

Der andere Polizist streckte Maria die Hand hin. Sie fühlte sich feucht an. Nicht angenehm. Er nahm sofort den Stuhl in Beschlag, auf dem Rothko zuvor gesessen hatte. Dessen Miene verfinsterte sich zusehends. »Ich bin Kriminalhauptkommissar Kraulke! Was kann ich für Sie tun?«

Maria warf einen weiteren Blick zu Rothko, der fast vor Wut zu platzen schien. Er hatte die Arme vor der Brust verschränkt, trommelte mit den Fingerspitzen einen unregelmäßigen Rhythmus.

»Herr Kraulke«, stieß er schließlich mit gepresster Stimme hervor. »Wenn Sie nichts dagegen haben, würde ich das Gespräch jetzt gern fortführen.« Er drückte seinem Kollegen einen Gegenstand in die Hand. »Hier ist der Wohnungsschlüssel. Kommen Sie doch erst einmal an und machen es sich gemütlich, okay?«

Widerwillig stand Kraulke auf, griff nach dem Schlüssel und seiner Tasche.

Maria kam sich hier ziemlich überflüssig vor. Die beiden würden sich gegenseitig ausspielen, das war klar. Mit etwas Glück nahm der Kommissar jetzt auch ihre Aussage ernst und sei es nur, um vor seinem Kollegen gut dazustehen.

Kraulke hatte das Zimmer noch nicht ganz verlassen, als der Kommissar Maria auch bereits zur Tür schob. »Zeigen Sie mir, was Sie gefunden haben«, flüsterte Rothko.

Maria wurde das Gefühl nicht los, dass er großen Wert darauf legte, dass dieser Kraulke nicht mitbekam, wohin sie verschwanden.

ooo

Kristian Nettelstedt hatte den halben Morgen mehrere Tassen Cappuccino getrunken, in der Hoffnung, er würde davon etwas wacher werden. Auch sein kurzer Spaziergang, von dem er sich so viel versprochen hatte, war nicht sehr erquicklich gewesen. Im Gegenteil: Er war noch unruhiger geworden. Die ganze Vergangenheit war auf ihn eingestürzt.

Nun rannte er erneut durch die Straßen des Dorfes, hoffte beim Laufen etwas zur Ruhe zu kommen. Es war viel schwerer, als er dachte.

Eva war hier präsent, obwohl sie nie einen Fuß auf Wangerooge gesetzt hatte. Achim war ohnehin mit seiner Seele hier, egal, an welcher Stelle der Insel Kristian sich aufhielt. Der Gang entlang des Seelenpfades hatte ihm nicht den Frieden gegeben, den er sich erhofft hatte. Frieden mit sich war nur möglich, wenn man die Basis dazu hatte. Ein totes Kind war kein Grundstein dafür.

Wenn er Jungen in Achims Alter sah, quälte ihn jedes Mal ein dumpfer Schmerz, der sich anfühlte wie ein Messerstich, der seine Eingeweide durchbohrte und darin herumstocherte. Es ging ihm schlecht.

Auf der gegenüberliegenden Straßenseite sah er einen kurz geschorenen Mann mit einem Fahrrad, das er neben sich her schob. Er hatte auffällig kleine Augen. Das ganze Gesicht wirkte verhärmt und ernst.

Vor ihm lief eine junge Frau, ebenfalls mit einem Rad an der Hand. Die Distanz zwischen den beiden zeigte deutlich, dass sie sich nicht vertraut waren. Aber sie hatte ein gemeinsames Ziel, das war ihm rasch klar. Wenn Kristian Nettelstedt eines beherrschte, war es die genaue Analyse anderer Menschen. Er hatte in den Jahren die Fähigkeit entwickelt, sich in Seelen hineinzudenken. Nicht zuletzt von Berufs wegen. Er arbeitete als Mentor in einem ansehnlichen Automobilkonzern und musste mehr als oft Streitereien zwischen den Mitarbeitern schlichten.

Dieser Mann folgte der Frau in zu dichtem Abstand, um leugnen zu können, dass sie auf demselben Weg waren. Es war unmöglich, Kristian zu täuschen. Als die Frau ihm kurz ihr Profil zuwandte, sog er die Luft scharf ein.

Sie kam ihm seltsam bekannt vor. Ihr schmales Gesicht und die recht schlanken Beine bildeten einen starken Kontrast zum restlichen Körper. Ihre Brille war rund geformt, vermittelte einen intellektuellen Touch. Auch die Kleidung erinnerte ihn an das Aussehen einer Studentin. Er müsste sich sehr täuschen, wenn sie nicht die war, für die er sie hielt. Es war zwar verdammt lange her, aber ... Er beschloss, den beiden zu folgen.

Am Café *Pudding* blieben sie stehen. Die Frau diskutierte mit dem Mann, wandte ihren Kopf in Kristians Richtung. Er stockte. Er hatte sich nicht getäuscht. Auch wenn er sich sicher gewesen war, dass es sich um dieses Mädchen handelte, so war diese endgültige Erkenntnis für ihn jetzt doch arg ernüchternd. Er blieb stehen, fasste mit der Hand an die nächste Häuserwand. Das konnte nicht wahr sein! Durfte nicht. Was machte diese Frau hier auf Wangerooge? Er kannte ihren Namen, würde dieses Mädchen nie vergessen. Schließlich war sie diejenige, die seinen Sohn Achim vor zehn Jahren als Letzte lebend gesehen hatte.

ooo

Karl war sofort zurück zu Mimi geradelt. Er konnte das, was er entdeckt hatte, nicht ertragen. Die ganze Welt war gerade dabei, zusammenzubrechen. Maria hatte den untersten Stein der Pyramide entfernt. Sie spürte es nur nicht. Sie hatte einen Fehler begangen, tanzte barfuß auf dem Rand des Vulkans und merkte es nicht einmal. Zum Kommissar wollte sie gehen. Melden, dass sie Achim gefunden hatte. Er schüttelte den Kopf. Für seine Verhältnisse hatte er am Bunker außergewöhnlich viel gesprochen. Sie solle doch einfach nach Carolinensiel zurückkehren, Daniel heiraten, eine Familie gründen und so ihr Glück suchen.

Maria hatte ihm aber nicht zugehört. Es schien ihr völlig egal zu sein, dass er in großer Sorge um sie war. »Was bringt es jetzt noch?«, hatte er sie gefragt.

»Vielleicht alles«, war ihre Antwort gewesen und dann war sie fortgeeilt, als sei der Teufel persönlich hinter ihr her. Sicher ohne zu wissen, dass es in der Tat so war.

Sein Mund klappte noch rascher auf und zu als sonst. Es wäre besser gewesen, die Knochen einzusammeln und verschwinden zu lassen. Dann hätte der Kommissar sicher angenommen, Maria sei durchgeknallt, unter Drogen oder alkoholisiert. Keiner hätte ihr geglaubt, alle waren auf den Tod des anderen kleinen Jungen fixiert, würden seine Nichte für verrückt halten, was sie in gewisser Weise ja auch tatsächlich war.

Aber er hatte nicht daran gedacht und nun war es zu gefährlich, zurückzugehen. Besser, niemand wusste, dass er auch dort gewesen war. Keiner hatte ihn gesehen. Er stutzte, hielt für einen Augenblick inne. Keiner? Hatte nicht ein Mann auf dem Weg gestanden, als er Hals über Kopf davongestürzt war? Er war sich nicht sicher, aber diese Ahnung verursachte eine merkwürdige Kälte. Er verspürte eine Angst, die er im Moment nicht zu kanalisieren vermochte und die ihn deshalb augenblicklich lähmte.

Ihm blieb nur die Hoffnung, dass er sich getäuscht hatte.

Er hatte zu seiner Nichte gesagt, dass er in die Sache nicht mit hineingezogen werden wollte und sie hatte genickt. Karl war sich aber nicht sicher, ob sie auch tatsächlich verstanden hatte. Sie war so entrückt, so abgelenkt gewesen. In Marias Miene hatte sich eine Mischung aus blankem Entsetzen und gleichzeitiger Erleichterung gezeigt. Immer abwechselnd waren diese

Empfindungen über ihr Gesicht gehuscht. Nie hatte eine lange dort verharrt.

Sie hatte ihn weder gebeten, am Bunker zu bleiben, noch mitzukommen. Maria war einfach weggegangen. Eigentlich war sie in ihre eigene Welt abgetaucht.

»Wie siehst denn du aus?«, hatte Mimi ihn empfangen. »Bist blass wie Kreide.«

Karl wollte nicht darüber reden und mit Mimi schon gar nicht. Sie begriff ohnehin nichts. Es war bereits ein Fehler gewesen, dass er ihr überhaupt erzählt hatte, wohin er unterwegs gewesen war.

»Hast du Maria gefunden?«

Er schüttelte den Kopf und schloss die Zimmertür mit Nachdruck hinter sich. Er musste jetzt allein sein, sich sortieren. Jeden Stein der Pyramide neu ordnen. Das, was darunter begraben bleiben sollte, war freigelegt worden.

ooo

Rothko schnaufte. Am Café *Pudding* waren sie umgekehrt und durch die Charlottenstraße in Richtung Osten geradelt. Maria hatte gleich dorthin fahren wollen, er hatte ihre wirren Ausführungen aber zunächst nicht richtig verstanden.

Es war alles ein bisschen viel. Erst der tote Junge in den Dünen. Mit dem Fall war er noch kein Stück weitergekommen. Jetzt tauchte diese Frau auf und behauptete, sie habe noch eine andere Jungenleiche, zwar ein paar Jahre älter, im Angebot. Und als ob das nicht genug war, sprang auch noch Kraulke mitten in seine Ermittlungen. Die Sache mit der Kaffeemaschine wollte Rothko jetzt nicht zu Ende denken. Seine Laune war bereits im tiefsten Negativbereich.

Der Wind kam wie meist von Nordwest, so dass sie gut vorankamen. Der Rückweg würde schwerer werden.

Sie stellten die Räder ab und der Kommissar schleppte

sich hinter Maria her durch die Dünen. Sie wurde immer schneller, je näher sie der besagten Stelle kamen. Es gab unzählige Bunker auf Wangerooge. Es war gut, dass sie zumindest zu wissen schien, an welchem sie diesen Knochenfund gemacht haben wollte.

Nach einer Weile bog Maria nach rechts ab, rannte auf einen baufälligen Bunker zu, der ringsum von Heckenrosen umgeben schräg im Dünensand versteckt lag. Der Sockel war kaputt. Im Grunde war dies ein idealer Platz für ein Picknick.

Maria war blass. Rothko befürchtete schon, sie würde gleich zusammenbrechen. In Zeitlupentempo drehte sie sich um. »Sie sind weg. Die Knochen sind weg. Achim ist verschwunden!« Beim Sprechen wurden auch ihre Lippen blutleer. Sie sank vor dem Bunker auf die Knie. Ihrer Kehle entglitt ein tiefes Schluchzen. Rothko glaubte ein »Achim« daraus zu erkennen.

Wer auch immer dieser Achim gewesen war, hier lagen die sterblichen Überreste jedenfalls nicht herum. Rothko war seltsamerweise noch erleichterter darüber, als er vorher angenommen hatte.

Maria begann derweil wie verrückt, die Heckenrosen auseinanderzureißen. Ungeachtet, dass sich die Dornen erneut in ihre Haut schlugen, ungeachtet, dass das Blut an ihren Händen herunterlief. »Er war hier!«, schrie sie. »Achim hat genau hier gelegen!«

Rothko griff nach der Schulter der jungen Frau. »Frau Nagel. Kommen Sie! Was auch immer Sie hier gefunden haben, es waren sicher keine menschlichen Überreste.«

Maria fuhr herum. Sie war sehr aufgebracht. »Was wissen denn Sie? Hier lag er!« Ihre Stimme ging in ein leises Weinen über. Die Frau war die pure Verzweiflung.

Auf dem Weg hinter ihnen ertönte eine Fahrradklingel. Dazu schepperte es, wie es sich anhörte, wenn ein Fahrrad mit zu hoher Geschwindigkeit über einen unebenen Boden fuhr. Rothkos Haare auf den Unterarmen stellten sich auf.

Da erklang sie auch schon, die Stimme, die er mit einer solchen Aktion sofort in Verbindung gebracht hatte. »Hab ich Sie gefunden!«

Kraulke warf das Rad ins Gras und stolperte zu ihnen. Sein Grinsen war breit, schien beidseitig an den Ohren vorbei zu ragen. »Wonach suchen Sie?« Er schob sich eine Handvoll Katjes in den Mund. Wie immer waren sie verklebt und voller Flusen, weil er sie ohne Tüte in der Hosentasche aufbewahrte. Rothko musste sich abwenden. Dass Kraulke damit nicht aufhören konnte. Es war einfach widerlich.

›Es ist nur für kurze Zeit‹, sagte er zu sich. ›Nur so lange, bis wir den Mord aufgeklärt haben.‹

Er bemühte sich um ein freundliches Lächeln. Sein Unmut würde die Sache hier nicht besser machen. Kraulke fühlte sich aber bereits wieder so wichtig, dass er Rothkos Bemühen überhaupt nicht zur Kenntnis nahm. Wahrscheinlich hatte er schon von seinem Groll gar nichts gemerkt. Kraulke war so. Keine Sensibilität für irgendwas. Nur Fakten und das, was er direkt spüren konnte.

»Haben Sie etwas gesagt?« Kraulkes Grinsen reichte noch immer zumindest bis zum Ohrläppchen. Er war froh, neuerlich einen Mord aufdecken zu können. Auch das war typisch für seinen Kollegen. Während Rothko dankbar war über jeden Tag, an dem er sich nicht mit Mord und Totschlag beschäftigen musste, schien die Aufklärung von Tötungsdelikten für Kraulke so etwas wie ein Gesellschaftsspiel zu sein.

»Nein.« Rothko gab sich jetzt einsilbig. Alles andere war ohnehin Energieverschwendung.

»Achim ist weg«, wiederholte Maria.

»Achim?« Interessiert näherte sich Kraulke der jungen

Frau, deren Gesicht im Sonnenlicht elfenhaft entrückt, fast schön, wirkte. Aber der Körper passte proportional nicht dazu, da gab es keinen Zweifel.

Sie nickte. »Er ist vor zehn Jahren im Nebel verschwunden. Dort!« Maria deutete in Richtung Meer. »Und heute Morgen habe ich hier seine Knochen gefunden.«

Kraulkes Gesicht nahm einen deutlich wichtigen Ausdruck an. Rothko stöhnte innerlich.

»Den Fall habe ich noch in Erinnerung«, hörte er Kraulkes Stimme penetrant durch seinen Gehörgang rollen. »Der Junge ist im Seenebel verschwunden, seine Leiche ist nie aufgetaucht.« Kraulke rieb sich das Kinn, tat so, als zupfe er am Bart, obwohl er keinen hatte. »Von daher ist es nicht ausgeschlossen ...«

Rothko verdrehte die Augen. Wieso wusste sein Kollege so etwas, warum konnte er sich an solche Dinge erinnern?

»Wir müssen hier alles absichern. Auch wenn jemand die gefundenen Überreste hat mitgehen lassen, alle Knochen kann er nicht entdeckt haben. Kollege Rothko: Wir haben es mit zwei Leichen zu tun!« Kraulke zückte sein Handy.

ooo

Angelika Mans fuhr sich durchs Haar. Vor vier Tagen hatte dieser Kommissar Lukas gefunden. Gestern war eine zweite, schon sehr alte Kinderleiche aufgetaucht. Nur unweit der Fundstelle ihres Sohnes. Was war das für ein Monster, das hier auf der Insel Kinder tötete? Oder hatten beide Jungen gar nichts miteinander zu tun? Zufall? Angelika glaubte nicht daran. Der Täter hatte ein zweites Mal gemordet, nachdem er zumindest auf Wangerooge eine längere Pause eingelegt hatte. Der Kommissar hatte gestern davon gesprochen, es könne sowohl jemand von der Insel als auch vom nahe gelegenen Festland sein, aber auch ein Urlauber, der während seines Aufenthaltes hier zugeschlagen hatte.

Im Prinzip hätte er sich all diese Vermutungen schenken können. Das Fazit dieser Aussage war: Es kann jeder gewesen sein, wir haben nichts in der Hand. Wobei der Kollege, dieser Kraulke, gleich eingeworfen hatte, es sei überaus wahrscheinlich, dass der Mörder aus der näheren Umgebung von Wangerooge stamme. Jeder Profiler könne das bestätigen. In der Regel mordeten die meisten Wiederholungstäter in unmittelbarem Umfeld ihres Lebenskreises. Rothko hatte nur müde mit dem Kopf genickt und leise gesagt, man habe schon Pferde kotzen sehen. Der Kommissar hatte alle Spaziergänger, die sich gemeldet hatten, gefragt. Keiner hatte auch nur das Geringste gesehen.

Angelika zermarterte sich seit Tagen den Kopf, was Lukas am letzten Abend alles erzählt hatte. Er redete immer so viel, dass sie oft abschaltete und nur noch mechanisch ein Ja oder Nein von sich gab, um ihm Interesse zu signalisieren. Sie hatte furchtbare Kopfschmerzen gehabt, drei Migränetabletten auf einmal geschluckt und war davon zusätzlich arg benebelt gewesen.

Lukas war schließlich allein zum Strand gelaufen. Das war kein Problem. Er war mit seinen acht Jahren ein äußerst selbstständiges Kind. Aufgeweckt und fit.

Muscheln hatte er gesucht. Als er zurückkam, hatte er ihr ganz begeistert eine lange Muschel unter die Nase gehalten, von der er behauptet hatte, es sei der Fingernagel eines Wals. Ihren Einwand, Wale hätten doch gar keine Finger, hatte er einfach beiseite gewischt. So etwas war für einen Achtjährigen nicht wichtig. Wale waren groß, hatten große Flossen und daran klebten nach Lukas' Vorstellungen eben solche Nägel. Alles andere zählte nicht. Lukas ähnelte darin seinem Vater, der sich ebenfalls durch diesen Starrsinn auszeichnete.

Noch bis zu seinem Verschwinden hatte sie dieser Charakterzug unglaublich genervt. Jetzt gab es nichts auf der Welt, das sie sich mehr wünschte, als Lukas' Stimme zu hören, die darauf beharrte, Wale hätten Fingernägel und alle Blumen tränken die Regentropfen mit der Blüte, nicht mit den Wurzeln. Weil die Blüte so etwas wie ein Mund sei.

Die Muschel lag noch immer auf dem Nachtschrank vor seinem Bett. Angelika hatte sich nicht aufraffen können, sie wegzulegen.

Sie musste heute versuchen, irgendwie ihren Mann zu erreichen. Er wusste noch nicht, dass Lukas nicht mehr lebte. Angelika hatte bislang der Mut gefehlt, es ihm zu sagen, kannte sie doch seine überschäumende und aufbrausende Art, wenn etwas aus dem Ruder lief. Lukas war damit besser zurechtgekommen als sie. Er hatte sehr unter der Trennung gelitten. Es war eben nicht einfach, wenn ein Familiengefüge auseinanderbrach. Trotz aller Probleme war es doch immer das Netz, das einen auffing, wenn man fiel. Oft hatte sie gedacht, Lukas sei noch im freien Fall, habe jeden Halt verloren, zumal sein Vater sich nur noch sporadisch bis gar nicht meldete.

Sie wählte die Handynummer ihres Mannes. Wie schon in den letzten Tagen hörte sie nur die Stimme der Mailbox. Manchmal beschlich Angelika das Gefühl, er gehe grundsätzlich nicht an den Apparat, wenn er ihre Nummer erkannte. War sie ihm im täglichen Miteinander schon zu viel gewesen, wie sehr mochte er sie jetzt nach der Trennung als überflüssig empfinden. Es war schmerzhaft zu spüren, dass der eigene Ehemann ihre Nähe eher als lästig empfand.

Doch sie war die Mutter seines Sohnes, ob es ihm nun passte oder nicht. Erneut wartete sie die monotone Stimme des Bandes ab. Heute würde sie ihm auf die Box sprechen. Und zwar mit voller Wucht. Wenn er es nicht für nötig hielt, sie auch nur ein einziges Mal zurückzurufen, weder auf ihre mündliche Bitte noch auf die SMS-Botschaften, dann musste er es eben so erfahren.

»Hallo, hier ist Angelika«, hörte sie sich. »Lukas wollte Bernsteine sammeln und dann ...«

Sie drückte auf den Knopf und starrte auf ihr Handy. Was hatte sie da gerade gesagt? Lukas wollte Bernsteine sammeln. Genau das hatte er ihr erzählt. Noch während er dabei war, sich den Kakao einzugießen. »Mama, morgen muss ich zum Strand. Da hinten, wo die Dünen so steil sind. Du weißt, da wo wir mit dem Rad gefahren sind, wo der große Vogel war und wir ganz allein waren ...«

Sie hatte Lukas liebevoll angesehen, für den Augenblick ihre Augen geöffnet. Es war ein schöner Nachmittag gewesen. Das erste Mal seit der Trennung hatte ihr Sohn fröhlich und entspannt ausgesehen. Sein blondes Haar hatte in alle Richtungen abgestanden, seine Augen geleuchtet. Nachdem der Kakao alle war, schmückte ein brauner Milchbart Lukas' Mund. Er hatte aber ununterbrochen weitergeredet: »Da liegen Kraftsteine herum, Mama. Echte Kraftsteine. So gelbe ...«

Sie hatte ihm übers Haar gestrichen und »Du meinst Bernsteine« gemurmelt.

Der Schmerz im Kopf aber war zu stark gewesen, als dass sie sich vollends auf ihren Sohn hätte einlassen können. Sie war ermattet zurück aufs Kissen gesunken – und hatte den Satz und den Grund, wofür ihr Sohn die Kraftsteine haben wollte, vergessen.

Warum war ihr gerade beim Sprechen auf die Mailbox plötzlich eingefallen, dass Lukas Bernstein sammeln wollte? Er hatte sich, nachdem er es gesagt hatte, gleich mit der Hand auf den Mund geschlagen. So, als habe er ein großes Geheimnis ausgeplaudert, das er nicht hätte verraten dürfen.

Angelika fiel es wie Schuppen von den Augen. Dieter, ihr Ex, war ein Edelsteinsammler, hatte Lukas von klein auf von der Heilkraft der Steine vorgeschwärmt. Sie hatte sich nie darum geschert, hielt von solchem Humbug nichts. Wenn man krank war, ging man zum Arzt, und wenn es mit der Seele nicht stimmte, zum Psychiater. Bernsteine, Rubine oder sonstige Edelsteine waren nicht hilfreich, sie sahen allenfalls gut aus. Dieter dagegen trank Wasser nur aus einer Karaffe, auf deren Boden sich irgendwelche dieser Mineralien befanden.

Sie hatte die Sache mit den Bernsteinen schon deshalb verdrängt, weil sie sich nicht an ihren Ex-Mann erinnern wollte. Er war einfach der Teil in ihrem Leben, der so unnütz war wie nur was. Abgesehen von dem Glück, dass ihr Sohn daraus entstanden war.

Aber warum nur hatte sich Lukas an dem Tag an die Steine erinnert?

Ihr Handy summte. Dieters Nummer blinkte auf. Angelika nahm ab. »Überraschung!«, dröhnte ihr die Stimme ihres Exmannes ins Ohr. »Ich bin auf der Insel!«

Seelenpfad 6

Die Zeit fährt Auto

Was gestern war, geht heute schon in Scherben.
Der Globus dreht sich. Doch man sieht es nicht.

Erich Kästner (1899-1974)

»Gibt es hier nur Tee?« Kraulke hatte seine Füße lässig auf den Schreibtisch der Polizeistation gelegt und wirkte überaus unternehmungslustig.

»Ja«, knurrte Rothko. »Keinen anständigen Kaffee, zwei Leichen und alles andere als Ruhe.«

Kraulke nahm die Füße vom Tisch. »Aber gut, dass ich nach den verschwundenen Knochen habe fahnden lassen.« Er schob sich ein Bonbon zwischen die Zähne. »Warum man die Leiche damals allerdings nicht gefunden hat, ist schon rätselhaft.« Kraulke nagte an seiner Unterlippe. »Die Zeit rast so schnell, alles ist kurzlebig. Wahrscheinlich waren andere Dinge wichtiger. Aber das man die Leiche nicht ...«

»Man wird überhaupt nicht danach gesucht haben, Herr Kollege.« Rothko nervten Kraulkes philosophische Ausführungen. Es war an der Zeit, dass der Typ wieder geerdet wurde. »Wenn ein Kind im Seenebel an der Ostküste verschwindet und ein Mädchen das beobachtet, geht man vom Ertrinken aus und sucht die Leiche nicht woanders in den Dünen. Merkwürdig ist allenfalls, dass der Geruch nicht aufgefallen ist.« Rothko nahm einen Schluck Tee und verzog angewidert das Gesicht. Unter diesen Lebensumständen wünschte er sich direkt auf das Kommissariat nach Wilhelmshaven zurück. Da musste er zwar auch mit Kraulke arbeiten, aber zumindest nicht mit ihm unter einem Dach wohnen. So nachlässig der mit all dem vollgeflusten Süßkram in seiner Tasche umging, so penibel war er in der kleinen Dienstwohnung. Es interessierte ihn nicht, dass jeden Tag eine Reinigungskraft vorbeikam, um die Fußböden zu säubern, nein, Kraulke bestand darauf, den Besen selbst zu schwingen. Einen Staubsauger gab es nicht in der Bude, der war nie bewilligt worden.

Dann diese Ordnungsmacke, jedes Kleidungsstück sorgfältig zusammenzulegen, akkurat zu falten. In seinem Gemach konnte er schalten und walten, wie er wollte, aber musste er auch Rothkos Zimmer aufräumen und die im Gemeinschaftsraum ausgezogenen Socken dermaßen penetrant auffällig über die Sessellehne legen? Dieser Mann war einfach eine Strafe. Jetzt hatte er mit der Knochensuche auch noch recht gehabt, was ihm immens Oberwasser gab.

Die sterblichen Überreste des Kindes waren sofort aufs Festland geschickt worden. Es war in der Tat nicht unwahrscheinlich, dass es sich um den seit zehn Jahren vermissten Achim handelte.

Wenn dem so war, wäre es auch nicht ausgeschlossen, dass die Fälle in Zusammenhang standen. Bei beiden Toten würde es sich um achtjährige blonde Jungen handeln. Das roch nach gleichem Muster.

Vorerst wollte Rothko abchecken, ob ähnliche Morde auf dem Festland geschehen waren.

Er hatte sich ein Bild von Achim zeigen lassen. Maria trug immer eines dabei, schien es zu hüten wie einen Schatz.

Vom Typ her hätten Lukas und Achim Geschwister sein können. Doch sahen sich Jungen in dem Alter mit den noch vorhandenen oder gerade wieder zugewachsenen Zahnlücken nicht alle irgendwie ähnlich? Schließlich hatte er versucht, Achims Eltern zu erreichen. Erfolglos. Das Einzige, was er herausgefunden hatte, war, dass der

Tod ihrer Kinder die Ehe zerrüttet und sie sich getrennt hatten. Mehr war derzeit nicht bekannt.

Er kippte sich den Rest Tee hinunter und schüttelte sich. Heute wurde der Wangerooger Kollege erwartet, dessen Urlaub war vorbei. Vielleicht gab es mit ihm eine Chance auf eine anständige Kaffeemaschine. Obwohl die Idee an Utopie grenzte, schließlich hatte der mit Sicherheit keinen Kaffeeautomaten im Gepäck. Es war schon merkwürdig, wohin Rothko sich wegen der Kaffeeabstinenz verstieg.

Er warf einen Blick auf die Uhr. In einer Viertelstunde würde Maria kommen. Sie war gestern nicht mehr in der Lage gewesen, irgendwelche Fragen zu beantworten. Heute Morgen hatte sie jedoch gleich angerufen. Sie wolle und könne jetzt erzählen.

ooo

Daniel war nicht glücklich darüber, dass sie Maria tatsächlich geglaubt und nach den Knochen gesucht hatten. Es war gar nicht Karl gewesen, der die sterblichen Überreste gefunden hatte. Der war in die Situation genauso hineingeschlittert wie er. Daniel wollte Maria aus allem heraushalten, nicht alles aufwärmen. Es tat doch keinem gut, diese alte Geschichte neu zu durchleuchten. Ihm und Maria am allerwenigsten.

Er hätte diese Skelettteile einsammeln und dem Meer übergeben sollen. Dorthin verfrachten, wo alle sie jahrelang vermutet hatten. Er hieb mit der Faust gegen die Wand. Seinen ursprünglichen Plan, zu flüchten, hatte er rasch aufgegeben. Er musste jetzt an Marias Seite sein, gerade so, als seien sie ein Paar. Das war das Mindeste, was er ihr schuldete. Er hatte ihr bereits eine SMS geschickt, aber wie gewohnt keine Antwort darauf erhalten. Das schreckte ihn aber nicht ab, weil er es schon kannte. Ihm reichte es, wenn er nachher ihre

Augen sehen und darin lesen könnte, wie sehr sie sich über sein Erscheinen freute. Zumindest interpretierte er das meist in ihren Blick hinein.

Er fühlte mit dem rechten Zeigefinger über die Handfläche der linken. Es war ihm, als spüre er noch immer die Glattheit der Knochen. Als er sie in den Händen gehalten hatte, war von neuem diese Wut in ihm hoch gekrochen, Bilder hatten sich vor sein Auge geschoben. Ein lachendes Jungengesicht im Sommerwind. Der Wind wuselt sich fast liebevoll durch das Stoppelhaar, bringt es in Unordnung. Vorn zwischen den Zähnen eine Lücke, Grübchen auf beiden Wangen. Marias Hand liegt auf der Schulter des Jungen, ihre Finger umkrallen sie wie einen Besitz, ihre Augen blicken zärtlich auf jede Bewegung hinab.

Sie liebt ihn. Mehr als Daniel. Viel mehr. Dieser Junge ist ihr wichtig.

Daniel fasste sich an den Hals. Er hatte seinen Hass auf das Kind schon lange verdrängt, sein ganzes Denken auf Maria fokussiert, die ihn zwar noch nie mit der Intensität dieses liebevollen Blickes, aber doch mit einer gewissen Nähe betrachtete. Er war hungrig nach jeder Geste dieser Frau, lechzte nach jedem Wort.

Es war jahrelang gut gegangen. Und jetzt tauchte das Kind wieder auf, drängte sich erneut zwischen ihn und seine Maria.

Der junge Mann schluchzte auf. Der Ton schwoll an und wurde zu einem Geheul, das das Zimmer überschwemmte.

ooo

Rothko saß einer völlig gefassten Maria gegenüber. Sie erzählte von dem Morgen vor zehn Jahren mit einer stoischen Ruhe, die dem Kommissar fast Angst machte. Es war, als berichte sie von einem Gewitter, das zwar kurzfristig zu einer Störung geführt, jedoch keine weiteren Probleme bereitet hatte. Rothko wusste aber, dass dem nicht so war. Maria hatte sich seitdem völlig aus dem normalen Leben zurückgezogen. Sie tat nur so, als sei sie tatsächlich gefasst.

Einzig ihre unruhigen Hände, die sich ständig ineinander verschränkten, dabei in den Gelenken knackten, zeugten von der seelischen Pein, die sie seitdem quälte.

Kraulke merkte solche Dinge nie. Für ihn zählte immer nur das, was er in der Realität sah und hörte. Er nun mal ein Trampel. Das war ihm aber nicht bewusst. Gut, dass er sich wenigstens heute zurückhielt und nicht mit seinen plumpen Bemerkungen alles kaputtmachte.

»Ich bin mit ihm dorthin gelaufen, weil ich wusste, wie wichtig diese Bernsteinsammelei für ihn war. Und bevor er allein ging, wollte ich ihn lieber begleiten. Er wollte doch seinem Bruder helfen, der an Leukämie litt. Woher er auch immer die Idee hatte, dass die Steine eine solche Heilkraft haben«, endete Maria. Sie stand auf und war im Begriff, das Büro zu verlassen, als sie sich noch einmal umwandte. »Da ist noch etwas ...«

Es klingelte. Kraulke, der bislang wahrhaftig geschwiegen hatte, erhob sich, um zu öffnen. Er tat es augenscheinlich widerwillig, hätte gern mitbekommen, was Maria noch eingefallen war, aber er traute sich nicht, sich Rothkos strengem Blick zu widersetzen.

Rothko zog fragend die Brauen hoch, als Kraulke das Zimmer verlassen hatte. Die junge Frau trat einen Schritt näher. »Ich habe es bislang nicht erzählt, es wirkt so ...« Maria rang nach den passenden Worten, wandelte den Satz schließlich um. »Also, ich habe im Nebel noch eine andere Person gesehen.«

Bevor Rothko darauf antworten konnte, kam Kraulke mit Angelika Mans zurück. Ihre blauen Augen waren geweitet, die Pupillen groß. Es schien, als stünde sie unter Drogen. Ihre Bewegungen wirkten fahrig und unkonzentriert. Sie ließ sich auf den letzten freien Stuhl fallen. Maria bewegte sich nicht vom Fleck. Sie fixierte die Frau mit ihrem Blick. Rothko kam es vor, als kannten die beiden sich aus einer früheren Zeit, obwohl es mit Sicherheit nicht so war. Sie wussten ja nicht einmal ihre Namen. Es war ausschließlich ihr gemeinsames Leid, das sofort, ohne, dass sie etwas sagen mussten, ein unsichtbares Band zwischen ihnen flocht.

Maria war am Türrahmen stehen geblieben und beobachtete das Geschehen. Rothko ließ die junge Frau bewusst dort warten, geleitete sie vorerst nicht weiter hinaus. Sein Gefühl sagte ihm, es könne eventuell ein Gewinn sein, wenn sie noch einen Augenblick verweilte.

Angelika Mans hatte die Hände um den Griff ihrer schwarzen Lederhandtasche gekrallt. »Mir ist etwas eingefallen«, stieß sie hervor. Ihre Stimme klang dünn, fast tonlos. »Hatte es völlig vergessen.« Sie öffnete die Tasche und zog einen gelblichen kleinen Stein heraus. »Kennen Sie den?«

Rothko warf einen kurzen Blick darauf und noch bevor er antworten konnte, sagte Maria: »Das ist ein Bernstein.«

Angelika nickte. »So einen wollte Lukas suchen. Es seien Kraftsteine, habe er gesagt.«

»Genau wie Achim«, mischte sich Maria ein. Ihre Stimme wirkte seltsam entrückt. »Auch Achim hat an dem Morgen Bernsteine gesucht.« Ihre Finger umkrallten jetzt den Türrahmen, ihre Fingerkuppen färbten sich dabei weiß.

Angelika wandte sich zu ihr um. »Achim? Der andere Junge?«

Maria nickte. Die Augen der beiden Frauen weiteten sich, sogen einander auf.

»Dann stimmt das vielleicht doch mit dem anderen

Mann, den ich gesehen habe«, flüsterte Maria. »Ich spinne gar nicht.«

Rothko nickte. »Wir prüfen das.« Er wandte sich an Angelika. »Haben Sie Ihren Mann inzwischen erreicht, Frau Mans?«

Sie nickte. »Er ist seit ein paar Tagen auf Wangerooge.«

ooo

»Warst du schon wieder bei der Polizei?« Karl kaute auf der Kartoffel herum, versuchte gleichgültig zu wirken. Maria wusste, dass das nur oberflächlicher Natur war. Karl war alles andere als entspannt. Warum sonst war er ihr hinterhergefahren? Warum sonst fragte er sie ständig nach all diesen Dingen.

»Ich habe dem Kommissar von dem Morgen vor zehn Jahren erzählt.«

Karl biss erst in sein Stück Fleisch, bevor er nachhakte: »Hm … gibt es denn bei dir neue Erkenntnisse? Das hast du doch damals schon alles getan.«

»Was meinst du genau?« Maria war nicht recht bei der Sache.

Er wackelte mit dem Kopf, wischte mit der Serviette über den Bart. »Nur so.«

Maria überlegte einen Augenblick, ob sie Karl erzählen sollte, was sie dem Kommissar offenbart hatte, entschied sich aber dagegen. Warum, konnte sie nicht erklären, aber etwas sagte ihr, es sei besser, zu schweigen. Dass sie einen anderen Mann gesehen hatte, war bislang ihr Geheimnis gewesen. Sie hatte immer befürchtet, man könne ihr unterstellen, sie sei nur darauf aus, die Verantwortung wegzuschieben.

»Wusstest du, dass Daniel auch hier ist?«, wechselte sie das Thema.

»Daniel? Nein, warum?«

Maria zuckte mit den Schultern. »Ich weiß nicht, was

er hier will. Er schrieb nur, er wolle in meiner Nähe sein, mir beistehen, was auch immer geschehe.« Sie seufzte: »Er ist ein komischer Vogel.«

»Er liebt dich«, sagte Karl.

»Mich kann man nicht lieben.«

Karl sprang vom Stuhl auf, dass der hintenüber fiel. »Was soll denn der Quatsch! Wieso sollte man dich nicht lieben können? Hör auf, solch einen Blödsinn zu erzählen!«

Maria zuckte nur mit den Schultern. Was wusste ihr Onkel denn schon. Sie hätte vor zehn Jahren alles anders machen sollen, dann wäre auch alles anders gekommen. Maria unterdrückte den Gedanken, tanzte er doch seit ewiger Zeit durch ihren Kopf, vollführte die immer gleichen Figuren. Es war sinnlos. Deshalb schwieg sie.

Karl hatte den Stuhl wieder hingestellt. Seine Hand zitterte. Maria konnte nicht sagen, ob es wegen ihrer letzten Aussage oder der Tatsache war, dass sich auch Daniel auf der Insel aufhielt. Karl war ein ebenso verschlossener Mensch wie sie und ließ sich nicht in die Karten schauen. Er schaufelte sich das Essen hinein, als gälte es, einen neuen Rekord aufzustellen. Als er fertig war, sah er Maria noch einmal fest an. »Sag es mir. Bitte!«

»Was soll ich dir sagen, Onkel Karl?«

»Was du dem Kommissar genau erzählt hast.«

Maria sog die Luft ein. »Jetzt, wo man Achim gefunden hat, musste ich es ihm einfach mitteilen.«

»Was musstest du ihm mitteilen? Nun lass dir nicht alles aus der Nase ziehen!« Er stand auf und fasste Maria rechts und links an den Schultern.

»Du tust mir weh!« Sie wand sich aus dem Griff. »Ich habe ihm gesagt, dass ich an dem Morgen einen Mann gesehen habe. Bevor der Nebel Achim verschluckt hat!« Nun war es heraus.

Karl fegte mit einer Handbewegung den Teller vom

Tisch. Er rotierte noch auf dem Boden, als Marias Onkel die Küche bereits verlassen hatte.

ooo

Rothko stand vor seinen Kollegen, die ihn mehr oder weniger interessiert anblickten.

»Die Frauen haben eine fast identische Geschichte erzählt, meine Herren. Beide Kinder wollten am Ostteil Bernsteine sammeln, weil ihnen irgendwer weisgemacht hat, dass von diesen Steinen eine Heilkraft ausgeht.« Er sah jedem seiner Mitarbeiter in die Augen.

»Der Vater von Lukas war zur Tatzeit des Mordes auf der Insel. Er ist ein Kenner von Edelsteinen, und er wusste, wie gern der Junge wieder Ordnung in seinem Leben haben wollte. Ob er auch vor zehn Jahren hier war, müssen wir noch herausfinden. Er selbst streitet es aber ab. Fakt ist …« Rothko machte eine Kunstpause, wollte den Triumph gerne genießen, den er jetzt aus dem Ärmel schüttelte. Kraulke hatte die Aussage von Maria ja nicht mitbekommen. »Fakt ist«, wiederholte er, »dass Maria am Morgen des Verschwindens von Achim einen Mann im Nebel gesehen hat. Sie hat aus Angst, für verrückt gehalten zu werden, bislang geschwiegen.«

»Vielleicht hat sie es auch erst jetzt gesagt, weil es zu der Geschichte passt«, wandte der Kollege Jillrich ein, der seit drei Stunden zurück auf Wangerooge und hier der ortsansässige Polizist war. »Ich bin vor zehn Jahren bereits hier gewesen. Diese Maria machte mir schon damals einen arg labilen Eindruck.« Er biss sich auf dem Daumennagel herum.

Rothko schüttelte den Kopf. »Es klang mir ziemlich glaubwürdig, was die junge Dame erzählt hat, Herr Jillrich.«

Der Kommissar sah die Ungläubigkeit in den Mienen seiner Mitarbeiter. Sie waren doch alle gleich. Ob auf der Insel oder dem Festland. Was sie nicht direkt sahen, glaubten sie auch nicht. Wenn Maria jetzt nach zehn Jahren einfiel, dass sie einen Mann gesehen haben wollte, passte das einfach nicht in ihr Bild.

Rothko schwieg für einen Moment, schickte seine Gedanken auf Reisen. Er könnte zu dieser Zeit in irgendeiner Kurklinik bei einem schönen Cappuccino sitzen, sich erholen und die Landschaft genießen. Berge, ja Berge wären jetzt genau das Richtige. Seine müden Ideen würden sich an den schönen Erinnerungen laben, die Gegenwart verdrängen ... ein traumhafter Zustand.

Stattdessen stritt er sich hier mit Kollegen über die Aussage einer Frau, die er selbst nur schwer einschätzen konnte, aber hier als glaubwürdig verteidigen musste.

»Wie ist das weitere Vorgehen? Welche Spuren gibt es sonst?«, riss ihn Kraulkes schnarrende Stimme aus seinen Gedanken.

»Wir müssen Dieter Mans auf den Zahn fühlen. Im Augenblick ist er unser Hauptverdächtiger. Der einzige Anhaltspunkt.«

»Sonst keine Spuren?«

»Nichts Verwertbares. DNA war auf dem Hals des Jungen nicht nachweisbar, also keine Fingerabdrücke auf der Haut. Die Fußspuren hatte der Wind längst verweht.« Rothko zuckte mit den Schultern. Das Ergebnis war in der Tat mehr als mager. Da war es doch kein Wunder, dass man sich an den Aussagen einer jungen Frau festbiss, die den Täter mit großer Wahrscheinlichkeit gesehen hatte. So es denn derselbe Täter war.

»Wir könnten dieser Maria doch den Vater von Lukas gegenüberstellen. Vielleicht erkennt sie ihn an der Statur oder Haltung!«

Rothko sah erstaunt zu Kraulke. Bekam er tatsächlich Schützenhilfe von diesem Kollegen? »Das werden wir tun. Begleiten Sie mich?« Rothko war verblüfft, mit welcher Selbstverständlichkeit die Worte über seine Lippen gekommen waren.

ooo

Kristian Nettelstedt ging Maria nicht aus dem Kopf. Er musste sie unbedingt treffen, mit ihr noch einmal über Achim reden. Vor zehn Jahren hatte sie nur geschwiegen, war ihm und seiner Frau vor Scham und Verzweiflung aus dem Weg gegangen. Eine sicher verständliche Reaktion für die damals Fünfzehnjährige. Vielleicht war sie jetzt eher bereit, mit ihm zu sprechen.

Er überlegte, wie er es anstellen könnte, sie zu finden, aber eine richtig gute Idee kam ihm nicht. Er würde einfach die Augen weiter offen halten.

Kristian verließ seine Pension, die in der Charlottenstraße, gleich in der Nähe der Polizeistation, lag. Ein Kaffee mit Blick auf die Nordsee könnte ihn vielleicht aufheitern.

Er stieg die Treppen zum legendären Café *Pudding* hoch. Oben blies ihm ein kühler Wind entgegen. Er bestellte einen Latte Macchiato und beobachtete die Menschen, die sich von Tag zu Tag zahlreicher auf der Insel einfanden. Schluck für Schluck nippte er am Kaffee, genoss das leichte Prickeln der geschäumten Milch im Mund. Dann hielt er inne. Das Glück war ihm wirklich hold. Gleich drei Tische weiter ließ sich tatsächlich Maria nieder.

Kristian nahm sein Glas und setzte sich augenblicklich zu ihr. Wenn sie überrascht war, ließ sie es sich nicht anmerken. Zumindest nicht auf den ersten Blick. Einzig das leichte Vibrieren ihrer Finger zeugte davon, dass dieses Zusammentreffen sie doch aufwühlte.

»Herr Nettelstedt?«, fragte sie schließlich.

Er nickte, löffelte den Milchschaum, obwohl er wusste, dass es sich nicht gehörte. »Ich musste auf die Insel kommen, nachdem dieser Junge umgebracht worden war.« Seine Stimme klang viel zu leise. »Die Trauer ist so groß. Man kann es nie vergessen.« Ihm lief eine Träne übers Gesicht.

Maria hob kurz die Hand, schien beinahe versucht, sie abzuwischen. Kristian wusste, dass er sich in den letzten zehn Jahren stark verändert hatte und auch auf Außenstehende wie ein gebrochener Mann wirkte.

»Wie geht es Oskar?«, fragte Maria.

Er schüttelte den Kopf. »Kein Oskar mehr. Keine Frau. Keine Familie. Alles kaputt.«

Das Entsetzen stand Maria ins Gesicht geschrieben. Sie rührte im Kaffee, suchte nach Worten. Kristian sah, dass es in ihr arbeitete, sie aber nicht wusste, wie sie ihm beibringen wollte, was ihr augenscheinlich auf der Seele brannte. Schließlich aber brach es aus ihr heraus. »Ich habe ihn gefunden«, sagte sie. »Am Mittwoch habe ich Achim gefunden.« Ihre herausgestoßenen Sätze verharrten kurz in der Luft, trudelten sekundenlang ihren Reigen, bis sie Kristian Nettelstedt in vollem Umfang erreichten. Er wich, von der Wucht getroffen, merklich zurück.

»Wo, wie …«, stotterte er. Er war völlig aus der Fassung geraten. Seine gerade noch überlegene Art löste sich in Nichts auf. Er hasste es, wenn er eine Situation nicht im Griff hatte.

Maria fasste nach seiner Hand, die das Latte-Macchiato-Glas abgestellt hatte und jetzt mit den Fingerkuppen auf dem Tisch auf und niederschlug. »Ich bin in den Dünen gewesen, Herr Nettelstedt. Habe dort die Knochen eines Kindes gefunden. Es sind die Ihres Sohnes. Ich zweifle nicht daran.«

»Davon war nirgends etwas zu lesen, das kann nicht sein.« Die Töne, die nun aus Kristians Mund kamen, waren eine Mischung aus einem Röcheln, gepaart mit einem abgrundtiefen Weinen. Die Leute vom Nachbartisch sahen pikiert zu ihnen herüber. Ihm war das im Augenblick völlig egal. Das war etwas, womit er nach all den Jahren nicht mehr gerechnet hatte.

Maria winkte dem Kellner, zahlte unauffällig und zog Kristian nach draußen. An der frischen Luft fing er sich wieder. Er schnäuzte sich heftig. »Entschuldige, Maria. Das ist sonst nicht meine Art, aber mich haben die Gefühle einfach überrannt.«

»Verständlich, Kristian.« Sie waren zum Du übergangen, ohne dass es ihnen im ersten Moment bewusst war. Kristian nahm es hin. Er hatte mit dieser jungen Frau so viel gemeinsam, dass ein Sie nicht zu ihrer Beziehung passte.

»Lass uns ein Stück laufen.«

Sie schlugen den Weg nach Osten ein, gingen unten am Wattsaum entlang. Die Nordsee wirkte auf seltsame Art wütend heute, peitschte ihre Wellen weit auf den Strand. Sie wurden nicht selten von der gelblichen Gischt getroffen. Diese Witterung deckte sich mit Kristians und Marias Stimmung. Sie stapften weiter. Ohne Ziel, ohne Plan, wohin sie eigentlich wollten. Nur laufen, nur laufen.

Irgendwann nahm er ihre Hand. Sie war zart und viel kleiner, als er es vermutet hatte. »Ich habe gedacht, ich hätte durch meine vielen Reisen die Erinnerungen zur Ruhe gebettet. Ich wollte mir und ihnen Frieden gönnen.«

»Ich dachte das für mich auch.« Maria gelang ebenfalls nur noch ein Flüstern.

Kristian hielt abrupt an, drehte sie zu sich hin und sah ihr in die Augen. Ihre Iris hatte eine tiefgrüne Farbe. Er hatte das Gefühl, man könne sich darin verlieren. Wenn die Umstände anders wären. Waren sie aber nicht. Sein Griff um ihren Unterarm verstärkte sich. »Du hast aber doch gesehen, dass Achim damals im Nebel verschwunden ist, wie kann er dann in die Dünen gelangt sein? Hast du eine Ahnung?«

Maria schüttelte den Kopf. Dabei biss sie sich zu fest auf die Lippen, als dass er ihr dieses Verneinen abnehmen konnte.

ooo

Maria war froh gewesen, dass Kristian irgendwann beschlossen hatte, das Alleinsein bekäme ihm jetzt besser. Ob sie ein Problem damit habe, wenn er ohne sie weiter Richtung Osten ginge. Er müsse mit seinem Schmerz selbst klarkommen.

Ihr Arm tat noch weh. Sein Griff würde einen blauen Fleck hinterlassen. Nach Karls unwirscher Reaktion hatte sie sich nicht mehr getraut, noch jemandem von der Gestalt zu erzählen, die sie damals im Nebel gesehen zu haben glaubte. Manchmal war sie schon selbst der Ansicht, dass es nur ein Trugbild gewesen war. Was hätte es also bringen sollen, auf dieser Idee herumzureiten und Kristian in noch tiefere Verzweiflung zu stürzen. Dass sie anscheinend seinen kleinen Sohn gefunden hatte, war ihm nah genug gegangen. Sie, die zu verantworten hatte, dass er überhaupt weg war, hatte ihn nun als Skelett wiedergefunden. Sie zweifelte wirklich nicht eine Sekunde daran, dass es sich um Achim handelte, auch wenn es noch keine Bestätigung von Seiten der Polizei gab.

Sie ertappte sich bei der Überlegung, dass sie Achims Vater einfach zu sehr mochte, um ihn mit der Geschichte von dem Mann, den sie damals gesehen zu haben glaubte, noch mehr in Verwirrung zu stürzen. Sie hätte es selbst nicht für denkbar gehalten, für sie war Kristian all die Jahre der unterkühlte Stiefvater von Achim gewesen, der für seinen Sohn nie echte Gefühle entwickelt hatte. Nun aber saß er von Trauer gebeugt vor ihr, als Vater, dem alles genommen worden war. Er ähnelte

Angelika Mans, die eine ebensolche Tragik ausströmte. Der Schmerz hatte also auch bei ihm in all den Jahren nicht nachgelassen.

Sie lief jetzt gegen den Wind am Strand zurück. Ihre Ohren wurden so kalt, dass sie sich ein Tuch um den Kopf schlang. Inzwischen empfand sie das Tosen des Meeres als bedrohlich, ganz anders noch als eben, als sie mit Kristian zusammen gegangen war. Er wollte sie anrufen, hatte er gesagt und sich ihre Handynummer notiert. Sie hätten jetzt schließlich ein gemeinsames Ziel. Wenn es tatsächlich Achim war, den sie gefunden habe, dann war er nicht von allein dort gestorben. Sie würden den Menschen finden, der das zu verantworten habe, hatte er gesagt und die Faust kämpferisch in den Himmel gestreckt.

Dann hatte er wieder nach ihr gegriffen und sie mitten auf den Mund geküsst. Seine Lippen waren kühl und versprühten doch gleichzeitig eine Hitze, die Maria zum Glühen brachte. Es war der erste Kuss ihres Lebens und sie musste zugeben, dass es sie immens aufwühlte. Vorsichtig fühlte sie über ihre Lippe. Sie war etwas rau, vorn klebte ein Hautfetzen. Ob er es noch einmal tun würde? Ihr Herz begann zu stolpern. Als sie an der Promenade angelangt war, sah sie Daniel am Strandüberweg stehen. Er hatte die Arme vor der Brust verschränkt. Wie ein strenger Vater, der auf sein ungezogenes Kind wartete.

ooo

Daniels Herz schlug bis zu Hals. Er merkte nicht, dass er keine Jacke trug, er spürte nicht, dass ihm das lange blonde Haar ins Gesicht wehte. Da kam sie zurück. Die Frau, an der sein Herz hing. Die, die ihm so wichtig war, dass er sein Leben für sie opfern würde. Und ihr war es nicht bewusst. Merkte nicht, wie er sich nach ihr verzehrte. Sie ging einfach mit diesem Kerl am Strand spazieren. Der musste doch um Etliches älter sein als sie. Warum tat Maria das? Er wusste nicht, was das für ein Typ war und woher sie ihn kannte, aber sie würde es ihm sicher gleich sagen.

»Du warst am Strand?« Daniel bemühte sich, seine Stimme ruhig und ausgeglichen klingen zu lassen, wusste aber, dass er Maria nicht täuschen konnte. Sie kannten sich schon viel zu lange.

Sie nickte. Es sah nicht aus, als habe sie ein schlechtes Gewissen. Trotzdem wirkte sie seltsam entrückt. Ständig strich sie über ihren Mund.

»Wer war der Mann?« Daniel zog die Lippen über seine Zähne. Sie standen ein Stück weit vor. Er schämte sich auch nach all der Zeit vor Maria deswegen.

Jetzt sah sie ihm direkt in die Augen. »Das war Achims Vater.«

Daniel trat einen Schritt zurück, suchte mit den Händen nach Halt, griff aber nur ins Leere, weil auch die Kaimauer viel zu weit entfernt war. Nun war also nicht nur dieses schreckliche Kind zurückgekehrt, es hatte auch seinen Vater gleich mitgebracht. Ihm wurde übel. »Wo hast du denn den getroffen?«

Maria erzählte sehr ausführlich, was ungewöhnlich für sie war. In ihren Augen schwang ein seltsamer Glanz mit, der Daniel zu dem Ergebnis kommen ließ, dass Achims Vater Eindruck auf sie gemacht haben musste. Es traf ihn. Tiefer als er zugeben wollte. Erst stahl ihm der Sohn, jetzt der Vater Marias Liebe. Eigentlich wollte er nicht weiter zuhören.

»Er ist so einsam, so allein«, hörte er Marias Stimme. Sie schwang mit dem Wind.

Hinter Daniels Stirn begann es zu hämmern. ›Weg, weg, weg!‹, dröhnte es. Er muss weg. Genau das hatte er auch damals gedacht. Als Achim Maria immer so angegrinst hatte.

SEELENPFAD 7

*... der Hügel,
auf dem mein Engel
seine Flügel
abstreift,*

Peter Härtling (*1933)

Dieter Mans war merklich angegriffen. Er hatte beide Hände tief in den Haaren vergraben und zerraufte seine Frisur. »Es kann nicht sein. Kann einfach nicht!« Er begann zu schluchzen. Dabei bebte sein ganzer Körper. »Mein Sohn ist nicht tot!«

Rothko ließ ihn weinen. Kraulke hatte einen Apfel in der Hand, von dem er recht geräuschvoll abbiss. Den warnenden Blick seines Kollegen Blick ignorierte er geflissentlich.

Rothko wollte sich jetzt nicht über Kraulke ärgern und wandte sich an Dieter Mans. »Warum sind Sie überhaupt hier? Ihre Frau sagte, Sie hätten den Kontakt zu ihr und dem Jungen nach der Trennung gänzlich abgebrochen.«

»Sehnsucht«, stammelte Dieter Mans. »Man kann eine Familie nicht einfach so vergessen, verreisen und neu beginnen.« Er sah sich suchend nach einem Taschentuch um und schnäuzte sich recht geräuschvoll die Nase. Die Augen waren rotgerändert, er sah schrecklich mitgenommen aus. Aber Rothko wusste, dass man gerade mit diesen Menschen besonders vorsichtig umgehen musste. Sie hatten oft zwei Seelen, die nebeneinander existieren konnten, ohne die andere zu beeinträchtigen. Die Trauer dieses Mannes war mit Sicherheit echt, aber trotzdem schloss das nicht aus, dass er mit der Sache etwas zu tun hatte. Vor dem Kriminalbeamten saß in so einem Fall dann nicht der Täter, sondern nur dessen anderes Gesicht.

»Sie hatten also Sehnsucht nach Ihrer Familie.« Kraulke hatte sich bis zum Apfelgriebs durchgearbeitet und spuckte einen Kern, der ihm zwischen die Zähne geraten war, in die Hand.

Dieter Mans nickte. »Die Freundin, wissen Sie, die ist kein Ersatz. Irgendwie ...« Er wischte sich eine weitere Tränenflut aus dem Gesicht. Sein ganzes Gehabe wirkte weibisch. »Ich wollte meine Frau zurückerobern und habe nachgeforscht, wo sie ist.« Er sah Rothko in die Augen, Kraulke beachtete er nicht.

Rothko glaubte ihm kein Wort. Dieser Mann log doch schon, wenn er den Mund aufmachte. Erst kümmerte er sich nicht mehr um seine Familie, weil er die Haut einer jüngeren Frau interessanter fand, dann plötzlich sprach er von Zurückerobern. Rothko war selbst kein Familienmensch, seine Frau hatte es bestimmt nicht leicht mit ihm, aber die Nummer, die Dieter Mans hier abzog, war widerlich. Rothko setzte sich aufrecht hin, musste jetzt aufpassen, dass er diesen Mann nicht vorschnell verurteilte. Ob er dessen Verhalten nun billigte oder nicht, tat hier nichts zur Sache. Er hatte objektiv zu bleiben, wobei Rothko zugeben musste, dass es ihm immer schwerer fiel. Zwei tote Kinder waren mehr, als er eigentlich verkraften konnte und wollte. Er war auch nur ein Mensch.

»Haben Sie Ihren Sohn hier auf Wangerooge getroffen?« Kraulke war seines Apfels überdrüssig geworden und warf den Rest mit einem genau kalkulierten Zielwurf in den Mülleimer.

Das Kopfschütteln von Dieter Mans fiel heftig aus. Er begann auch gleich wieder zu schluchzen und stieß Laute aus, die sich anhörten wie, dass es gut gewesen wäre, wenn er schlichtweg bei seiner Exfrau aufgetaucht wäre und den Jungen in den Arm genommen hätte. Wer weiß, was er hätte alles verhindern können.

Rothko lag auf der Zunge, dass er vielleicht besser bei seiner Frau geblieben wäre, damit der Kleine Magie und Versprechungen nicht so leicht glaubte, weil ihm durch die kaputte Familie der Halt im Leben verloren gegangen war. Aber er wusste selbst, dass das ungerecht wäre. Schließlich wurden genug Kinder aus heilen Familien zu Opfern. Es war so entsetzlich einfach, Einfluss auf die Mädchen und Jungen zu nehmen. Viel zu viele glaubten vorschnell alles, was man erzählte.

»Sie kennen sich aber doch mit Edelsteinen aus, schreiben ihnen heilende Kräfte zu, oder?« Rothko wollte nicht locker lassen. Dieter Mans war im Moment der alleinige Verdächtige. Der Einzige, der eine direkte Verbindung zu Lukas hatte. Und vielleicht auch zu Achim. Ihm nachzuweisen, dass er schon vor zehn Jahren hier gewesen war und ein Kind der Bernsteine wegen in den Osten der Insel gelockt hatte, würde schwer, aber nicht unmöglich sein.

»Ich beschäftige mich ausgiebig mit diesen Dingen«, gab Dieter Mans zu. »Lukas wusste das. Er war von klein auf damit vertraut.« Er räusperte sich. »Ich habe schließlich schon immer gern dieses spezielle Wasser getrunken. Sie wissen schon: Mineralien als Bodensatz und einfaches Wasser darüber. Für mich ein Zaubertrank.«

»Was wusste Lukas von der Heilkraft, die Sie den Bernsteinen zugeschrieben haben?«

Dieter Mans zuckte mit den Schultern. »Er war ein aufgewecktes Kind, hat sich stets alles gemerkt. Bernsteine haben allerdings immer eine starke Faszination für ihn gehabt.« Er schloss die Augen, als wolle er sich ein Bild zurückholen, von dem er wusste, dass er es nicht mehr erleben würde. »Wir haben mal einen an der Ostsee gefunden. Winzig klein war der. Es war sein größter Schatz. Er hat ihn immer bei sich getragen. In der Hosentasche.«

Rothko erinnerte sich an den Bericht der KTU. Man hatte in der Tasche des Jungen einen solchen Stein gefunden.

»Wozu soll der denn dienen? So ein Klunker?« Kraulke warf ein Lakritzteil in die Höhe und fing es mit dem Mund auf. Er wirkte nicht recht bei der Sache, aber Rothko fehlte der Enthusiasmus, ihn zu maßregeln.

»Der Bernstein hat zahlreiche verschiedene Heilkräfte. Er dient beispielsweise bei Rachenentzündungen zur Heilung. Sie müssen nur ein paar Steine über Nacht in Wasser ziehen lassen und die Flüssigkeit dann morgens auf nüchternen Magen trinken. Er hilft auch bei Asthma, Hitzewallungen und vielem anderen. Zum Beispiel bei Knochenmarkschwäche …« Dieter Mans hielt inne, als er das skeptische Gesicht des Kommissars sah.

»Knochenmarkschwäche«, wiederholte Rothko. »Also auch bei Leukämie? Blut wird doch dort gebildet.«

Dieter Mans biss sich auf die Unterlippe, dachte einen Augenblick nach. Er runzelte die Stirn. Es war still im Vernehmungszimmer, nur der Atem der drei Männer kroch durch den Raum. Dann schüttelte er bedächtig den Kopf. »Ob die Wirkung dafür reicht, ist mir nicht bekannt«, stieß er schließlich hervor.

Kraulke kniff ein Auge zusammen. Er wusste, worauf sein Kollege hinauswollte. Achim hatte nach einem Heilmittel für seinen leukämiekranken Bruder gesucht. Doch Dieter Mans hatte rechtzeitig geschaltet und war ihm nicht auf den Leim gegangen.

Im Geheimen beschloss Rothko, Maria und Dieter möglichst bald miteinander zu konfrontieren. Mit etwas Glück würde sie ihn erkennen. »Wozu könnte Lukas ihn gesucht haben?«, hakte er nach.

»Der Bernstein gibt einfach Kraft, verstehen Sie? Lukas hat gestottert seit der Trennung. Er weinte viel …«

»Herr Mans, Ihr Sohn war acht Jahre alt. Und Sie

wollen uns weismachen, ihm seien die Heilkräfte dieses Steins so geläufig wie die Figuren von Sponge Bob Schwammkopf?«

Rothko drehte sich erstaunt zu Kraulke um. Das war gekonnt zurückgeschlagen. Sein Kollege kannte sich tatsächlich in der Welt der Kleinen aus.

»Ich glaube Ihnen kein Wort!«, hängte er sich dann auch mit rein. »Geben Sie doch zu, dass Sie Lukas am Tag vorher getroffen und ihm suggeriert haben, er könne sein Weltbild mit diesem Stein zurechtrücken. Dann ist etwas schief gelaufen und Sie haben Ihren eigenen Sohn getötet. Und vielleicht«, Rothko sah Dieter Mans fest in die Augen, »haben Sie das vor Jahren auch schon mit Achim Nettelstedt getan. Wir werden es herausfinden, das können Sie uns glauben.«

Dieter Mans schüttelte den Kopf. Sein leises »Nein, das ist nicht so« nahm Rothko nur am Rande wahr, aber zu mehr schien der Mann nicht in der Lage.

Der Kommissar nickte Kraulke kurz zu. Der begleitete Dieter Mans zur Tür, nicht ohne ihn darauf aufmerksam zu machen, dass er die Insel vorerst nicht verlassen solle. »Ihre Reise ist hier zunächst beendet, Herr Mans.«

Dieter Mans verließ die Polizeistation mit gebeugtem Oberkörper. Er wirkte wie ein alter Mann.

ooo

Es würde Sturm geben. Karl sah prüfend in den Himmel und war sich dieser Tatsache so sicher wie nur was. Die dunklen Wolkengebilde am Horizont, der Sonnenuntergang. Alles deutete darauf hin, dass ein Orkan im Anmarsch war.

Karl lebte schon sein ganzes Leben an der Küste, ihm konnte, was die Wetterprognose anging, keiner etwas vormachen. Oft zog sich ein selbstgefälliges Grinsen über das bärtige Gesicht, wenn die Wetterfrösche in den

Nachrichten ihre seltsamen Vorhersagen abgaben, von denen er gleich wusste, dass sie nicht zutreffen würden. Aber sagte nichts, so wie er sein ganzes Leben lieber zu allem schwieg. Er hätte damals mit Maria reden sollen, als sie vom Schiff gekommen war. Den Kopf stumpf auf den Weg gerichtet, als wäre ihr das Leben der Ameisen auf dem Asphalt wichtiger als alles andere um sie herum. Er hatte nur vor ihr gestanden, ihr die Tasche aus der Hand genommen und »Komm, Mädchen« gesagt.

Ihm war schon damals bewusst gewesen, dass sie mehr als diese zwei Worte gebraucht hätte. Mit einer kleinen Geste, wie zum Beispiel dem Durchwuseln der Haare, hätte er ihr wenigstens ein wenig Nähe demonstrieren können. Doch selbst dazu war es nicht gekommen. Er war ein alter Mann, dem es schwerfiel, Gefühle zu zeigen.

Die Tragik war in ihrem Gesicht abzulesen gewesen wie in einem Buch. Einmal hatte er seine Hand ganz kurz in Richtung ihrer Wange erhoben, war versucht, darüber zu streichen, aber die Berührung von Haut war ihm nicht angenehm. So hatte er es gelassen, ihr einen heißen Kakao bereitet, den sie gar nicht getrunken hatte. Ein Schulterzucken war alles, was ihm dazu eingefallen war.

Bis heute hörte Karl das Schlurfen seiner Schritte, wie er damals durch die Küche gegangen war, sich bei jedem Tritt an den blassgelben Möbeln festhaltend. Merkwürdig piepsige Töne waren währenddessen aus Marias Mund gekommen. Der leise Schrei einer unheilvollen Verzweiflung, die ihren Körper nie verlassen hatte und nur kurz ihre dreckigen Gischtblasen nach draußen schleuderte. Damit er dieses Wimmern nicht länger ertragen musste, hatte er seinen Schritt einfach beschleunigt, war in den Flur gegangen und hatte die Küchentür hinter sich geschlossen.

In keinem Gespräch wurde mehr auf diesen Tag, der

Marias Leben so grundlegend verändert hatte, eingegangen.

Jeden Tag, wenn Karl aufstand, seinen Bart bürstete und dabei in den Spiegel sah, betete er, dass der Tag vorbeigehen möge, ohne dass das Gespräch auf den Morgen vor zehn Jahren gelenkt würde. Ohne dass er vor Maria zugeben musste, dass auch er an dem Tag auf Wangerooge gewesen war. Und gesehen hatte, wie der Seenebel auf die Küste zuwaberte, um sich das zu nehmen, von dem er glaubte, dass es ihm gehörte. Karl warf einen letzten Blick aus dem Fenster. Er irrte nicht, der Sturm würde kommen. Das war sicher.

ooo

Die Morgenluft ist frisch, der kalte Wind streicht durch seine Lunge. Es hat in der Nacht arg gestürmt. Zwar hat der Wind nachgelassen, aber die Nordsee peitscht ihre braunen Wellen noch immer wütend an den Strand.

Er hat ihn wirklich nicht gesucht, der Kleine ist dieses Mal ganz von allein zu ihm gekommen. In dieser Kirche.

Er soll es also wirklich wieder tun. Eigentlich ist es noch zu früh. Es ist gefährlich, was er vorhat. Der Mann hat versucht, sich dem Verlangen zu widersetzen. Weil das Danach so anstrengend ist. Weil es hinterher so endgültig ist. Und doch hat er Gottes Ruf in der Kirche gespürt. Er müsse es wieder tun, hat der gesagt. Sonst sei seine Seele verloren.

Es ist aber doch vor kurzem schon mit dem anderen Jungen passiert. Den, den er vor ein paar Tagen allein am Strand gesehen hat und der ihm so anhänglich in die Dünen gefolgt ist. Er hat sofort gewusst, dass er der Richtige ist. Als der letzte Atemzug aus seinen Lungen entwichen ist, hat er sich frei gefühlt.

Aber hinterher ist die Panik gekommen. Wie immer. Er spürt es noch wie eben ...

Der kleine Kopf des Kindes liegt schwerer werdend in seiner Ellenbeuge, die Augen verlieren binnen Sekunden den Glanz, der zuvor ihre Lebendigkeit bescheinigt hat. Sein eigenes Herz dagegen beginnt zu leben. Kräftige Schläge von innen heraus gegen den Brustkorb. Das Pochen der Halsschlagader, leises Knirschen mit den Zähnen beim Aufeinanderpressen des Kiefers. Metallischer Geschmack von Blut, wenn er dabei die Wange trifft. Es ist geschehen. Passiert, obwohl er sich fest vorgenommen hat, es nicht mehr zu tun. Schwerter durchgraben seine Eingeweide, Mageninhalt schiebt sich nach oben, lässt sich nur schwer herunterschlucken.

Er nimmt sich immer wieder vor, es nie wieder zu tun. Glaubt, dass dieses letzte Mal reicht, um ihn frei zu machen von seiner Schuld.

Die Angst vor Entdeckung hinterher schnürt ihm die Kehle zu, lässt seinen Blutdruck Achterbahn fahren. Das will er nicht mehr erleben. Er will frei sein von diesem Zwang, will sich der Gottesaufgabe entziehen.

Aber wenn er einen solchen Jungen sieht, sich der Blick dieser blauen Augen an ihn heftet, kann er nicht anders. Das Verlangen wird fortwährend stärker, je öfter er es tut. Immer massiver fühlt er sich berufen, immer mehr Knaben muss er bewahren. Das ist sein Sinn, auf dieser Welt zu sein.

Kann Töten eine Sucht sein? So wie die unwiderstehliche Gier nach Alkohol oder Kokain? Er hat gehört, wie eine Frau in der Drogerie das zu einer anderen gesagt hat. Der Mörder sei süchtig danach zu töten, das erkläre doch das Verlangen und zeige, dass der Killer dem Handeln willenlos ausgeliefert sei. Sucht nehme die Verantwortung für sein Tun, damit kämen die dann durch.

Er fühlt sich mit dem Gedanken nicht wohl. Er ist nicht süchtig, er hat eine Aufgabe. Sie ist schwer und verlangt ihm alles ab. Gottes Wille, wie der Vater es ihn gelehrt hat.

Nun hat Gott selbst ihm in seiner Kirche einen solchen

Jungen angeboten, mit dem er es so kurze Zeit danach wieder tun muss. Ein Geschenk. Was sonst hatte das Auftauchen des Kleinen ausgerechnet hier zu bedeuten? Ein Fingerzeig für ihn. »Nimm ihn, wenn du es für richtig hältst. Du hast die Macht, ihn zum Engel zu machen, bevor er fällt.«

Jetzt steht er steht am Spielplatz des Strandes und wartet auf den Jungen aus der Kirche. Wenn Gott das Kind einmal geschickt hat, wird er es ein zweites Mal tun. In dem Fall wäre seine Botschaft klar. Der Mann spürt, wie seine Hände feucht werden, der Herzschlag sich beschleunigt. Er ist aufgeregt. Alle sind sensibilisiert. Er muss es lassen. Er wendet sich ab, will fliehen. Vor sich selbst. Er weiß, wenn er den Jungen hier entdeckt ... In dem Fall wird er es tun müssen. Er geht langsam, dreht sich ständig um. Hofft und fürchtet, dass der Kleine doch noch auftaucht. Seine Schuhe berühren die ersten Pflastersteine des Aufganges.

»Mama, guck mal, ich habe eine Muschel gefunden.«

Der Mann dreht sich nicht um. Er weiß, zu wem diese Stimme gehört. Der Junge. Sein Gottesgeschenk.

ooo

Maria war sich nicht sicher, ob sie mit ihrer Vermutung richtig lag. Aber Daniels Gesichtsausdruck war seltsam gewesen. Irgendetwas darin hatte ihr Angst gemacht.

Er wohnte bei Tant' Iris, nicht weit vom Hotel *Villa am Park* entfernt. Maria beschloss, dorthin zu gehen. Sie brauchte nicht zu suchen. Daniel stand draußen an der Hecke am Ausgang in Richtung Denkmal. Er rauchte, starrte völlig geistesabwesend in die Luft.

»Du rauchst?«, sprach Maria ihn an. Daniel wirkte nervös auf sie. Anders.

»Nur heute«, gab er kurz zurück. Es schien nicht so, als wolle er mit Maria sprechen. Sie gingen auch sonst nicht sehr wortreich miteinander um, aber im Augenblick war eine große Distanz zwischen ihnen zu spüren. Eine Kluft, die Maria hinderte, das zu sagen, was sie sich eigentlich vorgenommen hatte. Sie wollte Daniel darauf ansprechen, dass er schon Achim nicht gemocht hatte und er diese Antipathie nun scheinbar auch auf dessen Vater übertrug. Doch sein Blick hielt sie von jedem weiteren Wort zurück. Es war fast, als habe er sie allein damit auf magische Art und Weise geknebelt.

Daniel ließ die Zigarette fallen und trat sie mit der Fußspitze aus. Seine Augen wanderten Zentimeter für Zentimeter an Maria nach oben, bis er das Gesicht erreicht hatte. Maria fühlte sich unter dieser Musterung unwohl. Es war ein zu fesselnder, zu fordernder Blick, als dass sie ihn auf irgendeine Weise genießen konnte.

»Du bist doch nicht zufällig hier«, sagte Daniel. Seine Hände waren in den Hosentaschen verschwunden. Maria sah aber, dass sich die Finger darin unaufhaltsam hin und her bewegten.

Sie schüttelte den Kopf. »Ich muss mit dir reden.«

Daniel zog die Stirn kraus. Ihm war nicht wohl, das war klar zu erkennen. Etwas beschäftigte ihn mehr, als er zugeben wollte. »Und worüber? Über das große Mysterium, das du ausgegraben hast?« Er fuhr sich mit der Hand durchs Haar. Sein Blick wanderte unstet über die frisch sprießenden Blätter der umliegenden Bäume.

»Du hast von allem gehört ...« Marias Worte plätscherten dünn über ihre Lippen.

»Ich habe dich und Karl gesehen«, sagte Daniel. »Am Bunker.«

»Du bist immer dicht dabei, wenn etwas geschieht.« Maria sah ihm direkt in die Augen. »Auch vor zehn Jahren!«

Sein Griff war hart, als die Hand ihr Gelenk umklammerte. Sie versuchte, sich daraus zu befreien, aber es gelang ihr nicht.

»Sag so etwas nicht, Maria.« Seine Stimme brach merklich ein, als er weitersprach: »Ich bin immer nur bei dir. Bei dir, weil du ... weil du der wichtigste Mensch in meinem Leben bist.« Abrupt ließ er ihr Gelenk los.

Maria strauchelte, konnte sich aber rasch wieder fangen. »Spinnst du?« Sie rieb sich die Hand. »Du hast mir wehgetan.«

»Entschuldige.« Daniel wandte sich ab. Seine Nase wirkte im Profil unnatürlich spitz.

Maria musste ihre Vermutung loswerden, musste ihn mit ihrer Angst konfrontieren. Sie liebte ihn nicht, hatte nicht die Gefühle, zu denen er ihr gegenüber fähig war. Aber er war ihr Freund. Neben Karl der Einzige, der immer zu ihr gestanden, immer für sie da gewesen war, als es ihr definitiv nicht gut gegangen war im vergangenen Jahrzehnt. »Warst du damals auch am Strand in der Nähe? Bist du Achim und mir gefolgt?«

Daniels Haar schleuderte um seine Wangen, als er den Kopf schüttelte. Sein Mund war zu einem Strich gepresst, die Augen hatten sich zu Schlitzen verengt. Mitten in der heftigen Bewegung hielt er inne. »Was du immer denkst«, quetschte er heraus.

ooo

Kristian Nettelstedt hatte den Kopf in seine Hände gelegt. Das Zusammentreffen mit Maria gestern hatte alte Wunden zum Aufplatzen gebracht, ihn von seiner langen Reise zurückgeholt und auf besondere Weise ankommen lassen.

Er war allein. Mit sich, mit seiner Welt, die ihm erneut so leer vorkam wie eine Seifenblase, die ohnehin bald zerplatzen würde. Was sollte er noch auf dieser Welt. Er war ein Versager, hatte es nicht geschafft, seine Familie zusammenzuhalten. Was für großspurige Sachen waren seinem Mund entschlüpft, als er Eva kennengelernt und ihn jeder seiner Freunde beiseite genommen und vor den Schwierigkeiten gewarnt hatte, ein fremdes Kind großzuziehen. Er hatte sie alle hinterwäldlerisch gefunden. Was verstanden sie schon von Liebe. Es war in der heutigen Zeit doch kein Problem, ein Kind, das zu einer geliebten Person gehörte, so gern zu haben wie sein eigenes.

Eva hatte an ihn und seine Fähigkeiten als Vater geglaubt, allein deshalb, weil er seine ihm so überaus wichtige Freiheit für sie und Achim bedenkenlos aufgegeben hatte. Eva war für ihn so etwas wie ein Hafen gewesen, in den er dringend einlaufen musste. Mit ihr würde er sein trostloses Leben in den Griff bekommen, hatte er damals gedacht. Sie versprühte eine solche Wärme, dass er gar nicht anders gekonnt hatte, als sie vom Fleck weg zu heiraten. Kurz danach war sie auch schon schwanger, und als er seinen Sohn Oskar in den Armen gehalten hatte, war er jeden Morgen in dem Glauben aufgewacht, nun endgültig den Anker ausgeworfen zu haben. Alle Schwierigkeiten seines bisherigen Lebens waren scheinbar gelöst.

Je älter Oskar aber wurde, desto mehr Probleme bahnten sich mit Achim an. Das zunächst sehr herzliche Verhältnis war immer stärker von Misstrauen geprägt. Achim entzog sich ihm mehr und mehr, während Kristian seine Liebe ganz auf Oskar fokussierte. Sein eigener Sohn, der ihm so viel näher war ... Ständig geisterte Kristian der Satz durch den Kopf, Blut sei dicker als Wasser.

Es war etwas Wahres daran. Er fühlte sich aus verschieden Gründen einfach wohler, wenn sein Stiefsohn nicht in seiner Nähe war. Je deutlicher sich Achim auf Eva fixierte, desto mehr liebte er Oskar. Er geriet immer öfter mit Achim in Streit, konnte bei vielen Dingen kein gutes Haar an ihm lassen, war schon durch seine Anwesenheit genervt. Das ging so weit, dass Achim ihm eines

Tages an den Kopf geworfen hatte, es gäbe eben nicht nur böse Stiefmütter, sondern auch böse Stiefväter. Eva hatte in diesen Situationen völlig hilflos reagiert, war ein Spielball zwischen den Fronten gewesen.

Als Oskars Krankheit ausbrach, bekam ihr ohnehin angeknackstes Familiengefüge einen Riss, der schon bald nicht mehr zu kitten war. Alles hatte sich nur noch um den kranken Oskar gedreht. Eva und er hatten ihre sexuellen Aktivitäten vollends einschlafen lassen, sie redeten nur noch das Nötigste. Es ging immer nur um die Therapien und darum, wer wann auf wen aufpasste.

Achim war in der Zeit absolut außen vor gewesen, hatte niemanden, dem er sich anvertrauen konnte. Kristian hatte die Idee gehabt, ihn nach Wangerooge zu schicken. Als das Schiff in Harlesiel abgelegt hatte, war eine große Last von ihm abgefallen. Endlich war er mit Eva und Oskar allein.

Achim hatte sich von Beginn an so gegen die Reise gesträubt, dass Eva schon kurz davor gewesen war, alles abzublasen. Aber Kristian hatte sich durchgesetzt. Hinterher hatte er ein kleines Tagebuch gefunden, das Achim mit seiner krakeligen Kinderschrift gefüllt hatte. Es stand eine Menge über seine Liebe zu Oskar darin. Aber auch, wie allein er war und dass er auf keinen Fall auf diese Insel fahren wollte. »Dort werde ich tot sein«, war als letzter Eintrag zu lesen gewesen. Ganz so, als habe der Kleine in die Zukunft sehen können. Und doch waren es nur seine kindlichen Einsamkeitsfantasien, die ihn zu solchen Aussagen hingerissen hatten.

Eva hatte das im Nachhinein ganz anders gesehen, sich mit Vorwürfen überhäuft und schließlich die Ehe gekündigt. Sie hatte ihn zurück ins Fahrwasser gestoßen, ohne Rücksicht darauf, ob er ohne sie in der Lage war, sein Schiff zu lenken und ob er das nötige Rüstzeug dazu hatte. Sie müsse nun allein schwimmen, hatte sie ohne Regung gesagt. Er wisse, warum. Sie könne nur überleben, wenn sie ihm nie wieder ins Gesicht zu schauen brauche.

Kristian nahm den Kopf aus den Händen. Eva war dann einfach verschwunden, hatte sich selbst aus seinem Leben eliminiert. Er hatte sie nur kurz beim Scheidungstermin gesehen.

Sein Leben war danach aus den Fugen geraten. Er hatte sich in die Arbeit gestürzt, war aufgestiegen und konnte so etwas Abstand gewinnen. Es war die einzige Chance, diesen grausamen Part seines Daseins abschließen zu können. Hatte er gedacht.

Was auch immer ihn auf diese Insel hatte zurückkehren lassen, es war eine schlechte Idee gewesen. Das Zusammentreffen mit Maria hatte ihm den Rest gegeben. Doch trotz seines gefühlsmäßigen Durcheinanders hatte die junge Frau etwas in ihm angerührt. Es war nicht so, dass er verliebt war. Das würde ihm nach Evas Weggang nie wieder passieren. Nähe war gefährlich und verletzte zu tief, es war besser, sie nicht mehr zuzulassen. Marias Anziehungskraft war eine andere. Sie war eine Verbindung zu Achim, zu dem Stück Glück, das er eine Zeit in den Händen halten durfte. Glück, das sich aufgelöst hatte wie flüchtiger Atem. Durch seine Schuld. Weil er es gewesen war, der den Kleinen weit fort sehen wollte.

Er musste Maria wiedersehen. Ganz dringend. Es gab noch einen anderen Grund, den er sich aber selbst nur ungern eingestand.

ooo

Angelika musterte die graue Fassade des Hauses, das den anderen hier so ähnelte. Vor den Scheiben hingen filigran gehäkelte Gardinen, eingefasst von bunten Vorhängen. Die Fensterfront unterschied sich von denen der Nachbarhäuser, die fast alle mit jenen altmodischen

Gardinen geschmückt waren, die jeglichen Blick ins Innere verwehrten. Das Klingelschild war aus Ton geformt und wie von Kinderhand geschrieben. Trotz der vielen Farben und aufgesetzten Blumen wirkte es schon recht alt. Vielleicht hatte Maria ihrer Tante das Schild gebastelt, als sie ein Kind gewesen war. Alles hier hatte den unverkennbaren Charme der Achtziger Jahre.

Einen Augenblick überlegte Angelika, ob sie tatsächlich auf den Klingelknopf drücken sollte, entschloss sich aber, es doch zu tun. Sie hatte die Klingel gerade berührt, als auch schon ein grauer Schopf in der Tür erschien. »Sie wünschen?«

»Ich möchte mit Maria sprechen. Wir haben uns auf dem Kommissariat kennengelernt.«

Das Gesicht der alten Frau verfinsterte sich zusehends. »Maria ist nicht da, junge Frau.« Die Tür schloss sich so schnell, als befürchte die Grauhaarige, Angelika könne ihren Fuß dazwischen stellen oder in sonstiger Weise böse Botschaft in dieses Haus tragen.

Angelika stand unentschlossen im Garten. Wahrscheinlich war es besser, wenn sie nicht mit Maria redete. Was sollte schon dabei herauskommen?

Sie hatte sich gerade entschlossen, zu gehen, als Maria aus dem Weg kam, der durch die große Düne führte, die dem Haus gegenüberlag.

Sie erkannte Angelika sofort. Auf ihrem Gesicht lag jedoch ein verstörter Ausdruck. Sie versuchte, ihre Unsicherheit zu vertuschen, indem sie Angelika die Hand übermäßig forsch entgegenstreckte. »War recht stürmisch vergangene Nacht, was? Im Garten sind einige Äste abgebrochen. Ich hoffe, es war der letzte Sturm in diesem Frühjahr. Die Insel wird doch arg gebeutelt davon.« Maria lächelte und trotz der forschen Worte wirkte es entrückt. »Was ist wieder Sand weggespült worden ...! Wangerooge wird immer kleiner von Jahr zu Jahr ...«

Angelika unterbrach den Redeschwall. »Ich möchte mit Ihnen reden.«

Maria stoppte sofort.

Angelika winkte ihr. Sie durchquerten die Düne über den schmalen Fußweg, setzten sich dann auf die Bank an der Rösingstraße. Angelikas Fuß schabte über das Gras. »Mir geht nicht aus dem Kopf, dass beide Jungen nach Bernsteinen gesucht haben und beide an fast derselben Stelle ums Leben gekommen sind. Zufall?«

Maria zuckte mit den Schultern. »Ich kann seit zehn Jahren keine Bernsteine mehr sehen, ohne dass mein Bauch zu grummeln und der Schweiß zu fließen beginnt.«

»Lukas mochte diese Steine. Die Geschichten meines Mannes haben ihn immer gefesselt. Zu jedem Stein seiner Sammlung hatte der eine Anekdote oder eine Fantasterei.« Ein Lächeln glitt über ihr Gesicht, das zerfurcht und müde aussah. »Bei uns stand die Märchensammlung nicht im Buch, sondern in seiner eigens dafür eingerichteten Vitrine.«

»Sie denken, er hat Lukas umgebracht?«

Angelika schlug die Hände vors Gesicht. »Ich weiß es nicht.« Ihre Stimme klang merkwürdig tonlos, sie merkte selbst, dass ihr jegliche Schwingungen fehlten.

Maria griff nach ihrer Hand und Angelika wunderte sich über die Wärme, die ihr entströmte. »Warum sollte Ihr Mann das getan haben? Und wie soll das alles mit Achims Tod zusammenhängen? Das ergibt doch überhaupt keinen Sinn!«

Angelika zuckte erneut mit den Schultern. »Vielleicht wollte er erst ihn, dann sich selbst töten. Es gibt doch dieses Phänomen, wenn Männer mit dem Zusammenbrechen ihrer Familie nicht zurechtkommen.«

»Aber sagten Sie nicht, er sei wegen einer anderen gegangen?«

Angelika nickte. »Stimmt schon. Aber er ist nicht mehr mit ihr zusammen und ich will ihn nicht mehr. Das weiß er genau. Wenn er bereits mit einer fremden Frau ...« Sie schüttelte, sich, wollte diese Qual, die Vorstellung des Betruges nicht in Worte fassen.

Maria sog die Luft scharf ein. »In dem Fall gäbe es aber kein Motiv, das den Mord an Achim erklärt, oder?«

»Es könnte doch sein, dass er Lukas' Mord einfach kopiert, weil er von der Sache gehört hat.« Angelika begann zu zittern. Sie hatte keinen, mit dem sie über ihre Vermutungen sprechen konnte und nun vertraute sie ihre größten Ängste einer ebenso verstörten jungen Frau an, die sie überhaupt nicht kannte.

Maria starrte einem Elektrowagen nach, der über das Pflaster polterte. Sie schien zu frösteln, immer wieder rieb sie sich mit verschränkten Armen über die Schultern.

»Sie glauben nicht daran, nicht wahr?«, fragte Angelika sie.

Maria wandte den Blick langsam zu ihr. »Ich weiß nicht, was ich glauben soll. Ich denke, nicht einmal die Polizei weiß das.«

»Die tappen völlig im Dunklen. Ich bilde mir ein, der Kommissar ist mehr mit dem Disput mit seinem Kollegen beschäftigt als mit dem Fall.«

Maria antwortete, dass sie der Ansicht sei, dieser Rothko sei eigentlich mit sich selbst überfordert. »Aber Sie glauben nicht, dass Ihr Mann auch Achim getötet haben könnte, oder?«

Angelika zuckte mit den Schultern. »Ich weiß gar nichts mehr, bin innerlich so entsetzlich leer.«

»Wissen Sie denn, ob Ihr Mann vor zehn Jahren hier auf der Insel war, zu der Zeit, als Achim verschwunden ist? Oder zumindest in Ostfriesland?«

Angelika verneinte. »Das ist so lange her. Und mein Mann ist immer viel unterwegs gewesen. Was weiß ich, was vor zehn Jahren war? Wer kann sich denn schon daran erinnern?« Als Nächstes begann sie laut zu schluchzen. »Ich habe eine solche Furcht, dass ich mit einem Monster verheiratet war.«

ooo

Rothko schob das Fax über den Tisch. Ubbo und Jillrich schwiegen.

»Also recht gehabt«, sagte Kraulke. »Es ist der Junge, dieser Achim. Der DNA-Abgleich mit dieser Haarsträhne, die Maria noch aus seiner Bürste aufgehoben hatte, stimmt überein.« Er kratzte sich mit dem kleinen Fingernagel auf dem Schneidezahn herum. »Obwohl – wenn Sie mich fragen – ein bisschen krank ist diese Aktion schon. Für ein fremdes Kind eine Art Reliquienschrein zu schaffen.« Er schüttelte den Kopf und blickte Rothko direkt an. »Jetzt stellt sich wirklich die Frage, ob wir einen oder zwei Täter haben. Das Muster ist das gleiche.«

»Es könnte ein Nachahmungstäter sein, was ich aber für unwahrscheinlich halte, da der andere Mord schon so lange zurückliegt und die Sache mit dem Bernstein nur denen bekannt war, die direkt mit dieser Maria zu tun hatten.« Rothko stand auf und warf Kraulke einen Stapel Zeitungsausschnitte zu. Die Lokalpresse hatte ausführlich über das Thema berichtet, aber nirgendwo war ein Wort über die Bernsteine zu finden gewesen. »Ich habe es extra nicht mit rausgegeben. Das erhöht unsere Chancen, ihn zu kriegen. Wenn der Täter nicht weiß, dass wir etwas wissen, schadet es sicher nicht.«

»Die Sache mit den Bernsteinen schränkt den Täterkreis ein. Die Wahrscheinlichkeit, dass es derselbe ist, liegt damit bei ... – sagen wir: etwa neunzig Prozent. Denn schon damals war davon nichts bekannt. Woher also sollte der Mörder von Lukas das gewusst haben?

Gute Arbeit, Herr Kollege.« Kraulke grunzte anerkennend.

»Ich glaube, dass der Täter aus Marias unmittelbarem Umfeld stammt. Jemand, dem sie davon erzählt hat und der nun zufällig auf Lukas gestoßen ist«, sagte Rothko.

Kraulke nickte. »So sieht das aus. Und das macht die Sache brisant. Wenn es ein Wiederholungstäter ist, besteht immerhin die Gefahr, dass er weitermacht. Ich werde Nachforschungen anstellen, welche Jungen in dem Alter, die in den letzten zehn Jahren als vermisst gemeldet wurden, in das ›Beuteschmema‹ passen. Vielleicht sind wir danach schlauer.«

Rothko schürzte die Lippen. »Bitte finden Sie auch heraus, mit wem Maria Nagel hier Kontakt hat. Das ist dabei nicht unerheblich, denke ich.«

Während Kraulke gleich aufsprang, um sich an die Arbeit zu machen, blickte Ubbo betreten zu Boden und Jillrich verließ das Zimmer mit den Worten, dass es nun doch etwas zu weit ginge, die Leute von der Insel zu verdächtigen.

Rothko presste die Lippen zusammen, Wut tanzte über sein Gesicht. Mit einer konstruktiven Zusammenarbeit dieses Kollegen war in der Beziehung scheinbar nicht zu rechnen. Jillrich war zu stark mit den Insulanern verwoben, als dass er ihnen auch nur die winzigste Schlechtigkeit zutraute. In gewisser Weise konnte Rothko das sogar nachvollziehen, aber trotzdem gehörte es zu seinen Aufgaben, allen Hinweisen nachzugehen.

Nichtsdestotrotz hatte er auch Maria ein Foto von Dieter Mans gezeigt, aber leider nichts erreicht. Sie wisse überhaupt nicht mehr, wie der Mann ausgesehen habe, den sie damals bei Achim gesehen zu haben glaubte. Weder, ob er groß oder klein war, ob dick oder dünn. Da sei nur ein Mann gewesen. Rothko hatte das Foto frustriert vom Tisch genommen und Maria entlassen.

Ubbo atmete schwer, war mit den neuen Ermittlungswegen zwar nicht unbedingt einverstanden, schien sich aber zu fügen. Er schob seine Mütze ein Stück nach hinten und raunte: »Mit wem Maria hier Kontakt hat, kann ich Ihnen auch so sagen. Wir leben auf einer Insel.« Er wirkte merklich blass um die Nase, diese Wendung gefiel ihm wirklich nicht. Obwohl es ihm von Beginn an klar gewesen sein musste. Wenn ein Kind auf Wangerooge ums Leben kam und sich zeitnah der Gedanke eines zweiten Verbrechens aufdrängte, war es einfach vonnöten, auch vor Ort zu ermitteln. Vor allem, wo vor so vielen Jahren augenscheinlich schlampig gearbeitet worden war und man nicht ausreichend nach dem Jungen und den Hintergründen seines Verschwindens geforscht hatte.

Ubbo räusperte sich. »Obwohl es nicht vorstellbar ist, dass es einer aus Marias Umfeld war. Das sind alles einfache, ehrenwerte Bürger von hier oder vom nahen Festland. Wer von ihnen sollte ein Motiv haben, zwei kleine Jungs umzubringen?«

Kraulke rückte seine Lesebrille, die er seit Kurzem trug, auf der Nase zurecht, als er vom PC herüberblickte. Rothko fand ihn ziemlich oberlehrerhaft deswegen, war aber froh, dass er es war, der den Zollbeamten zurechtwies. »Ubbo! Mörder sind zu achtzig Prozent einfache und ehrenhafte Bürger, die aber ein zweites Gesicht haben, von dem keiner etwas weiß.«

»Aber doch nicht hier!«, wandte Ubbo ein. Er fummelte ein Papiertaschentuch aus der Tasche und drehte in die Enden kleine Zipfel.

»Nur in New York? Oder in Frankfurt?« Über Kraulkes Gesicht glitt ein schuljungenhaftes Grinsen. »Sie meinen also, hier in der friesischen Dorfidylle wird nicht gemordet, das Übel macht hier halt?« Er erhob sich, streckte den Arm nach vorn aus, die Hand reckte sich in rechtem

Winkel nach oben. »Halt, ihr Mörder! Hier gibt es das Böse nicht. Bitte geht nach Hamburg oder Berlin, gern auch ins Ausland, möglicherweise nach Amsterdam, aber besser noch in die Staaten und tut es dort. Der Mensch hier in Friesland ist zu gut.«

»Es reicht, Herr Kraulke.« Rothko sah Ubbo an, dass der Zollbeamte gleich vor Wut platzen würde. Der fuhr auf die überhebliche Art des Kollegen genauso wenig ab wie Rothko selbst. Doch so sehr ihn das freute: Was er am Geringsten brauchen konnte, war ein Streit unter den Mitarbeitern. Sie mussten an einem Strang ziehen, der Fall war verstrickt genug.

»So meinte ich das nicht. Dass es hier nur tolle Menschen gibt.« Ubbo beachtete Kraulke nicht mehr, wandte sich ausschließlich an Rothko. »Ich wollte nur sagen, dass ich die Leute um Maria herum alle persönlich und recht gut kenne. Das traut man doch keinem zu!«

»Und doch gibt es eine Otter in diesen Reihen, die schon zwei Mal zugebissen hat«, tönte Kraulkes Stimme dazwischen. Rothko wünschte, dieser Kollege wäre auf dem Festland geblieben. Er war einfach eine Zumutung.

»Wer hat denn mit Maria direkt zu tun? Wir würden diskret vorgehen, Ubbo. Du selbst musst da gar nichts tun.«

Der Zöllner atmete erleichtert aus. »Sie lebt mit Karl Bauer unter einem Dach. Das ist ihr Onkel. Leicht verschroben, aber – obwohl er in Carolinensiel lebt – hier fest integriert. Repariert alles Mögliche für die Insulaner.«

»Er ist also recht häufig auf der Insel?«

Ubbo nickte. »Schon immer. Seit ich hier bin.«

Rothko notierte sich Karls Namen und die Anschrift von Tant' Mimis Pension sowie seine Adresse auf dem Festland. Karl Bauer musste in jedem Fall verhört werden.

»Gibt es noch wen?« Kraulke konnte es nicht lassen, sich einzumischen.

»Daniel ...«

»Daniel?«

Ubbo nickte. Er fühlte sich wie ein Judas, es war nicht zu übersehen. »Daniel Hicken ist so etwas wie ein Freund von Maria. Er war vor zehn Jahren auch Betreuer in dem Heim.« Über das Gesicht des Zollbeamten glitt ein Grinsen. »Der ist seit Ewigkeiten in die Lütte verknallt.«

Rothko spitzte den Mund. Es gab also durchaus zwei Typen, die schon damals eng mit Maria und Achim verbunden gewesen waren, und die heute noch hier lebten, also ohne Schwierigkeiten auch Lukas aufgegriffen haben könnten. Dazu kam der ominöse Vater des Jungen. Es ging voran.

SEELENPFAD 8

Klarer Tag

*Der Himmel leuchtet aus dem Meer
Ich geh und leuchte still wie er.*

Richard Dehmel (1883-1920)

Angelika und Maria hatten die Gartenkolonie hinter sich gelassen und befanden sich inmitten der Dünenlandschaft. Prägte eben noch für Inselverhältnisse recht üppige Vegetation das Bild, so vergilbte die Landschaft jetzt zusehends. Dünengras wechselte sich mit Heidekraut ab, zwischendurch erhoben sich Krüppelkiefern und Ginsterbüsche, an einigen Stellen quälte sich der Sanddorn hindurch. Maria blieb stehen, lauschte dem Rauschen des Meeres, das über die Dünen hallte.

Ansonsten war es still hier, fast hatte es den Anschein, als gäbe es nur die beiden Frauen auf der Insel. Ein Wildkaninchen schlug einen Haken, als es von ihren Fußtritten aufgescheucht wurde. Maria und Angelika hatten sich mittlerweile bei den Händen gefasst. Maria war die Berührung zunächst fremd gewesen, hatte sie doch nach Achim keinem Menschen mehr einen Funken ihrer Nähe gegönnt. Aber Angelikas Hand bot ihr so etwas wie Halt, gab ihr das Gefühl, nicht mehr völlig allein zu sein.

Sie kraxelten die Düne hinauf, verharrten oben am Kamm.

»Kennst du den Seelenpfad?«

Maria nickte.

»Ich habe davon gelesen.« Angelika deutete auf ein Schild, das in den Dünensand gerammt war. »Es scheint, als habe der Dichter beim Schreiben an exakt dieser Stelle gestanden«, sagte sie. »Es ist so friedlich hier.« Ihre Stimme brach.

Sie brauchte ihr Befinden nicht weiter zu erläutern. Maria wusste genau, was Angelika aussagen wollte. Wie in dieser Idylle, in diesem Frieden so etwas wie mit Achim und Lukas geschehen konnte ... Irgendwo hier hielt sich vermutlich ein Monster auf und vielleicht kannten sie beide sein Gesicht oder wenigstens eine von ihnen. Wenn sich bei Angelika diese Gedanken einschlichen, wirkte sie auf eine gewisse Weise durchsichtig, entrückt. Maria wusste nicht, wie sie sonst das Auftreten dieser Frau beschreiben sollte.

Aber mit all dieser Verletzlichkeit hatte sie es zumindest geschafft, Maria so nahe zu kommen wie kaum ein Mensch zuvor. Von der ersten Begegnung an war eine Schwingung zwischen ihnen spürbar gewesen. Es konnte nicht nur das ähnliche Schicksal sein, das sie miteinander vereinte. Angelika war ein bisschen die große Schwester, die weibliche Bezugsperson, die Maria nie gehabt hatte.

»Ich weiß, wie sehr du Achim mochtest. Du sprichst von ihm, als sei er dein Bruder gewesen.«

Maria nickte. »Sein Tod war wie ein Stück von mir zu verlieren. Man ist nur noch halb, ach, was sage ich, ein Viertel seiner selbst.« Jetzt wirkte es, als käme Marias Stimme wie aus einer anderen Ebene dieser Welt. »Er fehlt mir so.«

Angelika sah sie an. »Mein Sohn hat mir mit seinem Tod ein Loch in den Bauch gerissen. Ich blute jeden Tag ein Stück mehr aus.« Sie schien für den Augenblick nicht in der Lage, auch nur noch einen Schritt zu gehen.

Maria begriff jede Minute stärker, welchen Schmerz das Leben ohne Lukas für Angelika bedeutete.

»Achims Verschwinden ist wie ein Erdbeben gewesen, das meine Welt bis heute erschüttert. Jeden Tag gibt es

Nachbeben«, flüsterte Maria. Es tat so gut, endlich verstanden zu werden. »Vor allem, wenn man diese Schuld auf sich geladen hat. So wie ich es getan habe. In einer Tour bohrt sich dieses Wort durch meinen Körper. Es stumpft nicht ab, wird nicht runder. Ich kann es schon nicht mehr hören und doch schreit es täglich lauter und lauter. Manchmal denke ich, es verschärft sich eher mit jedem Tag.«

»Schuld ist ein so schlimmer Begriff«, sagte Angelika. »Ich mag ihn nicht.« Ihre Hand fuhr über den Schutz der Tafel. Es wirkte, als wolle sie mit der Bewegung ihre Schmerzen und Erinnerungen ein Stück abwischen. »Der Himmel leuchtet aus dem Meer«, las sie. »Sieh nur, es ist tatsächlich genau so.«

»Ein solches Bild hat Achim gemalt. Einen Tag, bevor ...« Maria brach ab. »Ich habe es immer bei mir, es nie jemandem gezeigt. Es war schließlich nur für mich bestimmt. Achim war genauso ein verlorenes Blatt wie ich.«

Angelika schnellte herum. Es war die erste gezielte Bewegung, die sie an diesem Tag machte. »Er hat ein Bild gemalt? Kann ich es sehen?«

Maria nickte. Sie setzen sich auf die Holzbohlen, die den Dünenüberweg befestigten. Dann holte sie einen zusammengefalteten Zettel aus ihrem Portemonnaie. Die Farben waren schon sehr verblasst, die Ecken hatten arg gelitten. Er sah aus wie ein Bild, das der Betrachter oft aus der Tasche gezogen, auseinandergefaltet und angesehen hatte. Es zeigte einen klarblauen Sommerhimmel, über den ein paar vereinzelte Wölkchen schwebten. Im ruhigen Meer waren zwei rote Tanker am Horizont zu erkennen und der Himmel spiegelte sich im Wasser. Am Strand spielten Kinder Fußball. Nur ein Kind mit blonden, abstehenden Haaren saß abseits am Dünensaum und sah den anderen zu. Nicht weit davon entfernt schwebte ein Junge, der in ein weißes Gewand gehüllt war. Darüber war wiederum ein großer gelber Stein zu erkennen, von dem helle, kraftvolle Strahlen ausgingen.

»Das dort hinten soll bestimmt Oskar sein, der kranke Bruder«, erklärte Maria. »Und das andere ist dieser Stein, der ihm helfen sollte.« Sie seufzte. »Achim hat so gern gemalt.«

»Der Stein ist wahnsinnig groß.« Angelika fuhr mit der Fingerkuppe darüber.

Maria schluckte. »Er hat immer gesagt, der Bernstein, der Oskar heilen könne, müsse unendlich groß und schwer sein, weil er doch todkrank sei. Aber es gäbe bestimmt auch die Möglichkeit, es mit einem kleineren zu versuchen.«

Angelika sog die für den März recht warme Meeresluft scharf ein. »Den Stein hat er an jenem Morgen gesucht. Bleibt nur die Frage, wer ihm dieses Wissen vermittelt hat.«

Maria nickte, bohrte ihre Augen tiefer in die Figuren des Bildes. Es wimmelte darauf von verschiedenen Motiven, sie kannte jedes in- und auswendig, fast als sei sie selbst ein Bestandteil der Szene. Dieses Bild war für sie die letzte Geschichte, die Achim ihr erzählt hatte. Doch sie war in all den Jahren das Gefühl nie ganz losgeworden, dass sie die Botschaft nicht in ihrem vollen Umfang erfasst, dass sie irgendetwas auf dem Bild übersehen hatte.

»Darf ich noch einmal?«, fragte Angelika und zog das Bild ein zweites Mal auf ihre Knie.

»Viele Menschen gehen wie ich und sie leuchten alle still für sich«, zitierte sie den Spruch der Tafel. »Man glaubt fast, Achim habe das in diesem Bild beschrieben«, sagte sie. »Aber er war ja nur ein kleiner Junge, was für ein absurder Gedanke.« Sie tastete sich über die verschiedenen Figuren auf dem Bild, tauchte augenscheinlich völlig in Achims Kinderwelt ein.

Maria genoss die Stille fernab von anderen Menschen. Es gab hier nur den Wind, das Meer, die Möwen und sie beide.

»Weißt du was?«

Maria sah zu Angelika, die noch immer mit der Fingerkuppe über das Bild fuhr. Sie hatte wieder diesen durchscheinenden Ausdruck. Maria fand, sie sähe aus wie ein Engel. Vor allem, da die Sonne durch ihr Haar schien und es zum Leuchten brachte. Der seichte Wind spielte gleichzeitig damit.

»Lukas hat ein ganz ähnliches Bild gemalt. Mir kommt es fast so vor, als sei auch dieses von ihm. Was für ein Mensch hat die Gedanken dieser Kinder so in eine Richtung manipuliert. Kannst du mir das sagen, Maria?«

ooo

Rothko schüttelte den Kopf, als er vor Tant' Mimis Haus stand. Ein bisschen musste er über sich selbst lachen, weil er die alte Dame, obwohl er sie überhaupt nicht kannte, auch schon Tant' Mimi nannte. Weil alle auf der Insel das taten. Selbst Ubbo und Jillrich.

Er drückte auf die Klingel und entlockte ihr einen altmodischen, schrillen Ton.

Es dauerte nicht lange, bis er schlurfende Schritte hörte und die Tür einen Spalt breit geöffnet wurde. »Ja?«, fragte eine Stimme, die eher zurückhaltend klang. Der Stimme folgte ein Kopf, der von einer herausgewachsenen grauen Dauerwelle umrahmt wurde.

Rothko zückte seinen Dienstausweis in dem festen Glauben, dass er bei einer älteren Dame genau den Respekt hervorrufen würde, den er in dieser Situation angemessen fand. »Ich möchte mit Herrn Bauer sprechen, Kriminalhauptkommissar Rothko.«

Rothko gelang es gerade noch, seinen Ausweis aus der zuknallenden Tür zu ziehen.

»Kann ja jeder kommen. Mit so einem Ding.« Die schlurfenden Schritte entfernten sich.

Der Kommissar klingelte ein zweites Mal. »Ich kaufe nichts!«, schnarrte die Stimme, jetzt nicht mehr so zurückhaltend wie eben.

Rothko wurde wütend. Er hatte wirklich Besseres zu tun, als sich rechtfertigen zu müssen, dass er seine Arbeit tat. »Frau …«, ihm fiel der Nachname nicht ein. Er hätte sich auf dieses Tant' Mimi-Spiel nicht einlassen sollen, verdammt. »Tant' Mimi! Aufmachen! Ich muss mit Herrn Bauer reden! Sofort!«

Zumindest blieb es jetzt ruhig, die Stimme begann nicht zu keifen. Rothko schöpfte neuen Mut. »Wenn der Karl nicht erscheint, lasse ich ihn vorladen. Notfalls von Herrn Jillrich abholen!«

Die Schritte näherten sich abermals der Tür. Noch drehte sich kein Schlüssel. Aber Rothko konnte die Kopfform durch die Scheibe erkennen. »Herr Jillrich würde das nicht tun. Und der Ubbo auch nicht, wer auch immer Sie sind.«

»Hauptkommissar Rothko. Ich ermittle in zwei Mordfällen.«

»Was haben wir damit zu tun? Wir sind ehrliche, einfache Bürger der Insel, haben keinen umgebracht. Aber wenn Sie nicht gleich hier verschwinden, gibt es bald einen Toten mehr auf Wangerooge, das flüstere ich Ihnen.« Der Schlüssel im Schloss drehte sich um, aber eher in die falsche Richtung, denn die Tür öffnete sich kein zweites Mal.

Im Gegenteil. Mimi zog die Vorhänge vor die Scheibe. Erneut entfernten sich die Schritte, anschließend erfüllte Volksmusik den Flur. Eine eindeutige Absage an ihn und seine Autorität. Mimi hatte im wahrsten Sinne des Wortes ›dichtgemacht‹.

Rothko wollte sich gerade abwenden, als er Karl im aufkommenden Abendlicht um die Ecke schlurfen sah.

»Hier hält man wohl das große Treffen ab, oder?«

Der Kommissar hielt ihm seinen Dienstausweis vor die Nase.

Karls Gesicht war gut unter seinem überdimensionalen Bart verborgen, es war Rothko nicht möglich, auch nur einen Hauch Mimik des Mannes zu erkennen. Selbst aus dessen Körperhaltung ging nicht hervor, ob er das Erscheinen des Kommissars als Bedrohung empfand.

»Ich hau mit dem letzten Schiff nachher ab«, murmelte Karl. »Muss nur noch packen.«

»Darf ich kurz mit reinkommen?«, fragte Rothko »Ihre Vermieterin wollte mich nicht reinlassen.«

Nun glitt doch ein Grinsen über Karls Gesicht. »Tant' Mimi«, sagte er nur. Er winkte dem Kommissar aber, als er die Tür aufschloss. Rothko folgte ihm rasch. Nicht, dass der es sich noch anders überlegte.

Karl streckte seinen Kopf in die Küche, die gleich rechts neben dem Eingang lag. Das Haus roch nach fettem Essen, eine Mischung aus Linseneintopf und Kohlgericht. »Mimi hat bestimmt Tee fertig.«

Rothko schüttelte den Kopf. Bloß keinen Tee mehr. Er hatte von dem Gesöff die Nase voll. Sein Traum war ein doppelter Espresso. Doppelt? Nein, vierfach.

»Wasser?« Karl nahm sich eine Tasse aus dem Schrank und legte Kluntje hinein. Er deutete auf einen Stuhl, auf dem ein rotes Kissen lag. »Was wollen Sie von mir? Ich bin lediglich Marias Onkel, war vor zehn Jahren gar nicht auf Wangerooge. Habe mein Mädchen erst am Anleger in Harlesiel in Empfang genommen.«

»Sie waren damals nicht auf der Insel?« Rothko beschlich das Gefühl, dass Karl in der Hinsicht nicht die Wahrheit sagte. Während er sonst in seiner phlegmatischen Art eher ausgeglichen und ruhig wirkte, war die Antwort eine Spur zu langsam gekommen, fast so, als wolle er diese Ruhe noch extra betonen.

Karl schüttelte den Kopf. »Damals nicht.«

»Aber als Lukas ermordet wurde.«

»Ich kannte den Jungen nicht. Und Achim übrigens auch nicht.«

»Vorher nicht.« Der Kommissar beobachtete Karls Reaktion ganz genau. Der Mann begann lautlos seine Lippen auf- und zuzuklappen. Die Augen wirkten merkwürdig stumpf, soweit Rothko durch die buschigen Brauen überhaupt Sicht auf sie hatte. Er glaubte aber, eine Veränderung zu erkennen. Konnte jedoch nicht sagen, ob das eventuell von seinem Wunschdenken herrührte. Er wollte den Mörder und zwar rasch. Auch, damit Kraulke endlich von der Insel verschwand.

Karl nahm einen Schluck Tee, wandte dann seinen Blick zu Rothko. »Ich habe keinen von beiden gekannt. Ich habe nur Maria vom Schiff abgeholt. Ich bin für sie verantwortlich.«

Rothko sah sich um. Die Küche war typisch für die einer älteren Dame. Viel Tand und Unsinniges auf den Regalen. Sie hatte auch keine Einbauküche, sondern nur ein paar Schränke in Eierschalengelb. Karl wirkte nicht direkt wie ein Fremdkörper, aber es war klar, dass er hier nicht zu Hause war. Rothko überlegte, woran er diese Erkenntnis festmachte, denn dieser Einrichtungsstil entsprach durchaus dem seiner Generation.

»Was haben Sie beruflich gemacht?«, fragte der Kommissar.

»Bin Seemann gewesen. Für Elektrik und so 'n Kram zuständig. Aber nur hier in den Gewässern. Nicht weiter weg.«

Jetzt wusste Rothko es. Karl haftete etwas Maritimes an. In seiner eigenen Wohnung würde es Hinweise darauf geben. Er hätte keine Kunstblumen und Porzellanentchen auf den Regalen. Es war ein Fehler, ihn hier bei Tant' Mimi aufgesucht zu haben. Hier war der

Mann nicht authentisch, sondern konnte sich in einer Welt verstecken, die kein Teil von ihm war.

»Haben Sie etwas von dem Geschehen in den Dünen am Montag mitbekommen?« Rothko wusste selbst, das war eine blöde Frage, die ihn nicht weiterbringen würde.

Wie schon geahnt, verneinte Karl auch postwendend. »Hab hier gearbeitet und bin im Anschluss zurück mit dem Schiff. Habe schließlich ein Zuhause. Bei Maria.«

Rothko nickte. »Noch eine Frage: Wie gut kennen Sie Daniel?«

Karl schnellte von seinem Stuhl hoch, der gleich hintenüber fiel und mit der Lehne eine Kerbe im Lack des Küchenschrankes hinterließ. Karl kümmerte das augenscheinlich wenig. »Haben Sie jetzt jeden auf dem Schirm, der Maria kennt?« Er hieb mit der Faust auf den Tisch. All die vorgetäuschte Gelassenheit war wie ein Mantel von ihm abgefallen.

»Wir müssen jeglichen Spuren nachgehen.«

»Was denn für Spuren?« Karl spritzten ein paar Speicheltropfen aus dem Mund, die im Bart hängen blieben. Er hob den Stuhl auf und ließ sich darauf niedergleiten. Er umfasste seinen Kopf mit beiden Handflächen und schaukelte hin und her. »Verdammt, wir wollen doch alle nur unsere Ruhe haben! Und da kommen Sie und beschuldigen uns, weil irgend so ein Verbrecher hier Kinder ermordet und alles ins Wanken bringt!«

»Ich weiß, hier leben nur einfache, unbescholtene Bürger und keiner hat Dreck am Stecken«, rutschte es Rothko raus. Er wusste schon während er das sagte, dass es das Falsche war.

»Bitte verlassen Sie dieses Haus!«, brummelte Karl. Er machte eine ausladende Handbewegung in Richtung Tür. »Gehen Sie!«

Rothko verließ die Küche. Noch bevor er die Klinke in der Hand hatte, hörte er Karls unwirsche Stimme:

»Daniel finden Sie aber hier nicht mehr. Der ist mit dem letzten Schiff rüber.«

ooo

Angelika Mans hatte lange mit sich gerungen, ob sie tatsächlich weiteren Kontakt zu ihrem Ex-Mann aufnehmen sollte. Sie fürchtete das Zusammentreffen, hatte große Angst vor der Begegnung und auch vor der Wucht ihrer Gefühle, die sie völlig überrumpeln konnten. Es war ihr unmöglich, einzuschätzen, wie es ablaufen würde. Ihr letztes Treffen war ein Fiasko gewesen, vor allem wegen Lukas. Aber Lukas gab es nicht mehr. Eigentlich müsste es in ihrer beider Interesse liegen, zusammenzuhalten und gemeinsam zu überlegen, wie man mit dem Schrecklichen umgehen konnte, aber auch, wie es überhaupt hatte geschehen können und wer das getan hatte. Wenn Dieter auch nur einen Funken damit zu tun hatte, würde er sich verraten.

Es pochte immer stärker in Angelikas Kopf, dass Kinder meist nicht von irgendwem, sondern von Menschen mitgenommen wurden, die sie kannten. Wen aber sollte ihr Sohn hier gekannt haben? Außer Dieter, von dem sie bis zu seinem Anruf ja nicht einmal gewusst hatte, dass er auf der Insel war. Angelika und Lukas waren erst vier Tage auf Wangerooge, hatten eigentlich einen Tag später zurückfahren wollen. Länger hatte sich Angelika nicht getraut, Lukas in der Schule krankzumelden. Reichten für einen Fremden vier Tage, um zu einem Kind ein vertrauliches Verhältnis aufzubauen? Es kam ihr nicht glaubhaft vor. Lukas war ein eher zurückhaltender Junge gewesen. Sie schluckte. Zum ersten Mal hatte sie das Wort ›gewesen‹ in Zusammenhang mit ihrem Sohn gedacht. Diese Erkenntnis hieb sich wie ein scharfer Schnitt durch ihr Herz, teilte es in nicht nur zwei Hälften, sondern zerstückelte es in winzige Einheiten, die ihr ganzes Leben nicht mehr im gleichen Takt schlagen konnten. Lukas war tot.

Eine Weile saß sie da, wartete, bis ihr Herzschlag sich zumindest einigermaßen beruhigt und der Schmerz sich gleichmäßig über ihren Körper verteilt hatte. Lukas würde nicht wiederkommen, aber sie hatte es in der Hand, den Menschen zu finden, der ihr dieses Leid zugefügt hatte. Sie hatte vor, die Suche nach dem Täter bis zum Ende zu verfolgen, wollte dem Mörder ihres Kindes eines Tages in die Augen sehen. Diese Aufgabe würde sie erfüllen. Nur dann gab es einen Weg, weiterzuleben, sich im Dschungel der Gefühle wiederzufinden. Sie hatte sich in den letzten Tagen in sich selbst verirrt. In diesem Leben gab es aber nur noch einen Weg für sie: Sie musste Lukas' Mörder ihre Verachtung und ihren Hass entgegenschreien. Manchmal malte sie sich aus, wie es wäre, ihn zu töten. Welches Recht hatte er denn noch, hier auf der Erde zu sein, während er ihrem kleinen, süßen Sohn jede Chance auf Zukunft genommen hatte!

Sie atmete tief ein, versuchte sich zu sammeln. Es war nicht richtig, so zu denken.

Angelika und Lukas waren von Mittwoch an auf der Insel gewesen. Lukas war immer mal wieder allein an den Strand gegangen, sie konnte den Spielplatz von ihrer Ferienwohnung einsehen. Außerdem war ihr Sohn mit seinen acht Jahren ungewöhnlich selbstständig. Still, in sich gekehrt und nicht unbedingt der, der sich spontan Freunde suchte. Aber zuverlässig war er.

Wer konnte es so schnell geschafft haben, das Vertrauen ihres Sohnes zu gewinnen? Außer Dieter fiel ihr kein anderer ein. Er wäre der Einzige, der Lukas zu Heimlichkeiten hätte überreden können. Wie er es schon in ihrer Ehe in einer Tour getan hatte. »Sag der Mama nichts. Sie macht sich nur unnötige Sorgen.«

Genau das würde er zu ihrem Sohn gesagt haben. Ihn

zu überzeugen, am frühen Morgen an den Strand zu gehen, wäre mit Sicherheit kein Problem gewesen.

Je länger Angelika darüber nachdachte, desto klarer war ihr, dass kein Fremder, kein böser schwarzer Mann etwas mit Lukas' Tod zu tun hatte, sondern der Todesstoß, genau wie der der Trennung, schon wieder ganz aus der Nähe gekommen war. Sie nahm ihr Handy und suchte im Telefonspeicher nach der Nummer ihres geschiedenen Mannes.

ooo

Maria stand bereits eine ganze Weile vor dem Spiegel und betrachtete ihre Gesichtszüge. Sie war noch rasch in die Drogerie gerannt und hatte sich etwas Schminke gekauft. Doch nachdem sie sich fertiggemacht hatte, war sie sich so unglaublich fremd vorgekommen. Das war nicht ihr Gesicht, das ihr entgegenschaute. Der Kajalstrich war eindeutig zu dick geraten. Ihre Hand hatte so gezittert; sie hatte einfach keine Übung darin, sich zurechtzumachen. Für wen hätte sie das auch in den vergangenen Jahren tun sollen.

Schließlich hatte sie die ganze Schminke abgewaschen. Ihre Augen waren rot geädert. Sie sah scheußlich aus. Maria stellte den Wasserhahn erneut an und schleuderte sich immer wieder Wasser ins Gesicht. Ihre Wangen röteten sich. Es half nichts. Sie musste Kristian Nettelstedt genau so begegnen, wie sie jetzt aussah.

Maria trocknete ihr Gesicht ab, als es auch schon klingelte. Tant' Mimi war zu ihrer Freundin gegangen und Karl völlig überstürzt mit dem letzten Schiff zurück nach Harlesiel gefahren.

Maria öffnete und stand einem gut gekleideten Kristian gegenüber. Er trug einen grauen Anzug mit rosa Hemd. »Kommst du?«, fragte er.

Er hatte im Hotel *Hanken* einen Tisch reserviert.

In seiner Nähe konnte Maria tatsächlich vergessen, was für Umstände sie zusammengeführt hatten. Kristian bestellte für beide und Maria vertraute sich ganz seiner Führung an. Es war das erste Mal, dass sich ein Mann um sie bemühte. Daniel hatte für sie nie richtig gezählt. Er war eben immer da gewesen.

Daniel war mit elf Jahren nach Carolinensiel gekommen und von da an nicht mehr von ihrer Seite gewichen. Seine familiären Verhältnisse hatten für Maria stets etwas Grausames gehabt. Er bestritt immer, dass er geschlagen wurde, aber Maria glaubte es nie so recht. Den Vater hatte eine Kälte umgeben, die ihr Angst gemacht hatte. Diese Herzlosigkeit war es auch, die sich nach ihrem Treffen mit Kristian am Strand in Daniels Augen widergespiegelt hatte und die ihr ebenfalls durch die Erinnerung geisterte, wenn sie an seinen Blick in Achims Nähe dachte.

Maria zog die Schultern hoch. Ein bisschen merkwürdig waren die Menschen in ihrer Umgebung schon. Karl war ein komischer Kauz, Daniel lebte seine bedingungslose Liebe zu ihr und sie selbst war geprägt von Schuld und Selbstzweifeln.

Kristian Nettelstedt war in der Tat in ihrem privaten Umfeld momentan der einzig normale Mensch, zu dem sie näheren Kontakt pflegen wollte. Vielleicht gerade, weil er so anders war. Vermutlich auch, weil er ein Verbindungsstück zu Achim war, das ihr zumindest ansatzweise suggerierte, ein Stück von dem Jungen sei noch da. Eine weitere Erklärung fand sie nicht dafür, dass sie sich von Kristian so rasch hatte einfangen lassen.

Der wählte gerade mit großem Bedacht den Wein aus, sorgte dafür, dass sie das richtige Dressing zu ihrem Salat bekam. Es war eine außergewöhnliche Fürsorge, die von ihm ausging. Und die sie tatsächlich genießen konnte. Auch das war ein Wort, das sie seit Jahren aus ihrem

Gedächtnis verbannt hatte. Genießen war etwas für Menschen, die es verdient hatten. Sie aber hatte keinen Anspruch mehr auf Glück, auf Schönes im Leben. Sie hatte einmal nicht aufgepasst. Das eine Mal aber hatte gereicht, alles zu zerstören.

»Magst du Rotwein?«, fragte Kristian sie gerade. »Lieber trocken oder lieber etwas lieblich?«

Maria zuckte mit den Schultern. Sie wusste es nicht und sagte, sie möge beides. Kristian schien ihre Unsicherheit zu amüsieren. Er liebte es augenscheinlich, sie zu führen, ihr Einblick in Dinge zu verschaffen, die sie bislang nicht kannte.

Nach dem Essen lag plötzlich seine Hand auf ihrer. Sie war warm und Maria dachte, es sei an diesem Tag schon das zweite Mal, dass sie eine fremde Hand auf ihrer duldete. Der Druck seiner Finger verstärkte sich. Alles in ihr wollte, dass er nicht aufhörte, sie zu berühren. Als sein Blick länger als nötig auf ihr ruhte, glaubte sie zu wissen, dass sie sich unsterblich in diesen Mann verliebt hatte.

Es war selbstverständlich, dass sie Kristian in seine Unterkunft folgte.

»Du bist mir nicht böse wegen Achim, oder?«, fragte sie, nachdem sie das getan hatte, was Liebende miteinander tun. Es war ihr erstes Mal und, allen Unkenrufen zum Trotz, wunderschön gewesen.

»Ich müsste mir selbst am meisten böse sein«, sagte er. »Ich war es, der ihn hierher geschickt hat.«

Maria kuschelte sich an ihn heran. »Wir werden den Mörder finden. Gemeinsam.«

Er rückte ein Stück ab. »Nach all den Jahren? Ich denke, wir müssen darauf hoffen, dass die Polizei etwas findet. Wenn nicht, dann können wir nur die Vergangenheit ruhen lassen. Es ist besser. Wir sollten von vorn beginnen, neuen Mut fassen und …«

Maria sprang auf: »Neuen Mut, neu beginnen! Alles

leere Worte, Kristian. Weißt du, was ich seit Jahren versuche? Genau das und ...«

Kristian legte beschwichtigend seine Hand auf ihren Arm. »Es geht aber nicht anders. Achim ist tot und wir werden in diesem Leben daran nichts mehr ändern können.«

Maria krabbelte zurück unter die Decke. Sie wollte nicht auch dieses kleine Glück zerstören. Trotzdem brannte ihr noch eine Frage auf den Lippen: »Weiß die Polizei eigentlich, dass du hier bist? Es hat sich bestätigt, dass die Knochen zu Achim gehören. Sie werden dich suchen. Du bist der Vater.«

Kristian schüttelte den Kopf. »Nein, sie wissen es nicht und ich will es auch nicht. Ich kann weitere Verhöre und all das nicht mehr ertragen. Ich bin genauso kaputt wie du, Maria. Womöglich liebe ich dich aus diesem Grund so.«

ooo

Angelika blickte wie jeden Morgen, seit sie auf der Insel war, aus dem Fenster. Nachdem in den letzten Tagen die Sonne durchaus den Weg zwischen den Wolken hindurch gefunden hatte, war es heute ein eher grauer Tag und entsprach genau ihrer Gemütslage. Das Gespräch mit Maria hatte sie immens aufgewühlt, ihr klargemacht, wie leer und hoffnungslos ihr weiteres Leben vor ihr lag. Maria war eine so tragische Gestalt, dabei war es nicht einmal ihr eigenes Kind, das verstorben war. Allein die Schuld machte sie zu dem, was sie war. Oder besser gesagt nicht mehr war.

Bei Angelika kam noch der unerträgliche Schmerz einer Mutter hinzu, die ihr Kind verloren hatte. Eine Kombination, die nicht aufging, die sie zerstören würde. Aber vollends erst, wenn die Tat gerächt, wenn alles vorbei war.

»Gedanken«, schalt sie sich. »Böse Gedanken.« Angelika war über den in ihr brodelnden Hass selbst erschrocken. War sie nicht die, die für Frieden und Menschlichkeit auf die Straße ging? Die jede Form der Gewalt kategorisch ablehnte? Wie tief war sie gesunken, dass sich jetzt solche Ideen bei ihr einnisteten.

Sie kochte Tee und wartete auf das Läuten der Klingel.

Dieter hatte sein Kommen angesagt und sie wollte ihn mit ihrem Verdacht konfrontieren. Der Mann würde sie nie wieder anlügen. Wenn sie an sein selbstgefälliges Gesicht dachte, als sie ihn mit ihrer Vermutung konfrontiert hatte, er habe eine Freundin ... Abgestritten hatte er es. Bis sie ihm letztlich doch auf die Schliche gekommen war. Noch einmal würde ihm eine solche Lüge nicht gelingen. Dieses Mal war sie wachsamer. Ihr unbedingtes Vertrauen gab es nicht mehr. Vertrauen in einen Menschen konnte sie nie mehr haben.

Sie sah ihren Ex-Mann schon von weitem um die Ecke kommen. Wie immer die Hände in den Hosentaschen, den Blick aufs Pflaster gesenkt und den Mantelkragen hochgeschlagen. Angelika entglitt ein leises »Ha«, als sie ihn so über die Promenade stampfen sah. »Den Blick gesenkt«, sagte sie zu sich. »Eigentlich konnte er noch nie jemandem in die Augen sehen, der Feigling.«

Sein Klingeln war schnell und kurz. Er betrat das Appartement, drehte sich hin und her und begutachtete die kleinen Räume. »Hier habt ihr also zum Schluss gewohnt«, sagte er. Er wischte sich mit dem Handrücken über die Augen.

»Setz dich!«, forderte Angelika ihn auf. Sie goss das Wasser in die Teekanne und stellte zwei filigrane Teetassen auf den Tisch. Der Vermieter schien sehr auf Sauberkeit bedacht, in den Tassen war nicht ein bisschen brauner Rand zu erkennen, obwohl sie wahrlich schon alt waren.

»Was willst du, Angelika?« Dieter lehnte sich zurück und schlug mit einer selbstgefälligen Geste die Beine übereinander. Dabei faltete er die Hände so vor der Brust, dass die Handinnenflächen sich berührten. Sogar jetzt, mit Tränen in den Augen, legte er seine Selbstherrlichkeit nicht ab.

»Ich habe etwas bei Lukas gefunden.«

Dieter zog die Brauen hoch.

Angelika nahm den Teebeutel aus der Kanne und stellte sie auf den Tisch. Dann ging sie in ihr kleines Schlafzimmer. Als sie zurückkam, hielt sie ein Bild in der Hand. »Daran habe ich vorher nicht mehr gedacht. Aber ich war gestern mit Maria unterwegs und sie hat mir ein altes Bild gezeigt, das Achim damals gemalt hat. Da ist mir etwas eingefallen.«

Dieter zuckte merklich zusammen. »Ein Bild?«, fragte er. »Was für ein Bild?«

Angelika warf es ihm hin. »Ich habe auch so eines wie Maria. Es ist eine Kopie. Zerreißen nützt in dem Fall nichts!«

Dieter Mans nahm das kindliche Gemälde und sank mit dem Kopf vornüber auf den Tisch.

ooo

Die Fähre stampfte durch das braune Wasser. Es schien, als kämpfe sie sich mit aller Gewalt durch die Fluten, obwohl sich ihr weder Wind noch sonstige Widrigkeiten entgegenstellten. Vielleicht kam es Rothko auch nur so vor. Er hatte sich recht früh aus dem Bett gequält, um Kraulke nicht ins Gesicht blicken zu müssen. Schon der Gedanke an seinen Kollegen nervte ihn dermaßen, dass es nicht mehr normal war.

Das Schiff war nicht voll, und da er kein Gepäck mithatte, würde er den Hafen rasch verlassen können. Er wollte Daniel Hicken gehörig auf den Zahn fühlen.

Rothko stellte sich schon vor dem Anlegen an die Kette, die den Ausgang versperrte.

Am Heck des Schiffes stritten sich zahlreiche Möwen. Rothko konnte nicht erkennen, was genau der Grund ihrer Fehde war. Vermutlich gab es gar keinen. ›Wie bei den Menschen‹, dachte er. ›Die zanken auch ständig um nichts und manchmal kommt sogar ein Mord dabei heraus.‹ Wobei er zugeben musste, dass auch sein Streit und Kampf mit Kraulke jeder Grundlage entbehrte.

Am Anleger wartete bereits ein Kollege von der Streife, um ihn zu Daniel zu bringen.

Der wohnte nahe der Kirche. Der Vorgarten war übermäßig gepflegt, er schien jedes Unkrautpflänzchen akribisch zu entfernen. Außerdem hatte er augenscheinlich eine Schwäche für Vorgartenfiguren. In jedem Beet thronte ein Gartenzwerg, ein Reh oder sonstiges Getier. Sogar ein überdimensionaler Frosch zierte den Rand eines Beetes.

Rothko schüttelte sich. Er hatte eine natürliche Abneigung gegen Gartenzwerg-Freaks. Er fand, dass so eine Vorliebe schon eine Menge über den jeweiligen Menschen aussagte. Aber das durfte ihn jetzt nicht beeinflussen, er musste dem jungen Mann unvoreingenommen gegenübertreten.

Er brauchte erst gar nicht zu klingeln. Daniel öffnete ihm, bevor er die Tür erreicht hatte. Allerdings wirkte er überrascht und nicht so, als habe er tatsächlich Zeit für den Kommissar.

»Sie wünschen?«

Rothko zückte seinen Dienstausweis. »Ich habe ein paar Fragen wegen des Mordes an Lukas Mans und des Todes von Achim Nettelstedt.«

Daniel warf einen Blick auf die silberne Uhr an seinem Handgelenk. Rothko fielen die außergewöhnlich schlanken und geraden Finger auf. »Ich muss zum Dienst«, sagte Daniel. »Geht es später oder morgen?«

Der Kommissar schüttelte den Kopf.

Daniels Blick wanderte unstet hin und her. »Das ist wirklich schlecht. Wir sind heute Nachmittag nur zu zweit, verstehen Sie? Ich bin Krankenpfleger und mit so wenig Personal eine ganze internistische Station schmeißen, das ist die Hölle. Ich muss den Dienst antreten, Herr Kommissar. Bitte kommen Sie am Abend noch mal.«

»Sie können später fahren. Rufen Sie kurz an und klären das.«

Daniel wandte sich um, hatte schon einen Fuß in der Tür: »Was ist, wenn ich mich weigere?«

»Dann lasse ich Sie vorladen.«

Daniel winkte den Kommissar und seinen Kollegen ins Haus. Er wählte eine Nummer, sagte, dass er eine Panne habe, aber in jedem Fall noch komme.

Danach bot er den beiden Polizisten einen Platz in der Küche an, die sich dem ersten Eindruck, den der Garten auf Rothko gemacht hatte, anglich. Auch hier standen überall winzige Porzellanfiguren herum. Eine übertraf an Geschmacklosigkeit die andere. Alle Menschen hier schienen ein Faible für solche Merkwürdigkeiten zu haben.

Auf der Fensterbank dominierte ein riesiges Buddelschiff, an der Wand hing an einer geblümten Tapete das Foto eines kleinen Seglers. »Gehört das Ihnen?«, fragte Rothko, stand auf und betrachtete es genauer. Auf der Seite des Bootes prangte der Name *Maria*.

Daniel nickte und stellte den beiden Beamten ungefragt zwei Gläser Wasser hin. »Segeln ist mein Hobby. Ich brauche das zum Ausgleich für meinen Job. Immer die vielen kranken Menschen, wissen Sie.«

»Wo arbeiten Sie?« Rothko setzte sich wieder hin.

»In Sande. Auf einer onkologischen Station. Habe viel mit Sterbenden zu tun.« Er biss sich auf die Unterlippe. Daniel machte einen überaus angespannten Eindruck.

»Sie machen Schichtdienst?«

Er nickte. »Liebend gern Nachtwache, dann hat man zwischendurch mal ein paar Tage frei.« Er schluckte. »Und ich kann rausfahren.«

Rothko nahm einen Schluck Wasser. »Belastet Sie das? Die Arbeit, meine ich. Die tägliche Konfrontation mit dem Tod und so.«

»Ich wusste, auf was ich mich einlasse. Habe bewusst den Beruf mit kranken Menschen gewählt. In der Pflege tätig zu sein, hat immer etwas mit Berufung zu tun, das ist in Ihrem Job doch bestimmt nicht viel anders. Immer im Dreck zu wühlen, ist sicher auch oft nicht das Gelbe vom Ei.«

Daniel nahm sich jetzt auch ein Glas Wasser. Seine Lippen wirkten trocken. »Warum interessiert Sie das? Ist ein Mensch automatisch suspekt, weil er sich beruflich mit dem Tod auseinandersetzt?« Seine Antwort klang in Rothko Ohren zynisch.

Er schüttelte den Kopf. »Ich versuche mir lediglich ein Bild zu machen.«

»Warum bin ich überhaupt verdächtig?« Daniel leckte sich über die Lippen, seine Finger trommelten lautlos auf dem Tisch. »Bin ich doch, oder? Sonst wären Sie nicht hier.«

»Wir überprüfen zunächst alle Leute, die schon damals im Umfeld des toten Jungen gestanden haben und die auch dieses Mal einen Bezug haben.«

»Und da kommen Sie gerade auf mich«, sagte Daniel. Er ließ sich mit dem Rücken gegen die Stuhllehne fallen.

»Sie kennen Maria gut. Sie waren vor zehn Jahren ebenfalls auf Wangerooge und hatten direkt mit Achim zu tun. Jetzt leben Sie in unmittelbarer Nähe zur Insel, auf der ein ähnliches Verbrechen wie damals geschehen ist.«

Daniel lachte auf. »Ha, in unmittelbarer Nähe zu Wangerooge. Das da drüben ist eine andere Welt und nicht

mal eben so zu erreichen, das wissen Sie doch selbst.«
Daniels schlanke Finger hatten sich jetzt ineinander verschlungen.

Rothko überlegte einen Augenblick, bevor er langsam sagte: »Das stimmt. Es sei denn, man hat ein Boot, Herr Hicken.«

ooo

Maria räkelte sich. Kristian hatte sie noch in der Nacht nach Hause gebracht, weil Tant' Mimi sonst mit Sicherheit Alarm geschlagen hätte. Bei der zählte es nicht, dass Maria mit ihren fünfundzwanzig Jahren längst erwachsen war.

Sie musste vor sich zugeben, dass sie sich bis über beide Ohren in Kristian verliebt hatte. Ihm schien es aber nicht anders zu gehen. Sein Herz hatte geklopft, als sie ihre Hand darauf gelegt hatte und seine Worte, dass es nur für sie schlage, hatten sich in ihr Herz gebrannt. Auch jetzt noch verspürte sie das unbändige Verlangen nach seiner Nähe, konnte den Anruf nicht mehr abwarten. Im Laufe des Morgens würde er sich melden. Sie sah auf die Uhr. Es war schon zehn. Sie traute sich nicht, aus dem Zimmer zu gehen, vor lauter Furcht, sie könne das Klingeln ihres Handys überhören.

Ihre Blase drückte. Sie musste zur Toilette. Maria nahm das Handy mit ins Bad, stellte es auf größte Lautstärke und hoffte, er möge erst anrufen, wenn sie nicht mehr in der Dusche war. So rasch wie an diesem Morgen war sie noch nie fertig gewesen.

Sie steckte das Telefon in die Hosentasche, als sie zum Frühstück ging, wo eine ziemlich missgestimmte Mimi sie erwartete. »Kommst du auch noch?!« Tant' Mimi schob ihr einen Teller mit zwei Käsebrötchenhälften hin und schickte sich an, Maria eine Tasse Kaffee einzuschenken.

»Ich trinke keinen Kaffee, Tant' Mimi, das weißt du doch«, sagte Maria.

»Wer zu spät kommt, den bestraft das Leben.« Die fast schwarze Brühe schwappte auf die Untertasse, als Mimi sie mit einem gezielten Stoß herüberschob.

Maria griff nach der Tasse. Warum eigentlich jetzt keinen Kaffee trinken? Warum nicht alte Angewohnheiten ändern? Sie hatte in der letzten Nacht die Liebe in ihr Leben gelassen, hatte Dinge getan, die sie für völlig unmöglich gehalten hätte.

Sie setzte die Tasse an die Lippen. Trank den ersten Schluck Kaffee ihres Daseins.

Tant' Mimi räumte derweil um sie herum. Maria merkte davon nichts. Sie gab sich ganz dem Gefühl hin, etwas wirklich Neues zu tun. Gleichzeitig geriet ihr Herz sehr in Aufruhr, weil sie ständig daran dachte, gleich Kristians Stimme zu hören. Sie vertraute ihm blind, hatte ihm jetzt sogar von dem Mann erzählt, den sie an dem besagten Morgen vor zehn Jahren im Nebel gesehen hatte.

ooo

Rothko stand vor Daniels Haus und klingelte Sturm. Aus dem Burschen war heute Morgen überhaupt nichts mehr herauszubekommen gewesen. Irgendwann hatte der Kommissar die Nase voll gehabt, war erst einmal etwas essen gegangen und hatte den Kollegen weggeschickt. Es reichte ihm. Erholen wollte er sich auf der Insel, stattdessen war er in den kompliziertesten Fall seiner Laufbahn geraten. Er wusste selbst nicht, ob es sinnvoll war, in beide Richtungen zu ermitteln, oder ob er sich doch zunächst auf den Fall Lukas beschränken sollte, in der Hoffnung, dass der andere sich automatisch mit aufklärte. Aber er hatte sich von Kraulke in diese Doppelrichtung leiten lassen und er musste zugeben, dass der Kollege wahrscheinlich richtig mit seiner Vermutung lag. Es gab verdammt viele Personen in Marias Umfeld, die damals etwas mit dem Jungen zu tun gehabt hatten. Warum sollte nicht einer von ihnen auch jetzt wieder zugeschlagen haben? Kraulke hatte auch hier recht, Wiederholungstäter entfernten sich meist nicht weit aus ihrem Dunstkreis.

Für Rothko war nur eines klar: Wenn es um zwei Morde ging, die in keinem Zusammenhang standen, war die Motivlage völlig anders, als wenn es sich um ein und denselben Täter handelte. In letzterem Fall konnte es nur ein Psychopath gewesen sein, der von kleinen Jungen angezogen wurde wie die Wespe von Butterkuchen.

Die Recherchen auf dem Festland hatten allerdings zu keinem näheren Ergebnis geführt. In Küstennähe war ein Kind aus der Gegend von Sande vor etwa vier Jahren verschwunden und nicht wieder aufgetaucht. Doch handelte es sich dabei um ein Migrantenkind, dessen Vater kurze Zeit später abgetaucht war, so dass es sich auch um eine nicht aufgeklärte Kindesentführung handeln konnte. Mehr hatte Kraulke in der knappen Zeit noch nicht herausgefunden.

Es war wirklich ein Kreuz, dass Rothko der Versetzung auf die Insel zugestimmt hatte. Er klingelte ein zweites Mal. Es war still im Haus. Daniel hatte angekündigt, er würde gleich nach dem Gespräch zum Dienst fahren, vermutlich war er noch nicht zurück. Rothko ärgerte sich, weil er das außer Acht gelassen hatte. Wenn der Typ Spätdienst hatte, konnte es später Abend werden, bis er ihn erreichte. In die Klinik nach Sande zu fahren, hatte er keine Lust.

Ihm war ohnehin alles zu viel, also machte es nichts, auszuharren, sich irgendwo einzumieten und erst morgen nach Wangerooge zurückkehren. Aber umsehen, umsehen konnte er sich schließlich.

Er umrundete das Haus. Das blieb natürlich nicht unbeobachtet. Schon beim zweiten Fenster wurden die Zweige der Hecke auseinandergebogen und eine rundliche Frau, bekleidet mit einer Schürze, breitete sich mit vor der Brust verschränkten Armen vor ihm aus. »Das ist Privatgrund, junger Mann. Der Besitzer ist zur Arbeit, wie jeder rechtschaffene Mensch. Wenn Sie nicht sofort verschwinden ...«

Rothko nestelte nach seinem Ausweis und hielt ihn der Dicken unter die Nase. Sie umströmte der Duft gebratener Frikadellen.

»Polizei?«, fragte sie breit. »Die habe ich doch gerade angerufen.«

Der Kommissar rollte mit den Augen. Was für ein wundervoller Tag. Gleich würden seine Kollegen hier aufkreuzen, um ihn dingfest zu machen.

»Was tun Sie denn hier bei Herrn Hicken?« Die Frau näherte sich Rothko auf wenige Zentimeter und er nahm wahr, dass sich jener Frikadellenduft mit einer unterschwelligen Dosis Schweiß gepaart hatte.

»Darüber darf ich nicht reden. Ihr Name bitte?«

»Janßen. Antkea Janßen.« Über das feiste Gesicht der Frau glitt ein Lächeln. »Kommen Sie, Herr Kriminalhauptkomisssar.« Ihre Stimme klang direkt ein bisschen schmeichelnd. »Ich bin doch seine Nachbarin und wir kennen uns hier im Dorf alle so gut ...«

Rothko schüttelte den Kopf. »Wenn Sie mich jetzt bitte meine Arbeit machen lassen.«

Er stapfte weiter durch den Garten, der überaus gepflegt war.

Frau Janssen folgte ihm. »Da gibt es nichts zu gucken, Herr Kommissar. Das ist ein unauffälliger Mann. Der macht nichts. Kann keiner Fliege was zuleide tun.« Sie kicherte wie ein kleines Mädchen. »Der hat nur ein Laster.«

Rothko blieb abrupt stehen und starrte die Frau an. »Was für ein Laster?«

Frau Janßen kicherte wieder. »Der liebt die Maria. Schauen Sie, die wohnt da drüben!« Sie wies auf das Nachbargrundstück. »Aber so richtig ist das nichts.« Rothkos Blick folgte ihrem ausgestreckten Arm. Er konnte Karls üppige Figur im Fenster erkennen. Er schien ein Buch zu lesen, blickte nicht auf.

Rothko ging weiter zum Küchenfenster. Eigentlich war es so schlecht nicht, dass diese Frau Janßen ihn verfolgte. Sie konnte ihm bestimmt eine Menge verraten. Solche Frauen lechzten förmlich darauf, ihr Wissen, das sie nach außen hin als streng vertraulich betrachteten, heimlich und mit vorgehaltener Hand kundzutun. Rothko beschloss, sie sich warmzuhalten.

Vom Küchenfenster aus hatte Daniel den totalen Einblick in Marias Haus. Die Fronten lagen arg dicht beieinander, er konnte genau sehen, was sich auf dem Küchentisch befand und wer sich in dem Raum aufhielt.

Wenn Maria die Vorhänge nicht zuzog, war es fast, als wohne Daniel mit im Haus, war nur durch die Scheiben von ihr getrennt. Rothko grinste. Das passte irgendwie. Wenn Daniel Maria wahrhaftig so nachstellte, sie ihn aber bislang nicht erhört hatte, musste ihm die Situation genau so vorkommen. Er war ihr nah, aber es befand sich eine Scheibe zwischen ihnen, die ihn von ihr trennte. Vorsichtshalber fragte er nach: »Sind die beiden denn so etwas wie ein Paar oder eher nicht?«

Frau Janßens Mund formte sich zu einem nach unten gerichteten Halbmond. »Sie ist doch so schüchtern.« Ihr Kopf wiegte hin und her. »Und er stellt sich so was von dusslig an, Herr Kommissar! So eine junge Deern will doch erobert werden. Da muss der doch mal was tun, nicht nur gucken.« Sie grinste. »Sie kennen doch sicher die Sendung *Bauer sucht Frau*. Da würde Daniel

hinpassen. Die stellen sich da doch auch so bräsig an.«
Sie schüttelte den Kopf, aber Rothko sah ihr an, wie sie sich das Kamerateam im Garten vorstellte und wie Daniel sich seine Frauen für die Hofwoche auswählte. Mit der winzigen Panne, dass er leider keinen Bauernhof besaß und sicher auch nicht der Typ war, der sich auf diese Art eine Frau beschaffen wollte.

»Ist schon ein armer Jung«, nuschelte Frau Janßen weiter, schielte dann zum Gartentor, vor dem soeben ein Streifenwagen vorfuhr.

Rothko kannte die beiden nicht, die sich wichtig aus der Tür schälten und ihre Dienstmützen aufsetzten. Er fummelte ein weiteres Mal seinen Ausweis aus der Tasche und versuchte den Kollegen mit einigen Worten die Situation klarzumachen. Sie waren erst skeptisch, einer funkte sogar nach Wilhelmshaven und ließ sich alles bestätigen. Hernach fuhren sie mit kurzem Kopfnicken wieder ab. Frau Janßen schien ein wenig enttäuscht, dass die Sache nicht spektakulärer über den Tisch gegangen war.

»Gibt es sonst etwas, was Sie mir über Herrn Hicken berichten können?«

»Ein ruhiger Mann«, sinnierte sie. »Ganz ruhig.«

»Was macht er denn so, wenn er nicht arbeitet? Außer segeln, das weiß ich ja.« Rothko konnte sich einfach nicht vorstellen, dass dieser Mensch kein Eigenleben neben seiner Tätigkeit im Krankenhaus und der Schwärmerei für Maria hatte.

»Er baut an seinem Boot.« Frau Janßen nagte an ihrer Lippe. »Er ist auch viel im Garten. Den liebt er.«

Rothko betrachtete die Gartenzwerge und musste der Nachbarin unbedingt recht geben. Im Garten schien Daniel viel zu gern zu sein. Zumindest mochte er es, diese Zwerge überall zu platzieren. Wieder überkam den Kommissar Gänsehaut.

»Gartenzwerge also«, murmelte er, musste aber zugeben, dass ihn diese Figuren wahrlich nicht weiterbrachten, was seine Fallstudie zu den toten Jungen anging. Zwerge im Garten machten einen Menschen nicht per se verdächtig, nicht einmal, wenn sie in dieser Anhäufung vorkamen.

»Und dann sammelt der Jung' noch so Sachen«, führte Frau Janssen weiter aus.

Rothko sah sie fragend an. »Was für Sachen?«

»Steine und so 'n Zeug.« Sie schlug sich verschämt die Hand vor den Mund, so als sei es ihr ehrlich peinlich, dass sie persönliche Dinge aus Daniels Leben an den Kommissar weitergab. Ihre Augen erzählten allerdings eine andere Geschichte.

»Steine? Was für Steine?«, hakte Rothko nach.

»So glitzernde, Sie wissen schon.« Frau Janßen reckte ihre Nase in die Luft. »Wird Zeit fürs Abendbrot. Nix für ungut, Herr Kommissar.« Sie nickte, ließ dabei den Kopf auf dem speckigen Hals hin und her wippen.

»Moment!«, rief Rothko. »Ich will noch wissen, was für Steine Daniel Hicken sammelt. Edelsteine? Bernsteine?«

Frau Janßen schürzte die Lippen. »Jou. Bernsteine könnten es sein. Und Kristalle ...« Sie winkte mit der Hand ab. »Was weiß denn ich, wie diese Klunker heißen. Sie sehen schön aus, taugen aber zu nichts, wenn Sie mich fragen. Von wegen, Heilkraft und was ein paar Leute darüber so ablassen. Liest man ja überall. Blöde Modeerscheinung.« Frau Janßen lief in Richtung Gartentor. Dort drehte sie sich noch einmal um. »Er hat gesagt, dass er die noch aus seiner Kindheit hat. Als sie früher mit der Familie in Idar-Oberstein waren. Er mochte sie womöglich nicht wegtun.« Die Nachbarin schüttelte bedauernd den Kopf. »Er hatte keine gute Familie gehabt, wissen Sie. Da ist man bestimmt vorsichtig, was man an guten Erinnerungen so wegwirft.«

»Aber Bernsteine gehören in seine Sammlung?«, rief Rothko ihr nach.

»Mach wohl, mach wohl.«

Rothko bohrte seine Nase an ein weiteres Fenster. Im abgedunkelten Raum konnte er zumindest eine Vitrine entdecken, in der sich definitiv eine Sammlung von Edelsteinen befand. Ein jeder mit einem Schild versehen. Daniel Hicken kannte sich also auch damit aus.

SEELENPFAD 9

Gemeinsam

*... lassen uns tragen
von den vier Winden ...*

Rose Ausländer (1901-1988)

Maria war traurig. Sie holte Achims Bild aus der Tasche, konnte sich daran nicht sattsehen. Kristian hatte weder am Morgen noch im Verlauf des Tages bei ihr angerufen, obwohl er es ganz fest versprochen hatte. Sie hatte so darauf gewartet, fühlte sich leer und in gewisser Weise auch benutzt, weil er sie einfach ignorierte. Es war ihr erstes Mal gewesen und sie hätte seinen Zuspruch so nötig gehabt. Gehört, dass es gut war. Sie traute sich aber auch nicht, bei ihm anzurufen, zu groß war die Furcht davor, er könne ihr sagen, dass sie ihm doch nicht genügte. Er, der tolle, erfahrene Kristian und sie, die kleine Maria, die bis vor Kurzem gar nicht gewusst hatte, was ein Mann war.

Wenn Maria in dieser Stimmung war, ließ sie sich gern auf Achims Ebene herab, tauchte in seine Fantasiewelten ein. Damit war es ihr möglich, an ihrer eigenen traurigen Realität vorbei zu leben. Es war so etwas wie Gemeinsamkeit, die sie in dem Moment empfand.

Achims Bild war farblich schon arg verblasst. Maria hatte große Angst, die Intensität der Farben würden noch weniger werden. Sie befürchtete, dass gleichzeitig mit deren Verschwinden auch ihre Erinnerung an Achim schwächer werden könnte, und das war eine Vorstellung, die sie weder duldete noch ertragen wollte.

Mitten in ihre Überlegungen klingelte das Telefon.

Es war Kristian, der ihr sagte, dass er den ganzen Tag

etwas unpässlich gewesen sei, aber ununterbrochen an sie und den Höhenflug gestern gedacht habe. Seine Worte umspülten erst ihr Ohr, flossen anschließend weiter zu ihrer Wange, bis sie am Ende Marias gesamten Körper mit ihrer Wärme fluteten.

»Was tust du gerade?«, fragte Kristian.

»Ich schaue mir ein Bild an. Von Achim.«

»Ein Bild?« Kristians Stimme wurde heiser.

»Er hat es gemalt. Einen Abend vor seinem Tod«, flüsterte Maria.

»Was ist darauf?« Kristian rang merklich um Fassung. An seiner Reaktion bemerkte Maria immer wieder, wie wenig er den Tod seines Sohnes bislang verarbeitet hatte. Sie sprach vorsichtig weiter, wollte ihm nicht wehtun.

»Ein Bild vom Strand. Ein Kinderbild eben. Ich schaue es mir oft an. Ich kenne jede Figur darauf.«

Kristian sog die Luft ein. »Was glaubst du zu entdecken?«

»Ich weiß ehrlich gesagt nicht, wonach genau ich suche.« Sie machte eine Pause. »Ich will dich auch nicht beunruhigen«, sprach Maria weiter. »Es ist nämlich so, dass Lukas, der andere tote Junge, kurz vor seinem Tod ein ähnliches Bild gemalt hat.«

Kristian sog die Luft scharf ein. »Ein ähnliches Bild?«

»Ja, es sieht fast gleich aus. Wirklich fast genauso.«

»Kann das nicht Zufall sein? Ich meine, Kinder malen auf der Insel bestimmt gern solche Bilder. Was ist es denn für ein Motiv?«

»Der Strand. Das Meer. Die Dünen«, sagte Maria stockend.

»Ein Strand also«, begann Kristian. »Das ist ja nicht wirklich etwas Außergewöhnliches.« Er schien aufgeregt zu sein, seine Stimme zitterte leicht, als er weitersprach. »Aber in dem Fall … Du, Maria, ich glaube, du hast recht. Das hat etwas zu bedeuten. Schau genau hin! Was ist außerdem dort zu sehen?«

»Ich zeige es dir, wenn wir uns treffen. Es ist schwer zu erklären. Ich kenne das Bild in- und auswendig. Jede Figur, jedes Sandkorn, alle fast mit Namen«, versuchte sie zu scherzen, aber Kristian hörte nicht hin.

»Was siehst du?«, wiederholte er und seine Stimme bekam einen merkwürdig bestimmenden Ton.

»Ich hätte dir davon nichts sagen sollen. Es wühlt alles zu stark auf. Kristian, wir haben doch gestern bereits darüber gesprochen. Wir laufen einem Phantom hinterher. Was soll das. Ich packe das Bild jetzt weg, du legst dich wieder hin, ruhst dich aus. Morgen machen wir etwas Schönes zusammen.«

Kristian ließ nicht locker. »Ist dort ein Tier zu sehen? Eine Blume? Ein Zauberer: irgendetwas!«

»Der Bernstein ist darauf. Dann ein Hund, eine Möwe … «Maria stoppte mitten im Satz. »Du machst mir richtig Angst.«

Kristian lachte kurz auf. Es klang aber unecht, konnte seine Angespanntheit nicht verbergen. »Ich muss nur die ganze Zeit an diesen Film denken. Von Dürrenmatt. Mit dem Mädchen und dem Zauberer. Kennst du doch. Da hat das Kind den Täter auch gemalt. Schau genau hin!«

Maria nickte, gleichzeitig fiel ihr ein, dass Kristian das überhaupt nicht sehen konnte. »Es ist ein Buch, das verfilmt wurde. *Es geschah am helllichten Tag*«, sagte sie.

»Ja! Ja«, bestätigte Kristian. »Such weiter, Maria. Such nach dem Zauberer oder dem, was für ihn steht, und gib mir anschließend Bescheid. Wir werden den Mörder finden. Du hattest recht, wir dürfen nicht weglaufen.«

Kristian schien nervlich so am Ende, dass Maria fast froh war, als er auflegte.

Sie heftete ihre Augen wieder fest auf das Blatt Papier auf ihren Knien. Such nach einem Tier, nach einem Zauberer, hörte sie seine Stimme im Ohr. Es könnte sein wie im Film. Ein Hinweis im Bild. Such … such … such …!

Schließlich klebten ihre Augen an den Dünen fest. Im Sand lag eine Kreuzotter. Das war keine neue Erkenntnis, die Schlange war ihr seit jeher aufgefallen. Eine Schlange in den Dünen war auf Wangerooge nichts Außergewöhnliches. Für die Kinder war es schon damals etwas Besonderes gewesen, ein Hauch von Mystik und Spannung, echte Schlangen in unmittelbarer Umgebung zu wissen. Von daher hatte sie der Sache bislang keine große Bedeutung beigemessen.

Achim hatte die Otter mir relativ kräftigen Farben ausgeschmückt. Sie war schwarz-gelb gefleckt, blickte in Richtung Strand. Der Kopf war leicht erhoben, sie züngelte.

Maria war sich plötzlich sicher, dass sie bislang bei der Schlange etwas Entscheidendes übersehen hatte. Sie hielt das Bild in einem anderen Winkel, folgte dem lauernden Blick der Otter. Sie schaute genau in die Richtung des Jungen, der auf der Suche nach dem heilenden Bernstein war.

Mechanisch tippten Marias Finger Angelikas Nummer ins Handy. »Kannst du bitte Lukas' Bild von heute Morgen holen?«, fragte sie.

Maria hörte ihre Freundin mit etwas rascheln. »Ist dort auch eine Schlange gemalt?«, fragte sie.

»Ja, eine schwarz-gelbe mit roten Augen. Sie liegt am Dünensaum und sie streckt ihre gespaltene Zunge aus dem Maul.« Angelika kicherte, aber es klang unecht. »Sagt man Maul?«

Maria ignorierte den Einwand. »Schau genau, wo sie hinsieht!«

»In Richtung Meer und«, Angelika stutzte. Anschließend flüsterte sie: »Sie schaut exakt zu Lukas, der seinen Stein sucht. Als ob sie ihn gleich beißen will, wenn er ihr zu nahe kommt.«

ooo

Daniel genoss den Wind, der ihm um die Nase wehte. Er hatte sich in der Klinik krankgemeldet, war auf halber Strecke wieder umgedreht. Er konnte so nicht zur Arbeit gehen. Zu sehr hatte ihn der Besuch des Kommissars aufgewühlt. Daniel hatte große Schwierigkeiten, mit Charakteren wie ihm umzugehen. Allein diese Stecknadelaugen, die ihn fixierten und keinen Spielraum mehr zuließen. Dieser Mensch starrte ihn auf eine Art und Weise an, die ihm Alpträume machen würde, wenn er sich davon einfangen ließ. So hatte er nur die eine Möglichkeit gesehen: raus aufs Wasser, weg aus Carolinensiel.

Der Wasserstand war günstig, eine frische Brise ließ es zu, dass er schon jetzt die Segel setzte. Der Abendwind strich ihm über die erhitzten Wangen, sein Haar klebte von der salzigen Meeresluft. So fühlte sich für Daniel Freiheit an. Hier auf der Nordsee schaffte er es auch endlich einmal, nicht ununterbrochen an Maria zu denken, vor allem, weil er sich auf den Kampf mit den Naturgewalten einlassen musste. Ein männlicher Kampf, wie es ihm schien. Im wirklichen Leben zweifelte Daniel oft seine Durchsetzungskraft an, hier auf See hatte er immer das Gefühl, sich der Herausforderung stellen zu können. Es begann schon, wenn er die Leinen vom Steg löste, die ersten Wellen den Bug seiner *Maria* streiften.

Sobald er den Hafen verlassen hatte und die See ungehemmt ihre Wellen gegen sein Boot schlug, fühlte er die Freiheit, die ihm grenzenlos vorkam. Selbst mit den Inseln vor der Nase, im Wattenmeer, spürte er sie. Grandios war es natürlich, wenn er sich Richtung Helgoland begab oder nach Holland. Mitten in den Wellen der Nordsee, ohne auch nur den Hauch von Land in Sicht. Obwohl ihn bei diesen Aktionen zwiespältige Gefühle quälten und ihn die Grandiosität eher in der Fantasie begleitete.

Für eine weite Fahrt fehlte ihm jetzt ohnehin die Zeit.

Er konnte der Schicht nur wenige Tage fern bleiben, woher sollte er ein ärztliches Attest bekommen, wenn er auf dem Meer herumschipperte. Er wusste, dass seine Flucht aus Carolinensiel ihm nicht gerade die Sympathien des Kommissars einbringen würden. Aber er hatte von Rothko schließlich keine Aufforderung erhalten, in dessen Nähe zu bleiben.

Unwillkürlich steuerte er auf Wangerooge zu. Es dämmerte merklich, auch die Möwenschwärme zogen sich mehr und mehr zurück. In der Ferne konnte er am Horizont die Umrisse der Insel gerade noch ausmachen. Es war tagsüber unnatürlich warm für den März gewesen, das Meer dagegen strahlte noch die Kühle des Winters aus. Die Luft wirkte zwar nicht mehr frostig, aber doch noch so kalt, dass man eine gewisse Schärfe darin wahrnahm.

Die Unwetterzentrale hatte vor aufkommendem Seenebel gewarnt. Eigentlich war es Wahnsinn, dass er dennoch losgefahren war. Sein Bootsnachbar hatte sich an die Stirn getippt, ihn leichtsinnig genannt, als er die Leinen vom Steg gelöst hatte. Daniel fürchtete sich jedoch nicht. Er hatte vor vielen Dingen Angst, aber nie vor dem Meer. Zeit seines Lebens hatte er die Nordsee als seinen Verbündeten gesehen. Auch heute war er sicher, heil auf Wangerooge anzukommen, auch heute würde ihn das Meer nicht verschlingen.

Er hatte zu Beginn nicht festlegen wollen, wohin ihn seine Reise führen sollte. Das Einzige, was ihm klar war: Er musste weg vom Festland, weg von diesem Kommissar, weg aus Carolinensiel. Von diesem Entschluss würde ihn auch eine Seewetterwarnung nicht abhalten.

Er steuerte auf den Osten Wangerooges zu. Kurz bevor er den alten, stillgelegten Anleger ausmachen konnte, bemerkte er die zähe, undurchdringliche Schicht, die die Konturen der Insel binnen von Sekunden verschwinden ließ. Es dauerte nicht lange, bis die kalte Feuchtigkeit durch Daniels Kleider drang und er kaum noch die Hand vor Augen sah. Die Segel hatte er schon eingeholt, kurz zuvor den Motor angeworfen. Er stoppte ihn sofort, ließ sich von der Stille, die um ihn herum herrschte, einfangen.

Daniel lauschte in den Abend, der sich schneller als erwartet über die See legte. Die *Maria* dümpelte in den Wellen, das leise Klatschen gegen die Seite des Schiffes drang Daniel nun doch bedrohlich in den Ohren. Er versuchte sich zu orientieren, aber um ihn herum herrschte nichts als diese unglaublich dichte Nebelwand, die den Anschein erweckte, es gäbe kein weiteres Leben rings umher. Daniel griff sich an den Hals. Seine Lunge schien es nicht mehr zu schaffen, den Atem vollends wieder nach außen zu drücken. Es fühlte sich an, als pumpte sie sich immer stärker auf, überblähte sich und wäre deshalb nicht mehr in der Lage, genug Luft zum Atmen hineinzulassen. Er begann zu fiepen, rannte in die Kajüte und suchte nach seinem Asthmaspray.

Nach zwei Hub wurde es zwar besser, aber dass er gut Luft bekam, konnte er nicht behaupten. Er rappelte sich auf, hoffte, dass der Dunst sich in der Zwischenzeit verflüchtig hatte, aber dem war nicht so.

Er hatte seine Kraft überschätzt, war tatsächlich der Ansicht gewesen, ihm könne auf seiner *Maria* nichts passieren. Er hatte auch geglaubt, der Nebel sei kein Problem. Wenn er ehrlich war: Er hatte sich eingeredet, dass er verschont bleiben würde. Bislang war es in all den Jahren genau so gewesen. Wo auch immer er hingesegelt war, nie hatte ihn dieses Weiß eingekreist.

In welch trügerischer Sicherheit hatte er sich gewiegt, in welche Arroganz verstiegen, zu glauben, er könne in eine solche Situation nie hineingeraten.

Daniel schluchzte, erzeugte dabei einen hohlen,

dumpfen Ton. Es war die aufkommende Todesangst, das unwiderrufliche Gefühl der völligen Einsamkeit, die sich darin widerspiegelte.

Die *Maria* dümpelte weiter in den Wellen, kein Laut vermischte sich mit Daniels Schluchzen. Er sank auf die Knie, legte den Kopf auf die Holzbank im Heck des Bootes. »Der Kompass, nimm den Kompass!«, flüsterte eine Stimme in seinem Kopf. Sie hatte Marias Timbre, aber er wusste, dass es nur Einbildung war. Maria war nicht hier, konnte ihm nicht helfen, so wie er ihr nie helfen konnte, weil alles gekommen war, wie es kommen musste. Wieder entfuhr ihm dieser Ton, der eher dem eines schwer verwundeten Tieres als dem eines Menschen glich.

Er schlug mit dem Kopf gegen das Holz der Bank. Immer wieder. Nur so war es Daniel erträglich, nur so glaubte er, zumindest noch ein wenig zu existieren. Es war ein fataler Fehler gewesen, heute noch rauszufahren. Seit jenem Morgen im Sommer vor zehn Jahren war er nie mehr in diesen Nebel geraten. Er hätte wissen müssen, wie sehr ihm die Konfrontation zusetzen würde. Er hätte wissen müssen, dass er es nicht aushielt.

ooo

Rothko war des Wartens überdrüssig. Er war sich von Minute zu Minute sicherer, dass Daniel nicht wieder auftauchen würde. Der hatte sich abgeseilt, was ihn nicht gerade unverdächtig machte.

Der Kommissar klingelte bei Karl, der ihm mit mürrischem Gesicht öffnete.

»Was wollen Sie?«

»Den Bootsliegeplatz, wo Daniels Schiff liegt.«

»In Harlesiel«, knurrte Karl. »Warum ist denn das jetzt wichtig?«

»Er ist weg«, erklärte Rothko. »Ich wollte ihn aber noch sprechen.«

»Wird er raus sein mit der *Maria*. Obwohl«, Karl blickte aus dem Fenster, »es soll Nebel geben. Richtigen fetten Nebel. Ob er dann wirklich losgefahren ist? So unvernünftig ist der Jung nicht.«

»Ich werde das überprüfen. Aber mit Ihnen wollte ich auch noch einmal reden.«

»Das haben wir doch längst hinter uns«, brummte Karl. Sein Kiefer klappte rasend schnell auf und zu.

»Erzählen Sie mir von Ihnen!«

»Da gibt es nix. Lebe seit Jahren allein mit Maria hier. Sorge für die Kleine. Hin und wieder bin ich auf der Insel drüben bei Mimi und helfe. Kümmere mich um die Elektrik, ein paar Handwerkersachen und so.« Karl wandte sich ab, winkte den Kommissar hinein. In der Küche wies er auf einen Kiefernstuhl, den ein rot kariertes Sitzkissen zierte.

»Bier?«, fragte er und öffnete eine Flasche Pils. Es zischte beim Öffnen, der Deckel trudelte eine Weile über den Fußboden, wo Karl ihn unbeachtet liegen ließ. Das passte nicht zu dem ansonsten penibel aufgeräumten Haus, in dem kein Staubkorn zu entdecken war. Außerdem stand in der Küche nichts Überflüssiges. Kein leeres Glas, keine angebrochene Packung Kekse und es lagen auch keine Zeitungen oder Ähnliches herum. Die ganze Wohnung wirkte unnahbar, das Gefühl von Behaglichkeit kam gar nicht erst auf.

Rothko schloss daraus, dass mindestens einer der beiden Bewohner übermäßig penibel war. Er tippte auf Maria, Karl war eher der Typ, der äußere Begebenheiten einfach hinnahm.

Seinem Gehabe nach war er momentan in jedem Fall außergewöhnlich nervös. Karl ließ sich schwer atmend gegenüber von Rothkos Stuhl nieder. »Kein Bier? Vielleicht Tee?«

Der Kommissar winkte ab und fragte nach einem Glas Wasser. Mineralwasser schien Karl nicht im Haus zu haben. Er erhob sich, nahm umständlich ein Glas aus dem Küchenschrank, schlurfte damit zum Hahn und füllte es auf. Es schwappte leicht über, als er es vor Rothko auf den Tisch stellte. Er ließ sich erneut auf den Stuhl fallen. Dann nahm er einen kräftigen Schluck aus der Bierflasche und wischte sich den Mund mit dem Ärmel ab. Ein paar Schaumflocken blieben dennoch im Bart hängen und hinterließen den Eindruck, Karl sei ein recht einfacher Mensch, der es mit den Manieren nicht so genau nahm.

»Was machen Sie in Ihrer Freizeit?«, fragte Rothko und nippte am Leitungswasser.

»Warum wollen Sie denn das wissen? Erwarten Sie von mir, dass ich Ihnen jetzt anvertraue, ich ermorde zwischendurch zum Zeitvertreib kleine Jungs?«

Rothko atmete unauffällig tief ein, überlegte, wie er den Mann dazu bringen könnte, irgendetwas von sich preiszugeben. »Ich muss mir ein Bild von den Menschen machen, die in irgendeiner Weise mit Maria zu tun hatten damals. Und die bis heute eine Verbindung nach Wangerooge haben.«

Karl brauste auf. »Und weil wir die Lütte kennen, sind wir sofort alle verdächtig?« Er nickte und bestätigte sich gleich selbst: »So sieht das wohl aus. Ganz schön traurig, Herr Kommissar.«

»Ich muss alle Information in mich aufsaugen. Jeder hier sollte doch daran interessiert sein, dass wir die oder den Mörder rasch finden.«

»Das soll wohl so sein.« Karl nippte erneut an seinem Bier, wirkte aber merkwürdig desinteressiert. »Was brauchen Sie noch?«

»Alles!«

»Ich habe keine Hobbys, arbeite nur. Ab und zu gehe ich am Meer spazieren. Ich habe kein Boot, nichts, was meine Zeit übermäßig in Anspruch nimmt.«

»Kennen Sie sich mit Edelsteinen aus?«

Karl zuckte mit den Schultern. »So wie man eben was weiß. Nicht so richtig, nicht als Fachmann.«

Rothko merkte, dass er nicht weiterkam. Karl schien durch und durch ein unauffälliger Mensch zu sein, einer, dem man nichts anhängen konnte. Jedenfalls nichts, was sofort greifbar war.

Daniel erschien Rothko doch als ein anderes Kaliber. Der junge Mann verschwieg etwas, und dass er jetzt verschwunden war, machte die Situation für ihn nicht besser. Trotzdem musste Rothko auch Karl weiter im Auge haben. Oft genug hatte er erlebt, dass gerade die, die augenscheinlich nichts zu verbergen hatten, das größte Geheimnis hüteten.

»Harlesiel?«, fragte Rothko schließlich. Er trank das Glas in einem Zug aus und erhob sich.

»Kreuzverhör schon beendet?« Karl hatte die eine Braue nach oben gezogen, wirkte erstaunt. »Wenn Sie noch mehr Fragen haben ... morgen früh fahre ich mit dem ersten Schiff zurück nach Wangerooge, wohne bei Tant' Mimi. Ist wieder was zu reparieren.« Nach dem Satz klappte sein Mund erneut auf und zu. Es schien kein Indiz für irgendetwas zu sein. Er benahm sich einfach so seltsam.

Rothko schlüpfte in seine Jacke. »Dann sehen wir uns sicher. Ich setze auch mit dem ersten Schiff über.«

Karl brachte den Kommissar noch zur Tür. »Die Maria und der Daniel, das sind gute Kinder«, sagte er zum Abschied. »Sie suchen an der verkehrten Stelle. Ganz bestimmt.«

Das sagen sie alle, dachte Rothko. Genau diese Bemerkung bestärkte ihn darin, dass er mit Sicherheit nicht auf der falschen Fährte war. Karl wollte nur ablenken. Er wusste was.

ooo

Maria verabschiedete sich von Angelika. Beide hatten Tränen in den Augen. Als die Bilder nebeneinander gelegen hatten, waren ihnen überraschend viele Übereinstimmungen aufgefallen. Zu viele, als dass es noch Zufall sein könnte. Es war nicht nur die Kreuzotter. Es war das ähnliche Motiv, es war der Bernstein, die ganze Atmosphäre. Beide Frauen waren immer wieder mit den Fingern über die Zeichnungen geglitten, hatten sich in ihren Beobachtungen ergänzt.

»Wir müssen das dem Kommissar melden«, war schließlich Angelikas Vorschlag gewesen. »Gleich morgen früh.«

Danach hatten sie sich um zehn Uhr vor der Polizeistation verabredet. Vielleicht konnte Herr Rothko tatsächlich mehr damit anfangen.

»Es besteht ein Zusammenhang, Maria. Ich zweifle kein Stück daran«, sagte Angelika. »Ich hoffe einfach nur weiter, dass mein Ex wirklich nichts mit der Sache zu tun hat.« Sie fuhr sich durchs Haar. »Es wäre so schrecklich, würde das Ganze so wahnsinnig verschlimmern.«

»Und wenn es so wäre?«, fragte Maria.

»Dann wäre es so.« Angelika sah ihre neue Freundin fest an. »Dann wäre es so.«

Maria nahm Angelika noch einmal in den Arm. Dann lief sie raschen Schrittes die Zedeliusstraße hinunter. Es war ein merkwürdiges, fast surreales Gefühl, das sie in den letzten Tagen durch die Zeit trug. Auf der einen Seite war sie erschüttert über das Auftauchen von Achims Überresten und vor allem darüber, dass gerade sie ihn gefunden hatte. Auf der anderen Seite verhielt es sich aber so, dass dieser Fund sie immens beflügelte, ihr Leben in irgendeiner Weise von neuem in die Hand zu nehmen. Es war eine gewisse Form der Unabhängigkeit, die sich ihr eröffnete. Und je mehr sie sich mit den Umständen seines Verschwindens befasste, desto sicherer war sie, dass sie nach der Aufklärung neu beginnen konnte.

Maria zweifelte nicht daran, dass sie Licht in die Sache bringen würde. Weil alle Fäden immer wieder bei ihr zusammenliefen. Sie hatte dazu zwei starke Partner. Angelika und Kristian. Beide befanden sich in einer ähnlichen Lage wie sie, beide hatten dasselbe Ziel.

Ihre Schritte klapperten auf dem Pflaster. Sie trug ausnahmsweise keine Turnschuhe oder Ökotreter. Maria hatte sich für einen schmalen Lederschuh entschieden, der ihre Füße nicht so plump, sondern ein bisschen weiblich wirken ließ. Ihre Liebe zu Kristian spiegelte sich nunmehr auch in ihrer Kleidung wider. Komisch, wie viele Facetten das Leben auch in einer eigentlich so negativen Situation bereithielt.

Sie bog vor dem Bahnhof nach links ab, durchquerte kurze Zeit später die kleine Dünenkette, durch die der Weg führte. Neben ihr raschelte eine Maus, ein Stück weiter quiekte etwas. Maria duckte sich unwillkürlich. Sie mochte die Geräusche der Nacht nicht, hatte vorhin bei Angelika eine ganze Weile überlegt, ob es nicht besser sei, um ein Bett zu bitten. Aber schließlich war es ihr doch albern vorgekommen. Hier passierte normalerweise nie etwas. Eben normalerweise, denn den Mord an Lukas hatte auch niemand vorhergeahnt. Auf der Insel lief ein Mörder herum und das möglicherweise seit Jahren.

Maria hielt inne. Ihr wurde mit einem Mal bewusst, was genau sie gerade gedacht hatte und sie wiederholte die Idee in Gedanken noch einmal ganz langsam. Hier – läuft – seit – Jahren – ein – Mörder – herum.

Tatsache war, dass sie das Monster nicht mehr als imaginären Unbekannten sah. Denn wenn er wirklich von der Insel selbst kam, war die Wahrscheinlichkeit hoch, dass sie ihn kannte. Sein Gesicht wäre ihr geläufig, vielleicht hatte sie ihm sogar schon die Hand geschüttelt. Was, wenn es ein Mensch war, dem sie seit jeher vertraute? Er hatte schließlich auch Achim gekannt. Andererseits hatte es vor Lukas' Tod keine Verbindung zwischen ihr und Angelika gegeben.

Sie seufzte. Ihre Gedanken waren Irrläufer, von der Logik her nicht zu halten. Der Mörder konnte genauso gut ein Gast sein, der ab und zu auf die Insel kam und dort Jungen ansprach, die seinem kranken Beuteschema entsprachen. Maria beschleunigte ihren Schritt. Sie wollte rasch zu Tant' Mimi. Es wurde Zeit, dass die Wärme und Geborgenheit des Hauses sie umschloss und von den trübsinnigen Gedanken abbrachte. Während sie schneller lief, stolperte sie über ihre eigenen Füße und konnte sich gerade noch auffangen.

Ihr brach der Schweiß aus. Atemlos lauschte sie in die Nacht. Es war still, jetzt huschten nicht einmal mehr die Mäuse durchs Dünengras. Maria vermochte sich dennoch nicht von der Stelle zu bewegen. Ihr Blick wanderte in Richtung Himmel, an dem die Sterne an diesem Abend wie angeklebt wirkten. Ein Nachtvogel segelte lautlos über sie hinweg und verschwand genauso unauffällig, wie er gekommen war.

Maria fasste sich ein Herz und ging Schritt für Schritt weiter.

Kurz bevor sie die Siedlerstraße mit ihren kleinen grauen Häusern erreichte, tauchte ein Mann auf. Er wirkte groß und bedrohlich. Maria setzte ihre soeben begonnenen Schritte zurück, stolperte noch einmal und hoffte nur, sich auf den Beinen halten zu können. Vielleicht hatte der Mann sie noch nicht gesehen. Sicher ergab sich eine Möglichkeit, dass sie noch gerade unbemerkt verschwinden konnte.

Doch die Gestalt bewegte sich mit unverminderter Schnelligkeit auf sie zu, so dass Maria keine Wahl hatte, als sich mucksmäuschenstill an den Wegrand zu drücken. Vorsichtig erklomm sie rückwärts die kleine Böschung, obwohl ihr selbst klar war, dass auch mit dieser Geste ein Aufeinanderprallen nicht zu vermeiden war.

Kurz bevor der Mann sie erreicht hatte, wandte sie ihr Gesicht ab, spürte aber im selben Augenblick eine Hand auf ihrer Schulter. »Maria! Dich habe ich überall gesucht!«

ooo

Daniel hatte die Augen lange nicht mehr geöffnet. Er wollte nicht mehr. Er glaubte, an dem dichten Nebel zu ersticken. Konzentriert versuchte er, seinen Atem zu lenken, doch mehr als ein hektisches Japsen brachte er nicht zustande. Dann begann er zu schluchzen. Seinen Körper durchfuhr ein Beben, schüttelte ihn. Daniel weinte eine ganze Weile auf diese Art vor sich hin.

Seine Nase war schon völlig dicht, als er es endlich wagte, den Kopf zu heben. Erst dachte er, seine Augen seien mittlerweile so verschwollen, dass er Halluzinationen hatte, doch nach einer Weile merkte er, dass der Himmel über ihm sternenklar und kein Funken mehr von dem Nebel zu sehen war. Hatte er sich den Spuk nur eingebildet? Gab es den Seenebel gar nicht und er war seiner Fantasie aufgesessen? Zu sehr hatten sich die Ereignisse in der letzten Woche überschlagen, ihn in seinen Grundfesten erschüttert.

Warum nur musste dieser Achim wieder auftauchen? Maria hatte sich verändert seitdem und dieser Kristian schien ihr auch nicht gleichgültig zu sein.

Er wollte jetzt nicht an Achim denken, nicht an Lukas, nicht an den Kommissar, der ihm auf die Nerven fiel.

Daniel setzte sich aufrecht hin, betrachtete den Sternenhimmel. Er war über diesen Anblick noch nie so erleichtert gewesen. Es war alles gut. Daniel ging zum Steuer und überprüfte die Koordinaten. Er musste sich östlich von Wangerooge befinden, die *Maria* war nur sacht hin und her gedümpelt und nicht stark vom Kurs abgekommen. Er hatte mit einer größeren Strömung gerechnet, doch als er auf die Uhr sah, war ihm klar geworden, dass er nur knappe zwanzig Minuten stillgelegen hatte. Wie war es möglich, dass die Nebelwand sich so schnell verzogen hatte? Er drehte sich in Richtung Festland um. Nicht weit von ihm entfernt ballte sich noch die undurchdringliche Wand, die ihm fast zum Verderben geworden wäre. Wenn er in die Fahrrinne getrieben wäre, hätte ihn eines der dicken Schiffe gnadenlos plattmachen können. Er wendete die Maria und hielt Kurs auf Wangerooge. Nun genoss er das leise Plätschern der Wellen gegen den Bug.

Der alte Ostanleger tauchte urplötzlich vor ihm auf. Intuitiv hatte er genau diese Richtung angesteuert. Er würde sich trocken fallen lassen müssen. Es konnte nicht mehr lange dauern, bis sich die See neuerlich zurückzog.

Er wusste noch nicht, ob er die Maria verlassen wollte. Er wusste nicht einmal genau, warum er überhaupt hierher gefahren war. Das Leben war seit dem ermordeten kleinen Jungen und dem Auffinden von Achims Knochen so verdammt kompliziert geworden.

Es ruckte leicht, als er den Anker auswarf. Sacht dümpelte sein Schiff auf und nieder. Er konnte sich entspannt hinlegen, noch war er von Wasser umgeben.

Der Himmel war jetzt so sternenklar, dass die Umrisse Wangerooges gut auszumachen waren. Der Strand lag, wie zu erwarten, menschenleer vor ihm. In der Ferne kläffte ein Hund. Daniel bohrte seine Augen in die Dunkelheit, wusste nicht, was er dort am Küstensaum zu finden hoffte. Aber eines wurde ihm immer klarer. Es war ihm unmöglich, die Nacht auf der *Maria* verbringen. Sowie das Watt sein Schiff umschloss, würde er an Land gehen und dort ein paar Sachen zu Ende bringen.

ooo

Der Tag hat den Nebel vertrieben, kein bisschen ist mehr von dem Dunst der Nacht zu erkennen, der sich gestern rund um Wangerooge aufgebaut hat.

Heute scheint die Sonne und er treibt sich am Strand herum. In der Nacht ist er unruhig gewesen, hat gefühlt, dass er diesen ihm von Gott geschenkten Jungen wiedersehen wird. Nicht nur kurz wie am Spielplatz. Der Kleine wird ihn suchen, wie die anderen auch. Er ist magisch, er zieht die Kinder an. Sie lieben ihn.

Das Schicksal wird den Jungen in seine Arme treiben, wenn es gottgewollt ist. Gestern sind viele Touristen abgereist. Ist der Junge tatsächlich fort, will er es akzeptieren, dann ist es noch nicht so weit. Vielleicht ist er auch befreit, muss es nie wieder tun, weil er seine Schuld auf Erden abgebaut hat.

Findet er den Kleinen aber doch, ist es Gottes Wille, dass er ihn mitnimmt und vom weiteren Übel der Erde befreit. In dem Fall gehört der Junge ihm. Er ist verantwortlich dafür, dass das Kind nicht in der Hölle schmoren muss wie die meisten Erwachsenen. Weil es niemand schafft, wirklich rein durchs Leben zu gehen. Es gibt nicht viele Auserwählte für seine Mission, aber die, denen er beim Sterben helfen darf, die werden zu Engeln. Nach dem Tod von Lukas ist ihm einer erschienen, der gesagt hat, er habe seine Sache gut gemacht. Er freut sich über dieses Lob.

Er hat es in seinem Leben nie bekommen. Immer nur diese Hände am Hals. Die blauen Flecken in Schuhgröße 44. Dazu die kalte Stimme, die ihn tadelt, ohne zu tadeln. Sie sagt nichts Böses und drückt mit den wenigen Worten doch so viel Verachtung aus. »Du bist ein Junge. Blond und hast Sommersprossen. Wirkst wie ein Mädchen. Und weißt du, was ich von Mädchen halte? Sie sind für zwei Dinge gut: Bett und Kochen. Dazu hat der Herrgott sie bestimmt.« Der Vater hat immer gelächelt, wenn er das gesagt hat. Ganz freundlich ist er dabei gewesen. Dann benutzt er ihn. Immer wieder. Manchmal kann der Junge danach seinen Stuhl nicht halten, macht sich in die Hose. Des Vaters Blick ist angeekelt, voller Verachtung. Es dauert nie lange, dann fühlt er die Hände des Vaters am Hals. Er drückt zu. So fest, bis der Junge Angst bekommt und die Augen sich weiten. »Wäre besser, es gäbe dich nicht«, sagt sein Vater. Er ist ganz ruhig und leise dabei. »Du verführst mich, nimmst mir die Möglichkeit, in den Himmel zu kommen.« Dann lacht er und brüllt gleichzeitig etwas davon, dass er seinetwegen, wegen des missratenen Sohnes, in der Hölle schmoren wird. Und dass er ihn gleich mitnehmen würde, weil er als Sündenkind im Himmel auch nie eine Chance hätte. Sein eigener Sohn sei noch verdammter als er.

Der Junge schämt sich. Er liebt seinen Vater nicht, aber es ist sein Vater und der darf nicht dem Fegefeuer ausgesetzt sein. Weil er, das Kind, ihn erregt und verführt. Weil er kein richtiger Junge ist. Nicht so einer, wie er es sein müsste, um seinem Vater zu genügen. Dass ihm selbst der Weg versperrt ist, macht ihm zusätzlich Angst. Er fürchtet sich vor dem Teufel, den sein Vater in schrecklichen Bildern zeichnet, wenn er ihm erzählt, dass nur der Satan noch sein Freund sei, wenn nicht gewaltig etwas in seinem Leben geschehen würde.

Der Junge beginnt, sich selbst zu verletzen. Braucht diesen Schmerz, um den anderen auszuhalten. Helfen tut es ihm nicht. Er ist schuld, weil er ist, wie er ist. Weil seine zarte Statur ihm die Achtung raubt, weil seine Hände zart wie Flügel sind und der Alte sie gern um seine Männlichkeit fühlt. Der Junge will den Teufel nicht zum Freund. In den Wust der Stimmen, die er denen des Fegefeuers zuordnet, mischt sich hin und wieder eine sehr sanfte, die ihm Rettung verspricht. Wenn er sie hört, kann er ruhig schlafen. Eines Tages sagt sie ihm, was er tun muss, um der Hölle zu entgehen.

Als er älter ist, beobachtet er den kleinen Jungen, den er zuvor noch nie gesehen hat. Auch er hat Sommersprossen, auch er ist blond. Viel zu schmächtig für einen Knaben. Er ist dazu verdammt, Männer wie seinen Vater zu verführen, ihnen den Weg in den Himmel zu versperren. Das Aussehen macht diesen Jungen schuldig, und nun ist die warme Stimme wieder da, streichelt seine zerhackte Seele, sagt ihm, dass nur er den fremden Jungen von dem Übel erlösen kann. Und dass auch er sich dadurch erlöst.

Er trinkt mit dem Kleinen Kakao. Der Junge ist mit der Schule hier, wohnt im Landschulheim. Seine Mutter ist sehr krank. Er erzählt ihm von heilenden Steinen. Dass sie seine Mutter gesund machen, wenn er sie findet. Der Junge will sofort los, aber er muss ihn warnen. Vor der Schlange, die ihn vielleicht tötet. Weil sie immer wartet. An jeder Ecke, ihn vom Guten abhalten will und der Weg zu den Steinen nicht leicht ist. Der Junge will mutig sein für seine Mutter.

Gefahr spornt Kinder in dem Alter an, schreckt nicht ab. Sie wollen stark sein, lechzen nach Anerkennung. Die Schlange macht keine Angst.

Der Ältere verspricht, ihn nachts zu holen. Dann sei die Schlange nicht so aufmerksam, weil sie müde sei. Er dürfe aber niemandem etwas sagen.

Der Junge steht schon vor der Tür, als er kommt. Er kehrt nicht wieder zurück, wird nie gefunden. Er hat ihn erlöst.

ooo

Rothko beeilte sich, vom Bahnhof wegzukommen. Der Ausflug nach Carolinensiel hatte ihm nicht allzu viel gebracht. Außer dem Wissen, dass Daniel sich mit Edelsteinen auskannte. Genau wie Dieter Mans und, wenn er ehrlich war, wahrscheinlich Hunderttausende anderer Personen auch. Diese Esoterik-Welle ließ erstaunlich viele Menschen an übersinnliche Phänomene und seltsame Dinge glauben. Edelsteinkenntnisse waren geradezu ein Muss. Als er einmal in seinem Leben bei Kraulke gewesen war, hatte der ihm auch ein Glas Wasser aus einer Karaffe angeboten, auf deren Boden diese Steine herumschwammen und das war ihm danach öfter passiert. Er fand solche Drinks eher ekelhaft, schon weil er Sand und solchen Kram eigentlich von allen Dingen vorher abwusch und er nun offenbar mit voller Absicht trinken sollte, was verschmutzt war. Denn als etwas anderes konnte er dieses Steingesöff nicht sehen.

Bei jedem Schritt, den er in Richtung Polizeistation machte, versuchte er seine Gedanken zu sortieren.

Für ihn waren im Augenblick zwei Leute verdächtig, zwei zumindest als Täter nicht auszuschließen. Gestern Abend hatte ihn Kraulke noch angerufen, die Gerichtsmedizin hatte die völlige Übereinstimmung der DNA der Knochen und der von Achims Haaren noch einmal bestätigt.

Achim war also absolut zweifelsfrei nicht im Seenebel verschwunden, sondern hier auf Wangerooge gestorben, vermutlich umgebracht worden. Rothko brauchte jetzt nur noch einen stichfesten Beweis für ein gleiches Tatmuster, dann konnte er von ein und demselben Täter ausgehen.

Obwohl Rothko eigentlich ohnehin nicht daran zweifelte, dass es so war. Zu eng waren die Parallelen, zu dicht alles andere.

Seine bekannte Unruhe hatte ihn bereits gepackt. Er spürte den Instinkt wieder Oberhand gewinnen, der ihn seit jeher zur Aufklärung der Fälle antrieb. Er ertappte sich sogar dabei, dass er auf der Fahrt hierher die defekte Kaffeemaschine nicht mehr als vordringliches Problem gesehen hatte. Er wollte im Augenblick nur noch den Fall lösen, den Täter dingfest machen und weitere Morde verhindern.

Ein bisschen trieb Rothko die Unruhe deswegen schon, aber er glaubte dennoch nicht an eine baldige Wiederholungstat, da der Abstand zwischen beiden Delikten doch recht groß gewesen war. So schnell würde der Täter bestimmt nicht mehr zuschlagen, doch Rothko musste auf der Hut sein. Letztlich wusste man es nie.

Zwar konnte er bei allen Recherchen nicht ausschließen, dass auch ein paar der Jungen, die auf dem Festland verschwunden und nie wieder aufgefunden worden waren, Opfer des gleichen Täters waren. Aber das war eben nur eine Hypothese. In der Regel stammte der Mörder aus nicht allzu großer Entfernung. Darüber gab es Statistiken. Aber alle Aufzeichnungen und Regeln konnten ständig gebrochen werden, wenn er Pech hatte, traf das eben auch für ihren Mann zu.

Er musste sich an die Fakten halten, durfte sich nicht in wüsten Theorien verlieren. Dieser Fall hatte eine unglaublich sensible und gefährliche Variante, die ihn mehr forderte als alles, an dem er bisher gearbeitet hatte. Kindermord erregte die Gemüter der Menschen mehr als übrige Taten, und er musste zugeben, dass auch er lieber in anderen Fällen ermittelte. Rothko beschleunigte seinen Schritt. Einen Hinweis bräuchte er, noch etwas, das seine Theorien in irgendeiner Form bestätigte.

Vor der Polizeistation wartete Angelika Mans. Sie hielt etwas in ihrer Tasche verborgen, das sah Rothko sofort an ihrer Haltung. Sie umklammerte das Leder mit beiden Händen, als befürchte sie, der Inhalt könne sich sonst einfach so auf dem Boden verteilen, was natürlich nicht möglich war, da auch der Reißverschluss fest verschlossen war.

»Was kann ich für Sie tun, Frau Mans?«, begrüßte er sie, während er den Schlüssel ins Schloss steckte. »Hat mein Kollege nicht geöffnet?«

Angelika schüttelte stumm den Kopf. Ihre Augen lagen in unnatürlich dunklen Höhlen, das Haar wirkte leicht ungepflegt. Rothko vermutete, dass ihr Bild nicht zu der Frau, die sie bis zum Mord an ihrem Kind einmal gewesen war, passte. Sie schien schon seit der vergangenen Begegnung um Jahre gealtert, so dass er sich ausmalen konnte, wie arg ihr dieses Ereignis ihr zusetzte.

»Ich warte eigentlich noch auf Maria«, sagte Angelika. Ihre Stimme klang brüchig.

»Kommen Sie doch ruhig schon herein!«, sagte Rothko und war froh, als sie seiner Aufforderung Folge leistete.

Ihre Hände zitterten, als sie auf dem Stuhl Platz nahm. Rothko stellte den Wasserkocher an und füllte Teeblätter in die Kanne. Jetzt verfluchte er innerlich doch wieder den Umstand, dass er der Frau keinen Kaffee anbieten konnte. Er hätte es in dieser Situation angemessener gefunden. Aber vielleicht war da doch eher der eigene Wunsch Vater seiner Gedanken.

Das Wasser kochte. Er brühte den Tee auf und hoffte, die Menge der Blätter würde dem Getränk heute die typisch braune Farbe und verleihen, nicht dass er pipigelb in die Tassen floss. Er schob ihr einen Becher hin, sie nahm es überhaupt nicht richtig wahr.

»Was haben Sie denn in der Tasche?«, fragte Rothko, während er die Kanne mit dem gezogenen Tee auf den Tisch stellte.

Angelikas Augen wanderten in Rothkos Richtung. »Woher wissen Sie ...? «

Er versuchte ein Lächeln, das an ihr abprallte und zu keiner Gegenreaktion führte. »Sie halten Ihre Tasche so fest, als sei etwas sehr Wertvolles darin«, sagte er.

Angelikas Hände entkrampften sich merklich. »Es ist etwas sehr Wertvolles darin«, betonte sie. »Etwas, das auch Achim bei sich getragen hat. Ein Bild.« Sie ließ ihre Finger in die Tasche hinein gleiten und zog mit den

Spitzen ein zusammengefaltetes Kinderbild heraus, das sie dem Kommissar wortlos hinüberschob.

Er tastete sich mit den Augen über die vielen, sorgfältig gemalten Motive hinweg. »Und so ein Bild hat Achim also auch gemalt?«

Angelika nickte. »Es war Zufall, dass Maria und ich darauf gekommen sind.«

»Ist Ihnen etwas Besonderes aufgefallen?« Rothko kniff die Augen zusammen, überlegte, was das Bild, außer einer Strandszene und der Suche nach dem Stein, noch beinhalten könnte.

Angelika kam ihm zuvor und tippte mit ihrem dünnen Finger auf eine Schlange, die lauernd am Boden lag. »Die Kreuzotter, Herr Kommissar. Auf beiden Bildern ist diese Schlange zu sehen, die doch ziemlich bedrohlich wirkt. Der M...« Angelika zögerte, als könne sie das Wort »Mörder« nicht über die Lippen bringen. »Der Mann«, setzte sie nochmals an, »muss den Jungen damit gedroht haben. Vielleicht, wenn sie nicht kommen ...« Angelika brach ab und legte ihre Hände vors Gesicht. Ihr ganzer Körper begann zu beben.

Die Frau war nur noch ein Schatten ihrer Selbst. Es war Rothko auch völlig unmöglich, weitere Informationen aus ihr herauszubekommen. Angelika konnte nichts mehr sagen. Die Konfrontation mit diesen Bildern schien ihr das Letzte abverlangt zu haben. Rothko stand nach einer Weile auf, trat vor die Tür und suchte mit den Augen die Straße nach Maria ab. Schließlich hetzte sie um die Ecke.

Er winkte sie rein und wortlos legte sie Achims Bild neben das von Lukas.

ooo

Angelika wusste nicht, wie sie zurückgekommen war. Sie wollte nicht mehr auf dieser Insel bleiben, die ihr

Ruhe und Glück hatte bringen sollen, ihr stattdessen aber alles genommen hatte. Doch ihr war klar, dass sie auch auf dem Festland keine Ruhe finden würde, wenn sie nicht herausfand, wer ihrem Sohn das angetan hatte. Sie befand sich in einer Art Schwebezustand. Hin und hergerissen zwischen Wut, Hass und Trauer.

Sie dachte an Maria, die sich ebenfalls mit dieser immensen Schuld herumschlug und sich seit Achims Verschwinden noch nicht wieder in der realen Welt zurechtgefunden hatte. Für Maria war Achim aber »nur« ein selbst erdachter Bruder, Lukas dagegen war Angelikas eigenes Kind. Nichts würde mehr sein wie früher. Nie mehr könnte sie lachen, ohne schlechtes Gewissen. Weil sich Lukas' zartes Gesicht vor ihre Augen schieben würde.

Sie wusste nicht, ob es ihr helfen würde, wenn sie dem Mörder in die Augen sehen konnte, und ob sie darin einen Menschen erkennen konnte. Es war ihr unmöglich zu sagen, was sie für eine Person erwartete. Wie sah ein Killer aus? Vermutlich wie ein normaler Mensch, doch konnte man seinen Augen den Wahn ablesen? Wahrscheinlich nicht, denn um wie viel einfacher hätte es da die Polizei. Der Blick eines Kenners würde genügen und schon wären alle Verbrecher überführt. So leicht machte es einem das Leben nicht.

»Die Täter stammen oft aus dem nahen Umfeld«, hatte dieser Kommissar gesagt. Ihm schwebte Dieter vor, das war ihr klar. Sie selbst konnte es ja nicht ausschließen. Dieter war ihr in all den Jahren immer ein wenig fremd gewesen, war ihr nie so nah gekommen, dass sie je hätte behaupten können, sie kenne ihn. Wobei sie sich schon wieder fragte, inwieweit man einen Menschen je kennen konnte. Klar, mit der Zeit machte man sich auf bestimmte Mimik und Gestik einen Reim und man konnte auch gewisse Aussagen deuten. Aber wissen tat man es nicht. Immer schaute man demjenigen nur vor das Gesicht, nie aber tief in sein Innerstes.

Am häufigsten hatte sie sich die Frage gestellt, als Dieter sie mit der jungen Frau betrogen hatte und sie geglaubt hatte, einem völlig Fremden gegenüberzusitzen.

Nein, sie würde Lukas' Mörder nicht erkennen. Aber konnte sie tatsächlich annehmen, dass Dieter der Mörder seines eigenen Sohnes war? Als einziges Indiz diente ihr die Tatsache, dass er an die Heilkraft von Edelsteinen glaubte.

Angelika stützte ihren Kopf in die aufgestellten Hände, zerfurchte ihr Haar, bis sie sich an der Kopfhaut festkrallte. Sie drehte sich im Kreis mit ihren Gedanken, ihren Verdächtigungen und Ideen. So kam sie nicht weiter, aber sie wusste auch keinen anderen Weg.

Dieter hatte das Bild stumm angesehen, den Kopf aufgestützt und zu weinen begonnen. Richtig geschluchzt hatte er, wie ein kleines Kind Rotzefäden gezogen, die nach und nach auf die bunten Farben getropft waren und sie ineinander hatten verlaufen lassen hatten. Angelika war im Nachhinein froh gewesen, nicht gebluff, sondern wirklich eine Kopie angefertigt zu haben. Das Original wäre nicht mehr zu gebrauchen gewesen.

Richtig geäußert hatte Dieter sich aber nicht. Angelika war das Gefühl nicht losgeworden, er habe sich das Bild überhaupt nicht im Ganzen angesehen. Kannte er es eventuell, weil er an der Entstehung beteiligt gewesen war?

Angelika konnte es einfach nicht sagen. Sie wusste nichts mehr. Wahrscheinlich hatte sie doch nur einem trauernden Vater gegenübergesessen, der mit der Situation genauso wenig fertig wurde wie sie. Und doch beschlich sie ständig das Gefühl, dass hinter Dieters Ausbruch mehr steckte. Er verheimlichte ihr etwas, so wie er ihr sein ganzes Leben lang immer wieder etwas verheimlicht hatte.

ooo

Maria ärgerte sich. Sie hatte tatsächlich verschlafen und war viel zu spät bei der Polizeistation aufgekreuzt. Angelika hatte bereits dagesessen wie ein Häufchen Elend und Rothko wusste schon alles. Später war noch dieser Kraulke hinzugekommen. Sein Atem hatte nach Schlaf gerochen, nicht so, als habe er sich bereits die Zähne geputzt. Das Haar stand wild vom Kopf ab, das schlechte Gewissen, etwas Wichtiges verpasst zu haben, war ihm buchstäblich im Gesicht abzulesen.

Maria hatte die Polizeistation schon nach kurzer Zeit mit Angelika wieder verlassen und ihre Freundin in ihr Appartement gebracht. Angelika wollte gern allein bleiben.

Maria war das ganz recht, ihr schlechtes Gewissen biss ihr doch ordentlich in die Seele. Dieser Termin war entscheidend gewesen und sie hatte im Bett gelegen und geschlafen.

Das Gespräch mit Kristian war schuld daran gewesen, dass sie in der Nacht erst zu spät ins Bett gekommen war und lange nicht hatte einschlafen können. Er hatte Achims Bild sehen wollen, hatte es ungefähr eine halbe Stunde angestiert und war ständig mit dem Finger darüber gefahren. Pure Verzweiflung hatte in seinem Blick gestanden. Vor Maria hatte ein gebrochener Mann gesessen. Nichts deutete mehr auf den einfühlsamen Liebhaber, die andere Seite von Kristian, die sie nie mehr verlieren wollte.

»Das hat er zum Schluss gemalt?« Seine Hände hatten so sehr gezittert, dass er das Blatt kaum noch zu halten vermochte.

Maria hatte mit dem Finger auf die Schlange getippt, und das hatte ihm schließlich den Rest gegeben. »Ich bring den Kerl um, der das getan hat!«, hatte er ausgestoßen und war im Zimmer hin und hergelaufen wie ein Tiger im Käfig. Sein Gesicht hatte mit jedem Schritt mehr von seiner Ausdruckskraft verloren; am Ende seines Ausbruches hatte Maria geglaubt, sie stehe einer leeren Hülle Mensch gegenüber. Sie hatte Kristian auf ihr Bett gesetzt und ihm einen starken Tee gemacht, den er wortlos in sich hinein geschüttet hatte.

Er hatte Maria danach fest an sich gedrückt und war anschließend in seine Pension zurückgegangen.

Ihre Nacht war entsprechend schlaflos gewesen, so dass sie am Morgen das Klingeln des Weckers einfach nicht wahrgenommen und verschlafen hatte.

Nachdem sie bei der Polizei überflüssig gewesen und auch Angelika lieber allein war, beschloss Maria, Kristian noch einmal aufzusuchen und nachzusehen, wie er den Ausbruch von gestern verkraftet hatte.

Vorsichtshalber rief sie ihn zuvor aber an. Kristian wollte lieber mit ihr am Strand spazieren gehen als in seiner unaufgeräumten Bude zu sitzen, von der er behauptete, die Wände erdrückten ihn jede Sekunde.

Sein Gesicht hatte wieder Farbe, ja, er wirkte wie von ganz neuer Lebenskraft gestärkt. »Wir werden den Täter finden, Maria. Er wird sich selbst enttarnen. Wir müssen nur die Augen offen halten.« Mit ihm war ein kompletter Wandel vorgegangen. Hatte er ihr nicht erst vor kurzer Zeit versucht weiszumachen, dass es besser sei, alles zu verdrängen?

So richtig konnte Maria mit der Sache jetzt nichts anfangen. »Meinst du, er wird mit einem Schild um den Hals herumlaufen und darauf steht, dass er demnächst wieder einen Jungen verschleppt?«

»Du musst dich in den Täter hineindenken.«

»Das kann ich nicht«, entfuhr es Maria. »Ich bin doch kein Psychopath. Ich kann mir nicht vorstellen, wie ich ein Kind ermorden soll.«

»Dir bleibt nichts anderes übrig, wenn du ihn fassen willst. Nur wenn wir sein Denken verstehen, können wir ihm auf die Schliche kommen.«

Maria blieb stehen und schaute Kristian an. »Das ist

doch krank, oder? Lass das die Polizei machen. Sie haben jetzt das Bild, sie wissen von der Schlange, sie haben die nötigen technischen Mittel ...«

»Sie wissen gar nichts, sonst hätten sie den Mörder doch schon.« Kristian beschleunigte seinen Schritt, schlug den Kragen hoch.

Maria stapfte ihm hinterher, hatte aber große Mühe mitzuhalten. »Der Kommissar sagt, sie glauben, dass es derselbe Täter ist.«

»Natürlich ist es derselbe. Warum sonst haben die Jungs ein fast identisches Bild gemalt?«

»Willst du diesem Rothko nicht endlich sagen, dass du hier bist? Vielleicht könntest du ihnen wirklich helfen. Du bist Achims Vater ...«

Kristian schnellte herum. »Aber ich konnte doch schon damals nichts tun. Nichts, nichts, nichts.«

Maria nahm ihn in den Arm. Seine ganze Kraft, die er ihr zu Beginn der Bekanntschaft suggeriert hatte, war verflogen. Nach und nach zeigte sich ihr ein zutiefst verletzter Mann, der um sich herum eine Fassade aufgebaut hatte, die nicht nur bröckelte, sondern dabei war, einzustürzen.

Marias Stimme nahm einen schmeichelnden Klang an. »Ich würde es trotzdem besser finden. Es sieht merkwürdig aus, wenn du dich nicht gemeldet hast und es durch irgendeinen dummen Zufall herauskommt.«

Kristian nickte. »Du hast recht. Ich werde mich bei diesem Rothko melden. Dann kann ich gleich sehen, wie kompetent der Mann ist. Oder auch nicht.« Er hielt an und sah Maria tief in die Augen. »Doch egal, ob ich ihn für fähig halte oder nicht: Wir werden nicht nachlassen, den Mörder aufzuspüren. – Du weißt doch schon eine ganze Menge. Dass dort ein Mann war an jenem Morgen, an dem Achim verschwand. Die Sache mit der Schlange, die Sache mit dem Bernstein ... Wir müssen nur die Fäden verbinden, dann kommen wir drauf.«

»Ich weiß nicht.« Maria war nicht überzeugt davon, dass sie in der Lage war, einen Mörder zu finden und fand die Idee auch nicht verlockend. »Ich habe Angst. Ich fürchte mich vor dem Mann.«

Kristian küsste sie auf die Wange. »Warum? Hast du ihn damals doch erkannt und möchtest ihn schützen? Weil du ihn kennst und es nicht wahrhaben willst?«

Erschrocken wich Maria zurück. Erst in der letzten Nacht glaubte sie ein Gesicht zu der Person vor Augen gehabt zu haben, doch sie hatte sich abgewandt, wollte es nicht sehen. »Ich weiß es nicht, Kristian. Ich weiß es einfach nicht.«

»Also doch«, flüsterte er und begann Marias Gesicht mit zahlreichen Küssen abzutasten.

SEELENPFAD 10

*... lasse sie weiden
auf grünen Wiesen der Erinnerung ...*

Margot Bickel (* 1958)

Karl war froh, dass Maria gleich losgelaufen war. Sie hatte nicht einmal Tant' Mimis Frühstück angerührt. Die hatte es nur mit grimmigem Gesicht weggestellt und sich zum Mittagessenkochen zurückgezogen, mit den Worten, sie wisse zwar nicht, wer komme, aber sonntags gäbe es bei ihr immer etwas Anständiges.

Karl ging in Marias Zimmer. Er hatte mitbekommen, dass sie etwas von einem Bild gefaselt hatte, das Achim kurz vor seinem Tod gemalt hatte. Und dass dieser Lukas angeblich fast dasselbe gepinselt hatte. Jungs waren eben nicht sehr einfallsreich, was konnten das schon für Beweise sein. Argumente von Hobbydetektiven, denen kein Gericht Beachtung schenken würde. Zumindest hoffte er das.

Marias Zimmer roch ungelüftet, ihr Bett war nicht gemacht. Die Decke lag achtlos über der Matratze zerknüllt, alles spiegelte den überstürzten Aufbruch wider, der nicht zu ihrer sonst so peniblen Art passte.

Sie hatte ihren Koffer gar nicht erst ausgepackt, demonstrierte so, dass sie nicht hierher gehörte, sondern nur einen kurzen Aufenthalt plante.

Eine Widersinnigkeit, da sie ohnehin nicht gehen würde, bevor sie wusste, was genau mit den beiden Jungen passiert war. Maria machte sich selbst etwas vor.

Es widerstrebte Karl schon, den Koffer zu öffnen und damit die Schwelle der Privatsphäre dermaßen zu überschreiten. Aber ihm blieb keine Wahl, wollte er nicht endlich einen Schlussstrich unter alles ziehen. Seine Nichte steigerte sich viel zu stark in die Sache hinein. Sie sollte einfach Daniel heiraten, ein oder zwei Kinder in die Welt setzen und anfangen zu leben.

Zuoberst im Koffer lagen ihre BHs und Slips. Sie waren durchweg in schlichtem Beige oder Weiß gehalten. Maria schien wahrlich nicht vorzuhaben, je einem Mann schöne Augen zu machen. Wie gut, dass Daniel sie auch so haben wollte.

Karl legte die Wäsche mit spitzen Fingern beiseite. Es wäre ihm unangenehm, wenn seine Nichte mitbekam, dass er in ihren Anziehsachen gewühlt hatte.

Es würde allerdings schwierig werden, ihre Sachen genau so akkurat anzuordnen, wie Maria sie hineingelegt hatte. Selbst in diesem Koffer lagen die Shirts und Pullover sorgfältig Kniff auf Kniff.

Maria legte nicht viel Wert auf ihr Äußeres, aber es war ihr schon als kleines Mädchen immer äußerst wichtig gewesen, das alles seine Ordnung hatte. Nach Achims Verschwinden hatte dieser Ordnungsdrang fast unerträgliche Züge für ihre Mitmenschen angenommen. Zumindest empfand Karl es so. Eine herumliegende Socke genügte in einer empfindlichen Situation, bei ihr fast einen hysterischen Anfall auszulösen.

Maria lebte in ihrer kleinen, geordneten Welt, die sie sich als Schutz vor zehn Jahren gebaut hatte. Doch nun drohte sie, daraus auszubrechen und Dinge zum Vorschein zu bringen, die sie zurückwerfen würden. Es war einfach nicht gut, was sie da tat. Die Vergangenheit musste ruhen, das Leben besser so geordnet bleiben, wie es der Inhalt ihres Koffers suggerierte. Karl war fast am Boden angelangt, hatte das Bild, von dem Maria gesprochen hatte, noch nicht gefunden. Ob sie es immer bei sich trug?

Karl seufzte. Er befürchtete es beinahe. Seine Nichte

würde sich von einem so wichtigen Kleinod nicht trennen, die Wahrscheinlichkeit war groß, dass sie es direkt bei sich hatte.

Mit großer Sorgfalt legte Karl die Anziehsachen in den Koffer zurück und hoffte, es tatsächlich genauso hinzubekommen, wie er es vorgefunden hatte. Wie er Marias Spitzfindigkeit kannte, bestand durchaus die Möglichkeit, dass sie herausfand, wer an ihren Sachen gewesen war. Doch das Risiko musste er eingehen.

Nachdem Karl es geschafft hatte, alles zurück zu sortieren, zog er vorsichtig die Nachttischschublade auf. Doch dann klapperte die Haustür. Karl hielt die Luft an und bemerkte, wie sein Kiefer mit winzigen Schnappbewegungen auf und zu klappte.

In Windeseile griff er in die Schublade. Zuoberst fand er ein Buch, das er herauszerrte. Darunter lag ein Stück Papier. Er drehte es um. Es war das Bild! Karl stopfte es sich in die Hosentasche und schob die Lade wieder zu. Irgendwie musste er aus der Nummer herauskommen. Maria durfte ihn hier nicht finden. Es wäre sein Aus.

Er stürzte in den Flur, von dort in die Küche, wo er sich auf einen der Stühle fallen ließ. Als seine Nichte ihre Nase hereinsteckte, hatte er es sogar geschafft, sich eine Illustrierte zu angeln und vorzugeben, er lese darin.

»Hallo, Onkel Karl. Du liest in einer Zeitschrift?«

Karl wurde rasch bewusst, dass es für ihn absolut untypisch war, sich in so einer Tratschzeitung zu verlieren. Maria war sensibel genug, um festzustellen, dass etwas nicht stimmte.

Für den Moment war Karl versucht, ihr die Wahrheit zu sagen, entschied sich aber in letzter Minute dagegen. Er druckste herum, seine Zähne klapperten recht lautstark zusammen. »Ich habe darüber nachgedacht, was du über Achims Bild erzählt hast. Du solltest das alles vergessen.«

»Warum? Es ist wichtig!« Ihre Augen weiteten sich. »Du kannst ohnehin nichts mehr verhindern. Das Bild liegt als Kopie bei diesem Kommissar.«

Karl schlug die Hände vor seinem Bart zusammen. Er schüttelte immer wieder den Kopf. »Es muss doch weg, es muss weg.«

Maria schloss die Augen, klammerte sich am Türrahmen fest.

»Ich glaube, ich bin jetzt maßlos überfordert«, sagte sie.

Karl wimmerte noch immer sein monotones »Es muss doch weg.«

ooo

Daniel saß in den Dünen. Dort, wo sich keiner aufhalten durfte, um den Dünengürtel nicht zu schädigen und die Vögel nicht zu stören.

Gerade weil es verboten war und er so nicht Gefahr lief, gesehen zu werden, hatte er sich genau hierher zurückgezogen.

Er war völlig durcheinander, fragte sich zum wiederholten Mal, warum er überhaupt nach Wangerooge gesegelt war. Er wollte sich doch schützen, auch vor sich selbst. Stattdessen begab er sich exakt dorthin zurück, wo die Gefahr auf ihn wartete, wo die Erinnerung ihn aufzufressen drohte. Warum tat er das?

Als er am frühen Morgen die *Maria* verlassen hatte, war er schnurstracks an den Oststrand gelaufen, fast so, als ziehe ihn genau diese Gegend magisch an. Nichts hatte ihn in Richtung Dorf gezogen. Er war ein Stück in den Westen gegangen, hatte sich dann aber am Dünensaum hingesetzt. Schließlich war er die Düne bis zum Beobachtungsposten hinaufgelaufen. Der Holzverschlag war groß genug, dass man darin auch picknicken konnte.

An diesem Morgen waren bereits erstaunlich viele

Menschen unterwegs. Er drückte sich in die Ecke des Vierecks. Immer wieder überzog ihn ein Zittern.

An der Treppe zu seinem Rückzugsort hörte er Stimmen. Sie gehörten zu ein paar Jungen, die durch den Sand tobten, sich damit bewarfen und albern umhertollten. Er drückte sein Gesicht in die Ellenbeuge, hielt sich anschließend aber die Ohren zu. Er wollte diese Stimmen nicht hören, wollte, dass sie einfach verschwanden. Er hasste Jungen in dem Alter. Sie hatten ihm Maria weggenommen. Ohne Achim wäre er jetzt mit ihr verheiratet, sie wäre das normale, wenn auch zurückhaltende Mädchen geblieben. Er verabscheute diese hellen Stimmen, die ihm auf den Nerven herumhämmerten. Er konnte die Gesichter nicht ausstehen, die von Zahnlücken geprägt waren. Lücken, durch die diese Kerle regelmäßig ihr schaumige Spucke rotzten. Wenn Daniel zwischenzeitlich der Gedanke kam, dass er genau das früher immer getan hatte, so verdrängte er ihn erfolgreich.

»Haut ab!«, herrschte er die beiden Jungen an, die entsetzt nach oben blickten. Sie hatten den in sich versunkenen Mann zuvor gar nicht bemerkt. Auch während er rief, schaute er nicht auf, presste den Ton zwischen seinen Beinen hindurch, roch seinen eigenen Atem, der ihm schal und schlecht riechend vorkam. »Nun geht endlich, sonst geschieht ein Unglück!«

Daniel hörte, wie sich die kleinen Füße entfernten. Die Stimmen verstummten zunächst, um später ein Stück weiter weg erneut laut lachend zu ihm herüberzuschallen.

Daniel atmete ruhig ein und aus. Die Gefahr war gebannt, die Jungen waren weg. Je entfernter die Stimmen zu ihm herüberklangen, desto mehr beruhigte sich sein Herzklopfen, bis es schließlich den normalen Rhythmus wiederfand.

»Was brüllen Sie die Kinder so an?« Ein stark beleibter Mann baute sich vor Daniel auf. »Wieso geschieht ein

Unglück, wenn sie bleiben? Sie wissen schon, was hier passiert ist?« Er drehte sich um, nuschelte dabei so etwas wie »Wer weiß, ob Sie nicht damit zu tun haben.«

Daniel sank immer mehr in sich zusammen, beobachtete, wie der Mann sein Mobiltelefon zückte. »Ich rufe die Polizei. Sie scheinen mir doch ein merkwürdiger Zeitgenosse zu sein.« Der Mann drückte sich das Handy ans Ohr.

Noch bevor Mann auch nur ein Wort hineinsprechen konnte, sprang Daniel auf, schlug ihm das Telefon aus der Hand, schubste ihn beiseite und raste die Stufen hinunter. »Was soll das, du …!«, tönte es hinter ihm her. Er rannte und rannte …

Als er um die Ecke bog, stolperte er, fiel der Länge nach hin, schaffte es aber, sich aufzurappeln und lief weiter.

Der dicke Mann folgte ihm. Daniel hörte es an der Vibration des Sandbodens und des Schnaufens. Es war kaum auszuhalten, dieses Geräusch. Es kam näher und näher. »Ich hole die Polizei! Sie …« Was der Mann genau sagte, verstand Daniel nicht. Er schaffte es jedoch rasch, aus dem Blickfeld des Mannes zu verschwinden. Schwer atmend ließ er sich in eine Kuhle der Dünen fallen.

Das war verdammt knapp gewesen. Es hätte Daniel jetzt gerade noch gefehlt, erneut von Rothko in die Zange genommen zu werden. Warum zum Teufel war er beim Anblick der Jungen nur so ausgerastet. Er musste sich unauffälliger verhalten, wenn er nicht weiter im Kreuzfeuer der Ermittlungen stehen wollte. Jetzt war es jedoch vorrangig, von hier zu verschwinden. Nicht, dass der Typ die Polizei wirklich alarmierte … Daniel sah sich vorsichtig um und machte sich anschließend zurück auf den Weg zum Ostanleger. Erst lief er recht rasch, seine Schritte verlangsamten sich aber, als er merkte, dass ihn keiner mehr verfolgte.

ooo

Angelika war erstaunt, wer sie jetzt besuchen kam. Sie war gerade dabei zu packen. Es gab nichts mehr, was sie auf Wangerooge hielt. Hier verschärfte sich nur ihr unbändiger Hass, vor dem sie mittlerweile selbst Furcht hatte. Es war einfach besser zu gehen. Sie wollte die Insel heute mit dem letzten Schiff verlassen und nie mehr zurückkommen.

Sobald Lukas zur Beerdigung freigegeben worden war, würde sie auch ihre Wohnung wechseln, in ein kleines Appartement ziehen. Das reichte für sie. Niemals mehr könnte sie jemanden dicht an sich heranlassen. Sie hatte es zwei Mal gewagt in ihrem Leben und war zwei Mal gescheitert. Der eine Mensch hatte sie nach Strich und Faden betrogen, am Ende verlassen und dadurch so tief verletzt, dass die Wunde nie mehr heilen würde. Der andere hatte ihr den Halt gegeben, den sie dringend brauchte. Bis er ihr ebenfalls weggenommen worden war. Brutal, einfach so, ohne Vorwarnung.

Es war besser für sie, wenn sie sich ausschließlich auf die Arbeit konzentrierte. Das Glück war ihr ohnehin nicht hold.

Ganz abgesehen davon, dass sie nie mehr den Mut haben würde, dem Glück die Tür auch nur einen Spalt breit zu öffnen. Lieber keines haben, als es zuzulassen und es ein weiteres Mal so brutal entrissen zu bekommen.

Es klingelte erneut an der Tür. Angelika war so in Gedanken versunken gewesen, dass sie das erste Läuten völlig verdrängt hatte. Schweren Schrittes schleppte sie sich zur Tür. Vor ihr stand Dieter. Bleich, tiefliegende Augen und den Bart seit der letzten Begegnung nicht mehr rasiert.

»Was willst du?«, fragte Angelika, ließ ihn aber ein.

»Ich kann nicht allein sein«, sagte er. »Mich quält das alles so.« Er schlich mit gebeugtem Oberkörper Richtung Sessel und ließ sich darauf fallen.

»Ich möchte lieber für mich trauern. Für uns beide gibt es keine gemeinsamen Tränen mehr. Die habe ich ausgeheult.«

Dieter hatte seinen Kopf bereits in den Händen vergraben, Angelika ging diese theatralische Art auf die Nerven. »Ich glaube dir unbesehen, dass du um deinen Sohn weinst, aber er war es dir nicht wert genug, um die Familie zu kämpfen. Bitte verlasse diese Räume. Ich möchte packen.«

Dieter hob den Kopf. »Du fährst? Und du meinst es ernst, dass ich gehen soll?«

»Verdammt ernst. Es gibt keine Zukunft für uns. Schon gar nicht mehr ohne Lukas.« Angelika hatte bereits wieder einen dicken Kloß im Hals hatte. »Du hättest damals einfach bleiben sollen. Ich hätte dir die Affäre verziehen. Weil du und die Familie so wichtig waren.«

Dieter nickte. »Ich wollte euch nie verlieren. Ich war verrückt, das alles aufzugeben. Vielleicht würde Lukas noch leben, wenn ich geblieben wäre.«

Angelika fuhr herum. »Vielleicht, vielleicht! Verdammt, Dieter. Lukas hätte dich gebraucht, stattdessen verkrümelst du dich einfach, als hätten wir nie existiert!«

Dieter schluckte. Angelika sah, dass ihm etwas auf der Zunge lag, was er unbedingt loswerden wollte. Sie schaute ihn abwartend an. Ihre Augen ruhten auf seiner stark ausgeprägten Nase, verweilten dann an den schön geschwungenen Lippen, die sie einmal sehr fasziniert hatten. Sie wanderten weiter zu den leicht behaarten Armen, unter deren rötlichem Flaum zahlreiche Sommersprossen ineinanderflossen. Dieters Hände waren schlank und die Finger kerzengerade. Nicht einer bog sich in eine bestimmte Richtung. Seine Hände hatten schon immer einen gewaltigen Reiz auf sie ausgeübt. Auch jetzt merkte sie, dass ihr Anblick sie nicht kalt ließ, wühlten sich doch sofort etliche Erinnerungsbruchstücke an die Oberfläche, die sie mit aller Macht zu verdrängen suchte.

»Wir müssen auch unseren Kontakt beenden. Ich kann und will dich nicht mehr sehen. Du bist ein Teil meines Lebens, das ich ausgrenzen möchte.«

Dieter traf diese Antwort tiefer, als sie erwartet hatte. Seine Nasenflügel weiteten sich. Seine Hände flatterten.

Es berührte Angelika aber nicht. Sie hatte sich bei all dem Schmerz, der ihr zugefügt worden war, verdammt weit von ihrem Ex-Mann entfernt. Von Liebe war schon lange nichts mehr zu spüren. Sie nickte ihm kurz zu und er bewegte sich auf die Tür zu wie ein Hund mit eingeklemmtem Schwanz. Angelika wusste nicht, was Dieter sich von ihr erhofft hatte, aber klar war, dass diese Abfuhr nicht in seinen Plan passte.

»Du wirst es bereuen, Geli. Dass du mich jetzt davonjagst«, sagte er, bevor er die Tür hinter sich ins Schloss zog.

Von draußen wehte ein kalter Luftstrom in das Appartement, der Angelika frösteln ließ.

ooo

Maria war durch ihr Treffen mit Kristian noch recht aufgewühlt. Zwischendurch hatte sie tatsächlich geglaubt, das Gesicht von Daniel gesehen zu haben, aber es konnte auch sein, dass sie sich etwas vormachte. Sie erschien sich selbst nicht mehr als zurechnungsfähig und nun verlangte Kristian von ihr, dass sie sich auf Mördersuche machte. Das war doch krank. Sie hatte weiß Gott zu viel mitgemacht, als dass sie zu solchen Aktionen in der Lage gewesen wäre. Wer weiß, in welche Gefahr sie sich damit begab. Das war ihr in dem Augenblick schon klar geworden, als Kristian ihr unterstellt hatte, sie kenne den Täter doch. Wenn der Mann das ebenfalls wusste, sie damals erkannt hatte, dann war sie bereits jetzt in großer Gefahr – weil sie aufgedeckt hatte, dass Achim, genau wie Lukas, ermordet worden war.

Sie hatte den Mörder als Einzige gesehen, auch wenn sie ihn absolut nicht beschreiben konnte. Weil sie sich zehn lange Jahre eingeredet hatte, es sei ein Trugbild gewesen, das sie sich eingebildet hatte, um sie selbst zu entlasten.

Dann das merkwürdige Benehmen von Onkel Karl vorhin. Sie wusste nicht, was sie davon halten sollte.

Maria schloss die Tür hinter sich. Trotzdem hörte sie Tant' Mimi in ihrem Zimmer singen. Laut und falsch intonierte sie Udo Jürgens. »Mit 66 Jahren, da fängt das Leben an ...« Maria schüttelte den Kopf. Das Ihre war schon mit Mitte zwanzig irgendwie vorbei. Bei Angelika hatte es mit Mitte dreißig aufgehört. Komisch, zu leben und doch gleichzeitig das Gefühl zu haben, gar nicht richtig dabei zu sein. Eine Art Schwebezustand.

Nur Kristian hatte es vermocht, ihr ein Stück Lebendigkeit zurückzugeben. Jetzt war er selbst derjenige, der etwas Rückhalt brauchte.

Maria lehnte sich mit geschlossenen Augen gegen die Tür. Sie hielt inne. Hier stimmte etwas nicht. Sie blinzelte, ließ ihren Blick im Zimmer umherwandern. Ob es ein bestimmter Geruch war oder ein nur minimal anders angeordneter Gegenstand, sie konnte es nicht sagen ... Maria sah sich prüfend um, versuchte, ihr ungutes Gefühl zu konkretisieren. Der Kerzenständer war ein winziges Stück beiseite gerückt. Vielleicht hatte Tant' Mimi hier sauber gemacht? Aber das sollte sie eigentlich nicht, das war gegen die Abmachung.

Maria blickte sich weiter um, taxierte die Wände, ließ ihre Augen Zentimeter für Zentimeter über die Möbel gleiten. Schließlich verharrte ihr Blick auf ihrem Koffer. Der Deckel war nicht so zugeklappt, wie sie ihn hinterlassen hatte und als sie ihn aufschlug, war ihr sofort klar, dass irgendwer ihre Sachen durchsucht hatte. Nicht ein Pullover, nicht eine Bluse war sorgfältig hineingelegt worden. Ihr Blick wurde von einer sagenhaften Unordnung beleidigt. Was sie hier im Koffer vorfand, war zumindest für ihre Begriffe ein außerordentliches Durcheinander, auch wenn derjenige, der es verursacht hatte, ganz bestimmt glaubte, alles völlig ordentlich hinterlassen zu haben.

Maria nahm ihre Anziehsachen heraus, ärgerte sich, dass sie sie nicht doch in den Schrank eingeräumt hatte. Aber Mimis Schränke rochen allesamt süßlich, alt und nach Mottenpulver. Das hatte sie sich und ihren Klamotten nicht antun wollen.

Was aber nur hatte derjenige gesucht? Es fehlte auch nach sorgfältiger Überprüfung nichts. Sie stellte sich hin, sog die Luft in ihrem Zimmer ein. Jetzt wusste sie, was sie irritiert hatte. Der unverkennbare Seifengeruch nach Tabak, der nur einem Menschen in diesem Haus anhaftete. Onkel Karl.

Maria beschlich plötzlich eine furchtbare Ahnung. Ihr Onkel konnte nur eines im Sinn gehabt haben. Achims Bild. Davon hatte er gesprochen. Er wollte, dass sie nicht länger in der Vergangenheit kramte, warum auch immer. Sie drehte sich um und zog die Nachttischschublade auf.

ooo

Karl hörte Maria in ihrem Zimmer rumoren. Es war klar, dass es ihr auffallen würde, wenn jemand an ihren Sachen war. Das hatte sie mit einem Instinkt sondergleichen schon als Kind bemerkt. Karl goss sich einen Tee ein, bemühte sich, Tant' Mimis Gesang zu überhören. Wenn sie sang, machte ihn das unterschwellig aggressiv, weil sie nur jeden dritten Ton sauber traf und auch, weil Karl im Allgemeinen von Musik nicht allzu viel hielt. Unnötige Ohrbelastung, wie er fand. Nun aber wollte er es aushalten. Vor Mimi würde Maria nicht so ein Gezeter machen.

Karl zuckte zurück, er hatte sich die Zunge verbrannt. Zeitgleich ging die Tür auf und seine Nichte betrat die Küche. Nicht behutsam und zurückhaltend wie sonst. Maria polterte herein, stieß die Tür dabei auf, dass sie hinten gegen den Schrank schlug. Ihr Gesicht hatte eine unnatürlich rote Färbung. Alles an ihr zeigte Wut. Ihre Haltung, die nicht, wie normalerweise, leicht gebeugt, sondern kerzengerade war. Ihr Gesichtsausdruck, der nicht, wie sonst, von freundlichen Augen geprägt war, sondern von einem Blick, aus dem Feuer zu lodern schien. Selbst Marias Haar umrahmte nicht strähnig ihr Gesicht, stattdessen schleuderte und schwang es herum. Vor Karl stand ein völlig anderes Wesen als das, was er bislang kannte.

»Wer war an meinen Sachen?« Für ihr aufgebrachtes Aussehen war Marias Stimme beängstigend ruhig. Sie klang in etwa so, als frage sie nur, ob noch Butter im Haus sei. Doch Karl spürte den gefährlichen Unterton, die Brisanz der Lage.

»Wer soll an deinen Sachen gewesen sein und warum?«, fragte er und schlürfte betont lässig seinen Tee. Er konnte das Zittern der Hand allerdings nicht ganz vermeiden und wusste, dass auch Maria es bemerken würde.

»Rede nicht darum herum, Onkel Karl. Was hast du gesucht?«

»Vermisst du denn etwas?«

»Das Bild!«, schrie Maria. »Und das weißt du ganz genau!«

Karl stellte die Tasse zurück auf die Untertasse, dabei fiel der Löffel auf den Boden. Das klimpernde Geräusch bohrte sich Karl unangenehm ins Ohr. Er zog die Schultern hoch, versuchte eine bedauernde Mimik an den Tag zu legen, merkte aber, dass es ihm nicht recht gelang.

Maria stürzte sich auf ihn, erhob die Faust. Es fehlte nicht viel und sie hätte sie ihm ins Gesicht geschlagen. Er fing ihren Unterarm gerade noch so ab.

»Ich habe das Bild nicht, meine Kleine«, quetschte er zwischen den Zähnen hervor.

Maria sah ihn nur stumm an und glaubte ihm kein Wort.

»Trink mal eine moi Tass Tee!«, gellte Tant' Mimis Stimme durch die Küche. Sie musste sie eben erst betreten haben. Maria hörte nicht hin, sondern taxierte ihren Onkel weiter mit dem bohrenden Blick, der ihm Schweißperlen auf die Stirn trieb.

Karl erhob sich. Beim Aufstehen stützte er sich mit der Hand auf der Armlehne ab, kam nur schwer aus eigener Kraft hoch. Es war fast so, als sauge Maria ihm mit ihrem Blick alle Dynamik aus den Adern. Er musste raus hier, nur weg. Sonst war er ein toter Mann oder zumindest fühlte er sich so. Diese Energie hatte er seiner Nichte nicht zugetraut.

»Jetzt haust du einfach ab, oder was?« Marias Stimme hatte an Ruhe verloren, klang eher schrill.

Karl presste die Hände an seine Ohrmuscheln und stolperte in den späten Nachmittag hinaus.

SEELENPFAD 11

Vollendung

Da draußen spielt mit Wolken der Wind,

Georg Trakl (1887-1914)

Der Mann sieht den Jungen schon von weitem. Sein Gang gleicht dem eines unerfahrenen Kängurus. Ständig in Bewegung, ständig auf und nieder. Dabei schlackern die Arme um den dünnen Leib, als seien sie Fremdkörper. Früher ist ihm nie klar gewesen, wie viele es von dieser Sorte gibt. Jungen, die ihm ähneln, wie er als Kind gewesen ist. Jungen, deren Auftreten dem gleicht, was er einmal war. Bis er zu dem starken Wesen geworden ist, dem Handlanger Gottes.

Seinem Empfinden nach hat sich alle Welt im wirklichen Leben von ihm abgewandt. Dort ist er allein. Aber wenn er bei den Kleinen ist, ihnen hilft, ihr Seelenheil zu finden, ist er wichtig, spürt die unglaubliche Liebe des Göttlichen in sich. Trotzdem kostet es ihn Kraft. Er braucht viel Energie, um all das durchzustehen. Für Freunde bleibt da wenig, auch wenn er schon auf Maria hofft. Sie ist eine tolle Frau, nur merkt sie nichts davon, lebt immer noch in der Zeit von vor zehn Jahren. Sie hat ihn gesehen damals, aber anscheinend nicht erkannt. Trotzdem macht sie das zu einem Risiko. Eigentlich müsste er sie längst beseitigt haben, aber er kann es nicht. Sie ist ihm wichtig. Immer wieder redet er sich ein, dass sie keine Gefahr ist. Sie hätte schon lange etwas gesagt. Oder doch nicht? Weil sie vor lauter Loyalität blind ist? Doch sie hatte Achim zu sehr geliebt, als dass sie jemanden schützen würde. Wenn sie den Mörder kannte, würde sie nicht schweigen.

Sein Blick folgt dem Kängurujungen. In der Kirche war ihm der beschwingte Hoppelgang nicht so aufgefallen wie jetzt, wo der Junge von Gerüst zu Gerüst hüpft.

Er mustert die umstehenden Frauen, schaut, ob eine das Kind ganz besonders im Auge hat. Die richtige Mutter ist nicht hier, das hat er schon ausgespäht. Als der Kleine von der Schaukel stürzt, kommt auch keine der Frauen zu ihm gerannt und wischt die Tränen ab. Keine putzt den Sand von der Jeans. Der Kleine ist allein.

Der Mann leckt sich die Lippen, spürt einen unwiderstehlichen Drang in seinen Händen. Es beginnt in ihm zu kribbeln, die Anspannung durchfährt seine Gliedmaßen, seine Hose verengt sich im Schritt. Es ist wieder so weit. Der Junge muss gerettet werden. Jede Faser seines Körpers ist auf Spannung. Er wird sich dem Kind nähern. Er braucht Zeit, das unterschätzen viele Menschen. Kein Kind vertraut einem auf Anhieb. Aber er weiß, wie es geht.

Der Junge nimmt sofort Blickkontakt zu ihm auf. Der Mann lächelt ihn an.

Der Kleine kommt ihm näher. Unauffällig, im Spiel. Hin und wieder schaut er zu ihm hin, spürt den warmen Blick des Mannes, der den Jungen in den Bann zieht und dazu auffordert, herzukommen. Das gelingt immer. Der Mann kann es selbst nicht erklären. Keine Mahnung der Mutter hat je einen Jungen davon abgehalten, ihm nahe zu kommen.

Drei Meter trennen sie noch. Der Mann umschließt den Stein in der Tasche mit seinen Fingern. Er ist noch kalt. Wenn das Kind hier ist, wird er sich der Körperwärme angepasst haben und er wird ihn als Kostprobe in die sandige und klamme Kinderhand gleiten lassen. Jungen in dem Alter und dieser Art haben immer feuchte Hände. Dieses Kind hier ziert auch ein roter Kranz um den Mund. Ständig gleitet die Zunge benetzend darüber, will der wunden Stelle Feuchtigkeit bieten, macht sie aber dadurch nur umso trockener. Kinder wissen das meist von ihren Müttern, aber sie lassen das Lecken nicht.

Das Herz des Mannes schlägt schneller. Jetzt darf er keinen Fehler machen, es ist eine sensible Phase, in der die Jungen noch den Mut haben, sich wieder zurückzuziehen.

Der Kleine bleibt. Und sieht ihn von unten an, schaut fragend. Der Mann lächelt noch immer, ohne etwas zu sagen.

»Kommst du mit? Da vorne hin? Ich zeig dir was.« Der Mann deutet mit dem Kopf in Richtung Schwimmbad. Der Junge muss ein Stück von den anderen Müttern weg. Diese Frauen sind eine latente Gefahr, beobachten alles. Vor allem in Zeiten wie diesen. Doch er ist niemand, dem sie es zutrauen.

Heute aber scheinen sie mit dem eigenen Nachwuchs beschäftigt, halten ihn anscheinend für den Vater oder Onkel des Kindes.

Der Junge folgt ihm, hat keinen Argwohn im Blick.

Als sie ein Stück von den Müttern fort sind, zieht der Mann den schönen Bernstein aus der Tasche, der sofort im Sonnenlicht zu funkeln beginnt.

»Was ist das?«, fragt der Kleine. Er riecht süß aus dem Mund, ein bisschen nach Bonbon, als er dem Mann näher kommt.

»Ein Zauberstein. Kennst du Zaubersteine?«

Der Junge schüttelt den Kopf. Sein Haar bleibt von der Bewegung unberührt. Es ist zu kurz geschnitten. Der Kleine zieht die Nase geräuschvoll hoch. »Zeig mal!«

Der Mann streckt ihm die Hand entgegen. »Sei vorsichtig, er ist wertvoll.«

Der Junge nickt, lässt den Stein durch seine Finger gleiten, erspürt die geschliffene Oberfläche. »Er ist schön«, flüstert er.

»Magisch. Er hat ganz viel Zauberkraft. Möchtest du auch so einen haben?«

Der Junge nickt. Ganz rasch gleitet sein Kopf auf und nieder.

»Wem willst du denn helfen? Dafür sind Zaubersteine nämlich da.«

»Meiner Katze. Sie ist alt und wird bald sterben. Ich will das aber nicht.«

Der Mann lächelt sein sanftes Lächeln. »Wenn du einen solchen Stein findest, dann lebt deine Mieze ewig. Das verspreche ich dir. Nur«, er macht eine Pause, »wenn du auch nur ein Wort zu jemandem sagst, ist der Zauber weg. Sie stirbt noch im selben Moment. Du wärest also schuld am Tod deiner Katze. Überlege dir also gut, ob du einen solchen Wunschstein besitzen möchtest.«

Der Junge nickt. »Kann ich nicht deinen haben?«

»Oh nein, jeder Mensch, der die Kraft des Steines haben will, muss sich selbst einen suchen und das ist nicht so leicht. Aber man bekommt schließlich auch etwas ganz Außergewöhnliches dafür.«

»Ich möchte so einen Stein«, sagt der Junge. »Was muss ich tun?« Seine Augen leuchten.

Der Mann hat es gewusst. Jeder Junge in dem Alter will ein Held sein. Darin unterscheiden sie sich nicht.

»Es ist gefährlich«, sagt der Mann. Aber er lächelt. Das nimmt der Bedrohung die Schärfe.

»Ich möchte, dass Monka ewig lebt«, sagt der Junge. Wieder gleitet die Zunge über die roten aufgesprungenen Lippen. Sein Lächeln legt neue, am unteren Rand noch gezackte Zähne frei. Er wird ihn erretten, bevor ihm das große Unheil widerfährt, auch, damit das Lachen bleibt.

»Es ist sogar sehr gefährlich. Auf dem Weg dorthin lauert eine Otter.«

Der Junge schaut ihn an. Seine Miene wird entschlossener. »Eine Otter?«

Der Mann greift in seine Tasche. »Das ist eine Schlange, die in den Dünen lebt. Eigentlich ist sie schwarz mit etwas

Gelb. Aber die Otter, die die Zaubersteine bewacht, ist eine besondere. Sie ist größer, hinterhältiger und gefährlicher.«

Ein bisschen zuckt der Junge zusammen, aber der Mann weiß, dass er schon zu weit auf dem Pfad ist, als dass er umkehren könnte. Der Kleine wird das Abenteuer wagen, weil er Monka zu sehr liebt.

»Was muss ich tun, damit die Otter mich nicht beißt?«

Der Mann zögert, kneift die Lippen zusammen, wackelt mit dem Kopf und schaut dabei liebevoll besorgt auf den Kleinen hinab. Diese Geste ist unglaublich wichtig, damit die Jungen ihn ernst nehmen, ihm die Gefahr abkaufen. »Du musst allein kommen. Ganz allein. Früh am Morgen, gleich, wenn die Sonne aufgeht. Dann ist die Otter noch müde. Und du darfst dich den ganzen Weg nicht umdrehen.« Er zieht die Hand aus seiner Tasche, zwischen den Fingern blickt ein Schlangenkopf heraus. Mit roten Augen. Den Rest des Körpers hält er verborgen, so wirkt es gefährlicher.

Der Junge zieht den Inhalt seiner Nase erneut geräuschvoll hoch. Er schluckt so laut, dass der Mann es hören kann. »Wann?«, flüstert er. Seine Zunge scheint pelzig am Gaumen zu kleben, die Sprache klingt danach.

Der Mann lässt die Gummischlange in die Tasche zurückgleiten. Er muss einen Tag verstreichen lassen, jemand könnte ihn mit dem Jungen gesehen haben, er muss sich absichern. Ein Tag dazwischen gibt immer Sicherheit. Die Menschen vergessen rasch.

»Du darfst es keinem sagen. Die Sonne muss richtig stehen, die Schlange schlafen.«

Der Junge, hüpft aufgeregt auf und nieder. »Ich sag es nicht. Monka soll leben.«

Der Mann nickt, aber nur mit den Augenlidern. Das hat etwas Magisches. Die Jungen brauchen das. »Du hast die Verantwortung. Du hast in der Hand, ob Monka ewig lebt. Oder sofort stirbt. Kannst du das?«

Der Junge hüpft schneller auf und ab.
Der Mann sieht sich um. Er muss das Gespräch beenden, sonst fällt es auf. »Übermorgen früh! Um sechs Uhr. Ich warte hier. Kannst du dir das merken?«
Der Kleine nickt. Er wird kommen. Ganz sicher.

ooo

Rothko hatte schlechte Laune. Er kam und kam mit der Sache nicht weiter. Das ganze Wochenende hatte er sich in die Kopien der Bilder vertieft. Er hasste Kinderbilder und diese beiden hatten faktisch zu fast hundert Prozent das gleiche Motiv, nur kleine Varianten. So gab es bei Lukas keinen schwebenden Bruder. Und Lukas konnte erheblich besser malen. Die Nasen seiner Figuren wirkten nicht wie Schwerter oder gebogene Säbel, sondern waren erkennbar Riechorgane.

Immer wieder krallte sich das Bild der bunten Kreuzotter in seine Augen. Bernsteine und Schlangen. Verdammt, es musste doch irgendwo einen Zusammenhang geben. Aber jemand, der Kindern mit Schlangen drohte, musste nicht zwangsläufig auch ein Kenner dieser Spezies sein. Er drehte sich im Kreis. Die Obduktion von Lukas hatte auch nur den Erstickungstod ergeben, keine Vergewaltigungsspuren. Er konnte davon ausgehen, dass es sich mit Achim ähnlich verhalten hatte.

Rothko ging es wirklich schlecht. Sein Blick wanderte zu Kraulke, der wie jeden Morgen lautstark seinen Tee schlürfte und sich nichts aus dem fehlenden Kaffee machte. Dazu kam die Tatsache, dass er den Aufräumwahn einfach nicht ablegen konnte und Rothko jedes Barthaar im Waschbecken vorhielt. Nicht direkt, sondern immer, wirklich immer, im Beisein von Ubbo oder dem Wangerooger Kollegen, dessen Namen Rothko sich nicht merken konnte oder wollte. »Herr Rothko hat das Unterholz seines Gesichtswaldes heute im Bad gelassen. Nach dem Fällen.« Natürlich verstanden alle, was Kraulke meinte. Super Nummer.

Er hatte den Kollegen schließlich damit beschäftigt, sich mit allen verschwundenen und ermordeten Jungen im Alter zwischen sechs und acht Jahren bundesweit, aber vornehmlich in Norddeutschland, zu beschäftigen. Das hatte ihn zumindest vorübergehend arg eingebunden.

Es gab einige vermisste Kinder, Kraulke musste sie aber auch nach ihrem Äußeren sortieren, um im »Beuteschema« des Täters zu bleiben. Blond und sommersprossig sollten sie sein, denn die Ähnlichkeit der beiden Jungen war so frappierend, dass es kein Zufall sein konnte.

In einem Schullandheim nicht weit von der Küste war vor vielen Jahren ein Knabe ähnlichen Aussehens verschwunden. Er hatte einen todkranken Vater zu Hause gehabt.

Diese Sache empfand Rothko endlich als brauchbare Spur.

Häusliche Problematik lag allen Fällen zugrunde. Nicht einer der Jungen kam aus einer Familie, in der das Leben einfach geradeaus und unspektakulär verlaufen war.

Es waren auch keine kleinen Schwierigkeiten, mit denen sich die Kinder hatten auseinandersetzen müssen. Es ging um das Überleben oder um Trennung. Kraulke musste weiterforschen. Je mehr Anhaltspunkte sie hatten, desto eher kamen sie dem Täter auf die Schliche. Der Mann würde sich mit irgendetwas verraten.

Aber Rothko bezweifelte, dass der Täter sich noch auf der Insel aufhielt. Obgleich es vermutlich das beste Versteck war, eben weil niemand daran glaubte, dass er so blöd war, sich hier direkt vor den Ermittlern zu verbergen.

Rothkos Anfangsverdacht mit Dieter Mans hatte nicht

eine weitere Spur ergeben. Es war nicht nachvollziehbar, ob der Mann wirklich im Sommer vor zehn Jahren auf Wangerooge gewesen war. Er stritt es ab. Angelika Mans wusste zu wenig über die Touren ihres Mannes, konnte es weder bestätigen noch negieren.

Karl und Daniel hatten beide auf ihre Art einen Schaden, wie Rothko es für sich formulierte. Der junge Mann schmachtete Maria seit Jahren an, obwohl klar war, dass sie das Alleinsein vorzog. Zumindest schien Daniel nicht zu ihrem Favoritenkreis zu gehören. Karl dagegen glänzte mit seiner verschrobenen unnahbaren Art, hinter der man alles oder nichts vermuten konnte.

So ganz passte zu keinem diese Tat, aber auszuschließen war es mitnichten.

Schließlich könnte es noch den großen Unbekannten geben. Den Gast, der vielleicht zwei Mal zum Morden auf die Insel gekommen war.

Wenn man das Verschwinden des Jungen aus dem Schullandheim auf dem Festland hinzunahm, überprüfte, ob vor vielen Jahren …

Rothko schüttelte den Kopf. Das war noch länger her als Achims Tod. Wer sollte sich daran erinnern, wie sollte er das nachweisen.

Aber es war einen Versuch wert. Er musste warten, ob Kraulke noch mehr solcher Jungen auftrieb und dann würde Rothko das Netz zuziehen. Immer enger, bis der Typ nicht mehr daraus verschwinden konnte. Wiederholungstäter agierten nach dem immer gleichen Muster, der würde ihnen früher oder später auf den Leim gehen. Sie kehrten im Regelfall auch an den Tatort zurück, weil es sie stimulierte. Ein Denken, das der Kommissar nicht nachvollziehen konnte. Rothko lehnte sich zurück, als es klopfte.

»Vor drei Jahren«, setzte Kraulke an. Schob sich, wie immer vor der Bekanntgabe einer überaus wichtigen

Nachricht, eine Handvoll Lakritz in den Mund. Sie waren, auch wie immer, voller Flusen, da er sie ohne Tüte in der Hosentasche aufbewahrte. »Vor drei Jahren im April ist ein Junge in der Nähe der Thülsfelder Talsperre verschwunden. Er hatte einen todkranken Hund und kurz vor dem Verschwinden ständig ein Lied gesungen. Das hat er gern gemacht. Nun raten Sie, von was das Lied gehandelt hat?« Kraulke sah Rothko herausfordernd an, doch bevor der antworten konnte, legte er bereits los. »Von einem Wunderstein und einer Schlange, die ihn bewacht. Die gleiche Masche, Herr Rothko. Das ist er.«

Rothkos Herz setzte kurz aus. Jetzt musste er herausfinden, wer von den drei Männern vor drei Jahren an der Talsperre gewesen war. Seine Hände begannen zu zittern, er fühlte plötzlich einen Energieschub, den er kaum im Zaum halten konnte. »Alle drei vorladen, Herr Kraulke. Daniel ist wahrscheinlich mit dem Boot auf See. Egal, alle müssen herkommen. Ich werde sie in die Mangel nehmen. Mit etwas Glück war es einer von ihnen.«

Rothko erhob sich. Er würde im Hotel *Hanken* jetzt seinen wohlverdienten Latte Macchiato trinken, während seine Leute die Verdächtigen zusammentrieben.

ooo

Daniel erwachte von Möwengeschrei.

Er hätte längst wieder lossegeln sollen. Alles hinter sich lassen, nicht hier herumlungern. Er war gestern am Strand ein ganz anderer Mensch gewesen. Verdammt, warum haute er nicht einfach ab? Er musste das alles nicht tun.

In der Nacht hatte er von Schlangen geträumt, die ihre schlanken Leiber um seinen Hals gelegt und ihn erdrückt hatten. So kann er sich vor. Erdrückt, erwürgt, sein Lebenselixier war aus ihm herausgelaufen.

Maria hätte nicht zurück auf die Insel kommen dürfen.

Warum hatte sie nicht einfach alles vergessen, auch, dass sie sich einbildete, jemanden an dem Morgen gesehen zu haben. Das war ihr damals, kurz nach Achims Verschwinden, in seinem Beisein so herausgerutscht. Danach hatte sie nie mehr davon gesprochen, aber Daniel hatte es sich gemerkt. Wie er sich alles merkte, was von Maria kam. Dass er es wusste, hatte sie aber mit Sicherheit längst vergessen. Und nun war ihr dieser Kristian über den Weg gelaufen und sie war für ihn noch unerreichbarer geworden.

Er musste ein neues Leben beginnen. Irgendwo anders und hoffen, dass dieses Gefühl endlich aufhörte.

Daniel sah aus dem Kajütenfenster. Er glaubte, seinen Blicken nicht zu trauen. Da lief Maria und schon wieder hatte sie Achims Vater im Schlepp. Besitzergreifend legte der seinen Arm um ihre Hüfte, drückte sie eng an sich und wagte es sogar, ihr einen Kuss auf die Wange zu geben. Daniel durchfuhr ein heißer Schlag. Er hasste diesen Mann. Was wollte er von Maria? Sie gehörte zu ihm. Von Kindesbeinen an. Niemand hatte das Recht, sich ihr zu nähern. Weder dieser kleine, hässliche Achim noch sonst wer.

Mit großem Entsetzen erkannte Daniel, dass Maria lachte, glücklich war. Sie hatte ein Strahlen im Gesicht, das er noch nie an ihr gesehen hatte. Er schluckte. Warum war es ihm nie vergönnt gewesen, genau dieses Leuchten in ihr hervorzurufen?

Daniel musste sich abwenden, damit er sich bei dem Anblick des augenscheinlich verliebten Paares nicht übergab.

Er stürzte an Deck, lichtete den Anker und startete den Motor. Es würde gerade noch klappen, dass er diesen Liegeplatz verlassen konnte. Als er losfuhr, überkam ihn ein Gefühl der Erleichterung. Er war frei.

ooo

Karl hörte das Klingeln sehr wohl. Er hatte Ubbo mit Buddy vor der Tür gesehen und er wollte nicht öffnen. Ubbo schwatzte zu gern und Karl fehlte jegliche Lust dazu. Er hatte einfach miese Laune, weil Maria ihn keines Blickes mehr würdigte und die Nacht bei einem Kristian verbracht hatte. Sie hatte sich verliebt, hatte sie lapidar gesagt. Er, Karl, wurde immer unwichtiger in ihrem Leben, das war für ihn nur schwer zu ertragen. Die Sache mit Achims Bild war ein großer Fehler gewesen, hatte ihre Beziehung nachhaltig belastet.

Ubbo klingelte recht hartnäckig.

»Ich komme ja schon, verdammt«, knurrte Karl. Vor dem Spiegel ordnete er noch seinen Bart, öffnete anschließend die Tür.

Ubbo schlug mit den Armen um sich. »Ist kalt, Karl. Lass mich rein«, sagte er und betrat auch schon den Flur. Buddy folgte ihm und schüttelte sein Fell. Mimi würde sich über die herumfliegenden Hundehaare sehr freuen.

»Was gibt es? Tant' Mimi ist unterwegs, soll ich Tee machen?«

Ubbo verneinte. Auf Karl wirkte es ein wenig zu energisch. Es war eindeutig: Ubbo wollte möglichst rasch etwas loswerden.

Er winkte ihn in Mimis Küche, schob einen Stuhl als Aufforderung, sich doch zu setzen, beiseite. Buddy ließ sich augenblicklich daneben nieder. Fragend sah Karl Ubbo an. Er war nervös, denn sein alter Kumpel wirkte unbehaglich, wie er auf dem Stuhl hin und her rutschte, das Tischtuch mit den Fingerspitzen dort glättete, wo es nichts zu glätten gab, Krümel herunterfegte, die nicht vorhanden waren.

»Du musst mir ein paar Fragen beantworten.«

Karl runzelte die Stirn. Das Spiel kannte er. »Neue Erkenntnisse?«

Ubbo nickte. »Ein weiterer Junge. Vor vielen Jahren.«

Karl setzte sich unwillkürlich ein bisschen aufrechter hin. »Noch einer«, wiederholte er, um Zeit zu gewinnen. Was versuchte Ubbo da gerade?

»Wir müssen allen Spuren nachgehen.« Er räusperte sich, ruckelte erneut auf dem Stuhl hin und her. »Warst du vor drei Jahren an der Thülsfelder Talsperre?«

Karl wurde bleich, kniff die Lippen zusammen. »Ich sage nichts mehr, Ubbo. Natürlich nicht, das solltest du wissen. Was soll ich dort? Mein Zuhause ist Carolinensiel.«

»Ich muss dich das fragen.« Ubbo senkte den Blick. »Ich weiß ja, dass du wegen bestimmter ...«, Ubbo räusperte sich, »Sachen ein bisschen weiter fährst.« Er blickte Karl an. »Der Kommissar weiß das nicht. Niemand weiß das von dir. Ich wollte auch selbst kommen, dir nicht diesen Lakritz kauenden Kollegen auf den Hals schicken. Und auch nicht den Spürhund, unseren Chef. Das wäre für dich unangenehmer gewesen, glaube es mir. Sei froh, dass ich hier bin.«

»Muss ich jetzt mitkommen?«

Ubbo nickte und erhob sich zeitgleich mit Buddy. Dessen Hinterteil bewegte sich in Ermangelung des Schwanzes freudig hin und her. »Das muss zu Protokoll. Kann ich aber machen. Amtshilfe.«

Karl nahm sich seine Jacke vom Haken und folgte seinem alten Kumpel.

Wie hatten sich die Zeiten verändert ... Seit Maria beschlossen hatte, nach Wangerooge zurückzukehren, war alles so anders. Er wurde von seinem Freund über die Insel zur Polizei geleitet, und Maria vertraute ihm nicht mehr, weil er ihr Vertrauen missbraucht hatte. Er war verdammt allein. Aber war er das nicht schon immer gewesen? Genau diese Einsamkeit war doch der Grund dafür, dass er seiner Nichte hierher gefolgt war, dass er sich in die Sache so tief hineingekniet hatte.

Er folgte Ubbo mit gesenktem Kopf. Er wusste nicht,

ob sie seine Aussage nachprüfen würden. Vor allem nicht, wie.

ooo

Rothko betrachtet Dieter Mans. Er saß mit unbewegtem Gesicht vor ihm. »Sie sind viel unterwegs, Herr Mans?«

Er nickte.

»Und sicher kommen Sie auch hin und wieder an schönen Landschaften vorbei, die Sie zum Verweilen einladen, oder?«

Dieter sah kurz auf. Seine Augen wirkten fahl, es schien fast, als sei er nicht wirklich hier.

»Herr Mans, könnten Sie sich bitte für den Moment auf meine Fragen konzentrieren?« Rothko wurde etwas ungeduldig. Dieser Mann ging ihm gewaltig auf die Nerven. Erst gab er den Don Juan, dann fiel ihm irgendwann ein, dass er Frau und Kind hatte, und schließlich gab er hier den völlig Zerknirschten. Dieses Verhalten machte ihn ungeheuer verdächtig. Dieter Mans war bei näherer Betrachtung, neben Daniel, Rothkos Hauptverdächtiger. Mittlerweile traute er beiden die Taten zu. Warum, konnte er auch nicht genau definieren, aber sie gehörten für sein Empfinden durchaus zu der Kategorie Menschen, denen er nicht nur Gutes zutraute. Daniel war aber im Augenblick nicht auffindbar. Zuletzt war sein Boot am Ostanleger gesehen worden, danach verlor sich seine Spur, denn auch in Carolinensiel hatte er nicht wieder festgemacht.

Dieter Mans saß noch immer stumm vor ihm. Rothko sog die Luft scharf ein. »Ich will jetzt konkreter werden, lieber Herr Mans. Waren Sie im April vor drei Jahren an der Thülsfelder Talsperre?«

»Wo soll das sein?«, fragte Dieter. Es war das erste Mal, dass er eine Reaktion zeigte.

»Es könnte sein, dass Sie das sehr gut wissen. Haben Sie denn keine Unterlagen, die Ihre Reisen bestätigen?« Rothko lehnte den Oberkörper über den Tisch, wich aber rasch zurück, als er wahrnahm, dass Dieter Mans sich wohl nicht gewaschen hatte.

»Ich arbeite nur für mich, da muss ich niemandem Rechenschaft ablegen.«

Rothko erhöhte das Vernehmungstempo, weil sein Gegenüber endlich reagierte. Dessen rasche und durchaus hektische Art zu antworten bestätigte ihn in der Annahme, dass Mans diese Fragen ausgesprochen unangenehm waren. »Aber Sie waren dort oft in der Nähe, stimmt's?«

Dieter schüttelte vehement den Kopf. »Nein«, kam es schließlich über seine Lippen. »Ich kenne die Talsperre nicht!«

»Wir werden es überprüfen. Fotos herumzeigen. Und wir werden es herausbekommen, Herr Mans. Die Schlinge wird enger und enger. Bitte verlassen Sie die Insel noch immer nicht!«

Dieter Mans sprang von seinem Stuhl auf. »Ich habe nichts getan, Herr Kommissar, ich bin unschuldig. Ich habe nur einmal einen Fehler gemacht und das war, als ich meine Familie verlassen habe. Dafür werde ich mir ewig Vorwürfe machen. Aber ich habe weder meinen Sohn noch sonst wen getötet.«

Der Kommissar winkte Dieter Mans müde hinaus.

Jetzt mussten sie noch Daniel auftreiben. Rothko wurde das Gefühl nicht los, dass die Luft brannte, sie nicht mehr allzu viel Zeit hatten. Woher er diese Erkenntnis nahm, war ihm selbst nicht ganz klar. Doch er spürte, dass er schnell handeln musste, um weiteres Unheil zu verhindern.

Er hatte in jedem Fall die Kollegen in Thüle damit beauftragt, die Bilder der verdächtigen Männer dort herumzuzeigen, in der Hoffnung, irgendwer erkenne einen davon.

ooo

Kraulke war sauer. Rothko spannte ihn als Arbeitstier ein, die wirklich interessanten Aufgaben übernahm der Hund lieber selbst. Wie in alten Zeiten. Der Mann würde sich nie ändern.

Er, Kraulke, hatte den toten Jungen an der Talsperre ausfindig gemacht. Gedacht, er würde als Sonderermittler sofort dorthin geschickt werden, um alles auszuloten. Stattdessen faxte Rothko ganz lapidar ein paar Fotos nach Thüle und wartete auf das Ergebnis. So konnte man nicht ermitteln. Der Mann war nach Kraulkes Ansicht völlig aus der Spur, unfähig, einen so komplexen Fall wie diesen zu leiten. Er dagegen hätte mehr Druck gemacht, für Aufsehen gesorgt und wahrscheinlich hätte er auch längst alles gelöst. Er war eben nicht so ein Couchpotato wie sein werter Kollege, der bereits von Kur oder Auszeit auf Wangerooge sprach.

Kraulke war voller Energie, voller Drang, noch etwas zu bewirken und wurde auf dieser abgeschiedenen Insel nur ausgebremst.

Wenn das vorbei war, würde er sich nach einem anderen Posten umsehen. Selbst seine Beförderung hatte ihn nicht an Rothko vorbei katapultiert. So machte es einfach keinen Spaß. Kraulke griff in die Hosentasche. Sein Lakritzvorrat war bis auf ein letztes völlig verdrecktes Männchen aufgebraucht. Er überlegte kurz, ob er es dennoch zu sich nehmen sollte, entschied sich aber dagegen. Nicht, dass er sich hier auch noch den Magen verdarb. Er hoffte, möglichst bald nach Wilhelmshaven zurückkehren und so dem Einfluss von Rothko entfliehen zu können.

Das Telefon klingelte. »Kraulke«, meldete er sich,

konnte dabei aber das aufkommende Magenknurren nicht vermeiden.

»Wir haben die Fotos in Thüle, Garrel und Friesoythe herumgezeigt. Zwei Frauen glauben sich an das Gesicht von Daniel Hicken zu erinnern.«

»Daniel«, wiederholte Kraulke. »Danke!«

Der Hörer wog schwer in seiner Hand. Er hatte ihn noch nicht zurückgelegt, lauschte dem monotonen Tuten. Er musste sich jetzt sortieren, alles richtig machen. Das war sein Weg zur nächsten Beförderung, sein Weg an Rothko vorbei. Für immer. Alles derzeit einfach nur richtig machen.

Er rief sofort auf dem Festland an. Alle Häfen mussten nach Daniels Boot gecheckt, seine Wohnung überwacht werden. Danach rief er Rothko zu sich, setzte ihn von der Meldung aus Friesoythe in Kenntnis. Das Gesicht seines Chefs sprach Bände, aber er schwieg.

Es dauerte keine halbe Stunde, da bekam Kraulke die Nachricht, Daniels Boot läge in Neuharlingersiel. Von Daniel fehle aber jede Spur. Auch die Kontrollen bei den umliegenden Taxizentralen hätten nichts ergeben. Zum Hafen sei an dem Tag kein Wagen gerufen worden. Der junge Mann war wie vom Erdboden verschluckt.

ooo

Daniel befand sich auf der Fähre nach Wangerooge. Er konnte nichts anderes tun, als zurückzukommen. Alles musste zu Ende gebracht werden, er durfte nicht davor fliehen. Das würde er sich sonst nie verzeihen.

Maria hatte sicher bald die Nase voll von diesem Schönling mit dem weichen Gesicht, dem jede Männlichkeit fehlte. Genau wie ihm, wie er sich eingestand. Da hätte sie doch auch ihn nehmen können. Obwohl er durchaus zugestehen musste, dass Kristian ein gut aussehender Mann war. Ihn verunzierte kein äußerer

Makel, nichts, was ihn auch nur ansatzweise entstellte. Er besaß weder Daniels vorstehende Zähne noch den schmalen Körperbau. Daniel hatte zeitlebens gehofft, dass er im Alter genauso wohlproportioniert wie Kristian werden würde.

Es war ein kalter später Nachmittag, der Frühling lag zwar mit all seinen süßlichen Gerüchen schon in der Luft, auch die Tage zeigten sich bereits merklich länger. Und doch schien sich der Winter noch nicht ganz verabschieden zu wollen. Zu oft noch mischte er sich ein und verdrängte die aufkommende Wärme.

Am Hafen standen Polizisten herum. Sie kontrollierten alle Menschen, die das Schiff verließen. Daniel spürte den beschleunigten Herzschlag. Er glaubte zu wissen, dass sie ihm auf den Fersen waren. Sicher hatte der Vater aus den Dünen gepetzt. Durch seine Aktion hatte Daniel sich ganz schön verdächtig gemacht. Ein fataler Fehler, so auszurasten. So etwas war ihm noch nie passiert, aber die Nerven lagen blank, verständlich bei all diesem Stress.

Daniel durchbohrte das schwächer werdende Licht mit seinen Augen. Er konnte das Schiff nicht wie ein einfacher Passagier verlassen, das wäre zu gefährlich.

Zunächst verkroch er sich auf der Toilette. Erst einmal aus der Schusslinie sein, dann weitersehen.

Er setzte sich auf den Klodeckel und dachte nach. Die *Wangerooge* legte an, er hörte, wie die wenigen Gäste nach und nach von Bord gingen. Er blieb sitzen, wartete, bis es ruhiger wurde und das Personal das Schiff erneut zu beladen begann.

Daniel trat an Deck. Die Polizei war verschwunden. Keiner achtete auf ihn. Jetzt machte es sich bezahlt, dass er gelernt hatte, unauffällig zu sein. Er verließ die Gangway und ging Richtung Westen. Durch die Dünen konnte er unbeobachteter laufen. Er war sich noch nicht ganz im Klaren, wo er übernachten sollte.

Er sog die kalte Luft tief ein, fühlte sich dadurch gestärkt. Morgen würden sich bestimmt einige Dinge geklärt haben. Bis dahin musste er sich der Gefahr aussetzen, dass sie ihn fassten. Aber er hatte sich in den Kopf gesetzt, die eine Sache noch zu Ende zu bringen und mit diesem Wissen und dem Stolz wurde er ruhiger und ruhiger, konnte sich fokussieren.

ooo

Maria fröstelte. Sie hatte sich, bevor sie sich auf den Weg gemacht hatte, extra den dicken Rollkragenpullover angezogen. Er sah zwar nicht besonders vorteilhaft aus, weil die Farbe schon arg verblichen war, aber das war immer noch besser, als zu frieren.

Es war ihr fast zu einfach gemacht worden, bei Tant' Mimi hereinzuspazieren, ohne Karl in die Arme zu laufen. Sie wollte ihn nicht mehr sehen.

Er hatte ihr die letzte Verbindung zu Achim fortgenommen, das, was ihr bislang am wichtigsten gewesen war. Sie wusste nur nicht, warum. Karl hatte mit der Sache bestimmt nichts zu tun. Er war ein komischer alter Kauz, oft furchtbar nervig, aber er konnte keiner Fliege etwas zuleide tun. Während sie ohne Skrupel die lästigen Tiere mit gezielten Schlägen ins Jenseits beförderte, zog Karl seit jeher die Marmeladenglasmethode vor. Das klappte natürlich nur in den seltensten Fällen, aber Karl bezeichnete nun mal alle Tiere als Geschöpfe Gottes. Sie waren ihm heilig. Dieses Wort trug er gern auf der Zunge, vor allem, wenn er wieder einige Zeit in der Kirche verbracht hatte, um vor Gott mit seinem Schicksal zu hadern. Umso weniger konnte Maria verstehen, warum er ihr Heiligtum einfach so entwendet und mit Sicherheit auch zerstört hatte. Welchen Grund hatte Karl gehabt? Ständig drehten sich ihre Gedanken um genau diesen Punkt, dauernd kam sie dabei an exakt dieser Ausgangsposition an. Kreiselgedanken nannte sie das. Es war ein Fluch ihrer Seele, dass sie oft Kreiselgedanken hatte.

Sie schminkte sich im Badezimmer, legte etwas MEXX blau auf und spülte ihren Mund vorsichtshalber noch mit Mundwasser. Kristian konnte unersättlich sein, wenn er sie erst in den Armen hielt und jetzt, wo sie seine Liebe immer stärker fühlte, gelang es ihr auch, sich ihm wirklich hinzugeben, seine Berührungen zu genießen, ja sogar eine Vorfreude zu entwickeln. Sie fand auch ihr Gesicht nicht mehr so verhärmt. Verliebt sein macht jung, dachte sie.

Vorhin hatte sie lange überlegt, wie sie Daniel ihr Verhältnis zu Kristian beibringen sollte. Das würde so schwierig sein. Auch wenn sie nie darüber gesprochen hatten, er plante, sie zu heiraten. Sie dagegen konnte sich so eine Beziehung wie zu Kristian mit Daniel nicht im Entferntesten vorstellen. Nie würde sie von ihm geküsst werden wollen.

Er hatte ihr eine SMS geschickt. Sie wollten sich morgen treffen. Sicher ging es darum. Daniel verlangte eine klare Aussage von ihr. Sie fürchtete sich, ihm die Wahrheit zu sagen. Er wäre ausgesprochen verletzt, aber sie konnte ihm schließlich nichts vormachen.

Als sie wieder in den Flur trat, hatte sich Karl darin aufgebaut. »Ich muss mit dir reden. Die Polizei hat mich in Verdacht, die Jungen ermordet zu haben. Hast du ihnen was erzählt?«

Maria schüttelte den Kopf. »Was soll ich erzählt haben? Musstest du zur Polizeistation kommen?«

Karl nickte. »Sie haben einen ähnlichen Fall an der Thülsfelder Talsperre vor drei Jahren gehabt.« Karl brach die Stimme, er schlug die Hände vors Gesicht. »Da war ich noch nie in meinem Leben, Maria! Noch nie!«

Sie legte die Hand auf seinen Arm. »Bleib ganz ruhig.

Sie verfolgen sicher alle möglichen Spuren. Du bist bestimmt nicht der Einzige.«

»Nein«, sagte Karl. »Sie haben auch den Vater des toten Jungen dagehabt, ein ganz windiger Hund. Und ...«, nun sah er Maria direkt an, »sie suchen Daniel. Er ist mit seinem Boot verschwunden. Jetzt beobachten sie die ganze Insel.«

»Oh mein Gott, Karl. Das ist alles so furchtbar. Wäre ich bloß in Carolinensiel geblieben! Dann hätte ich euch nicht mit hineingezogen. Ohne mich wären sie überhaupt nicht auf euch gekommen. Weil niemand Achim gefunden hätte.«

Karl zuckte mit den Schultern, ließ seinen Kiefer in althergebrachter Form auf und zu klappen. »Ich wollte dem Ganzen ein Ende machen. Es sollte vorbei sein. Deshalb habe ich das Bild genommen. Es war aber zu spät. Dachte, es ist endlich vorbei, wenn keiner wegen eines Bildes mehr herumermittelt.«

Maria nickte, strich Karl im Vorbeigehen über den Unterarm und verließ das Haus, das ihr im Augenblick eher wie eine Bedrohung als wie ein zweites Zuhause vorkam.

Karl hatte aber im Prinzip recht. Sie sollte Wangerooge so schnell wie möglich verlassen und einfach ein neues Leben beginnen. Am Geschehen konnte sie nichts mehr ändern, den Mord aufzuklären, würde sie der Polizei überlassen. Dieses Hirngespinst war Kristian doch sicher nur in all seinem Schmerz gekommen.

Morgen, wenn sie sich mit Daniel ausgesprochen hatte, würde sie zurückfahren und sich mit Kristian ein neues Leben aufbauen. Sie stutzte.

Wenn Daniel überhaupt kam. Auch ihm konnte nicht verborgen geblieben sein, dass man ihn suchte. Maria rang nach Luft. Sie fahndeten nach ihrem Freund, weil er abgehauen war. Er hatte Achim gehasst, war blind vor

Eifersucht gewesen. Immer wieder hatte er dem Jungen ein Bein gestellt, wenn er mit dem Essenausteilen dran war. Es hatte ihn gefreut, wenn der Kleine richtig Ärger bekommen hatte.

Daniel kannte sich mit Edelsteinen aus, er hatte eine ganze Sammlung davon und – Maria schoss ein Schmerz durch den Bauch, der kaum auszuhalten war: Daniel hatte im Keller zwei Terrarien. Mit Kreuzottern, die er eingefangen hatte. Was war, wenn sein Hass auf Achim weiter gegangen war und er ihn auf andere Jungen übertragen hatte? Sie hieb sich die Faust vor die Stirn. Das war so krank. Niemals wäre Daniel zu so etwas fähig. Wenn er Emma und Franz, die beiden Schlangen, mit den Wüstenrennmäusen aus der Zoohandlung fütterte, weinte er jedes Mal bittere Tränen, schaute die Tiere danach tagelang nicht an. So lange, bis er sicher war, dass man keine Beule mehr sehen konnte. Daniel war kein Mörder. Sie zückte ihr Handy und schickte ihm eine SMS, auf die er aber nicht antwortete.

ooo

Dieter Mans war verzweifelt. Er hatte sich schon Hoffnungen gemacht, dass Angelika ihm verzeihen würde. Das war aber nicht der Fall. Im Gegenteil: Sie misstraute ihm völlig, glaubte womöglich sogar, er habe etwas mit Lukas' Tod zu tun. Es war zum Verzweifeln. Wenn seine Frau mitbekam, dass ihn die Polizei schon wieder vorgeladen hatte, weil sie dachten, er sei in Thüle gewesen, dann hätte er ganz verloren. Er könnte sich auch einen Strick nehmen. Alles war verspielt. Sein ganzes Glück auf Erden war ihm abhandengekommen, weil er ein Opfer seiner Hormone geworden war. Er hasste sich dafür.

Aber dass die Frau seines Lebens auch nur ansatzweise in Betracht zog, er könne ihr gemeinsames Kind ermordet haben, kränkte ihn zutiefst. Für sie hatten seine Kenntnisse über Edelsteine ausgereicht – ein vager Anfangsverdacht und sie hatte sich in allem bestätigt gesehen. Es war unglaublich traurig. Was musste er in ihr zerstört haben, dass sie ihm so etwas zutrauen konnte.

Dieter betrachtete sich im Spiegel. Er sah gut aus, sein Körper konnte bei weiblichen Wesen immense Reaktionen auslösen. Alle Techniken hatte er drauf. Es hatte in seiner Ehe bekanntlich nicht nur die Beziehung zu der einen Frau gehabt, mit der er durchgebrannt war. Es hatte viele Frauen in seinem Bett gegeben, natürlich ohne Angelikas Wissen. Er war noch nie so froh gewesen wie jetzt, dass ihr all das nicht bekannt war.

Ein Foto von sich hatte er bei dem Kommissar abgeben müssen. Das zeigten sie überall herum. Er war gebrandmarkt. Vielleicht würden sich ein paar der Menschen sein Gesicht einprägen. Nie wieder konnte er sich in der Gegend blicken lassen. Er war ein potenzieller Kinderschänder und damit war seine Chance im Leben verwirkt. Auch wenn er unschuldig war. Vielleicht würde man ihn auch verwechseln, ihn beschuldigen, dass er dort gewesen war, und schon wäre er ganz fest im Visier der Ermittler.

Dieter Mans vergrub sein Gesicht in den Handflächen. Das Schwarz, das ihm in die Augen stach, als er sie öffnete, gab genau die Stimmung wider, in der er sich befand.

Erneut zermarterte er sich den Kopf, wohin ihn seine Reisen vor drei Jahren überall geführt hatten. An die einzelnen Frauen konnte er sich durchaus noch erinnern, an seine verschiedenen Reiserouten jedoch nicht.

Er nahm sich eine Straßenkarte, fuhr mit dem Finger um das Gebiet der Thülsfelder Talsperre. Nach einer Weile stockte ihm der Atem. Ihm sprang der Ort Garrel ins Auge. In Garrel wohnte Sabine, die Frau, die sich so gern fesseln ließ und keine Tabus kannte. Er war aber nur drei Mal dort gewesen, auch wenn ihn ihre Unterwürfigkeit beim Sex total angemacht hatte. Sie war aber zu anhänglich geworden und hatte sich dadurch zu einer Gefahr für seine Ehe entwickelt. So wichtig war ihm der Sex mit ihr dann doch nicht.

Wann war das genau mit ihr passiert?

Er rechnete zurück, erinnerte sich, dass Ostern gerade vorbei gewesen war. Dieter suchte den passenden Kalender im Netz.

Sabine und er. Im April vor drei Jahren. Er war geliefert.

ooo

Rothko freute sich auf den Feierabend, er war müde.

Aber sie kamen voran, da war Müdigkeit nicht angesagt. Gerade hatte das Telefon noch einmal geklingelt und aus dem Hörer war ihm war eine Frauenstimme ins Ohr gekrochen.

Vor drei Jahren sei dieser Dieter bei ihr gewesen. Sie habe eine kurze Liaison mit ihm gehabt, er sei aber später plötzlich verschwunden. Am nächsten Tag habe man den Jungen vermisst, sie könne sich ziemlich gut daran erinnern. Weil sie voller Trauer allein in ihrem Bett gelegen hatte und gleichzeitig die Eltern so bedauert habe.

Ob sie ihm einen Mord zutraue, hatte Rothko sie gefragt.

Das könne man nie genau sagen, schließlich blicke man den Menschen nur vor den Kopf. Er habe im Bett aber eine sehr harte Nummer gefahren, sei wahrhaftig nicht zimperlich. Er habe auf Lack und Leder und Augenbinde gestanden, sie gern mit einer kleinen Peitsche geschlagen, bis sie Striemen hatte. Das habe sie schon als merkwürdig empfunden. Aber nach der dritten Nacht sei der Kerl nicht mehr aufgetaucht. Ob solche Typen per se verdächtig seien, könne sie so natürlich nicht sagen, aber der Mann sei in jedem Fall nicht lupenrein gewesen.

Rothko war froh, als die Frau das Telefonat beendete. Er hatte keine Lust mehr auf weitere intime Details. Zu so etwas gehörten schließlich immer zwei. So unsympathisch er Dieter Mans auch fand, ihm jetzt die alleinige Schuld für die sexuellen Auswüchse zu geben, fand er vermessen.

Er rief Ubbo und Kraulke ins Zimmer. Der Dorfsheriff, gerade war ihm der Name wieder eingefallen, er hieß Jillrich, lief im Augenblick Streife. Der würde noch eine Weile unterwegs sein, worüber Rothko nicht unbedingt unglücklich war.

»Wir haben den Kreis der Täter jetzt doch enger fassen können«, begann er. »Ich glaube, unsere Ermittlungen im Umkreis der Personen, die mit Wangerooge in irgendeiner Form verbunden sind, waren ein guter Ansatz. Bei allen drei Fällen, Achim, Lukas und dem verschwundenen Tim, handelt es sich um ähnlich aussehende Jungen. Sommersprossig, dünn, blond und mit belastetem familiärem Hintergrund. Alle drei sind mit dem Hilfsmittel eines Wundersteins, der diese Situation ändern sollte, angelockt worden. Auch scheint die Kreuzotter eine besondere Bedeutung zu haben.« Rothko räusperte sich, schaute in die Runde und erntete anerkennendes Nicken. »Zwei der drei verdächtigen Männer sind in Thüle, Garrel oder Friesoythe gesehen worden, wobei man bei reinen Fotogegenüberstellungen natürlich vorsichtig sein muss. Zumal es bereits drei Jahre her ist.«

»Die beiden sind Daniel und Dieter, oder?«, fragte Ubbo. »Dann ist Karl also raus.« In seiner Stimme klang so etwas wie Hoffnung mit.

Rothko schüttelte den Kopf. »Raus ist zu viel gesagt, aber er gehört nicht mehr zum Kreis der Hauptverdächtigen. Wenn wir keine weiteren Erkenntnisse mehr bekommen.«

Ubbo nickte. Rothko sah ihm an, wie froh er war, dass sein alter Kumpel vorerst aus der Schusslinie war.

»Dieter Mans ist für uns erreichbar, wir werden jetzt überprüfen, ob wir an Lukas' Leiche Spuren von ihm zum Abgleich finden. Daniel ist noch flüchtig.« Rothko wandte sich an Kraulke. »Hat die Handy-Ortung etwas ergeben?«

Sein Kollege schüttelte den Kopf. Daniel schien sich seines Handys entledigt zu haben. Er wollte definitiv nicht gefunden werden, was ihn in den Augen des Kommissars noch verdächtiger machte.

»Mein Augenmerk liegt ein Stück weit mehr auf Daniel, rein intuitiv«, sagte er. »Aber wir müssen auch Dieter Mans im Auge behalten.«

»Heute Nachmittag hat sich noch ein Mann beschwert«, ließ Ubbo sich plötzlich vernehmen. »So ein Irrer hat seine Söhne lautstark von der Seite angemacht und ist anschließend auf ihn losgegangen. Die Beschreibung passt auf Daniel.«

Rothko fuhr herum. »Und das sagen Sie erst jetzt?«

Ubbo wurde rot. »War doch mit Karl beschäftigt.«

Rothko blies die Luft aus wie ein wütender Stier. »Also gut. Wir warten die direkten Abgleiche von Dieter Mans und Lukas ab. Danach müssen wir alles daransetzen, Daniel zu finden. Ich werde dafür Hilfe anfordern. Nicht, dass noch mehr passiert. Mir ist nicht wohl im Augenblick.«

Allgemeine Zustimmung plätscherte durch den Raum. Die Depression und das Gefühl des Stillstandes, das noch in den Tagen zuvor das Team gelähmt hatte, waren wie weggeblasen. Rothko rang sich noch ein »Gute Arbeit, Kraulke« ab und ging nach oben. Er brauchte etwas Ruhe und Abstand.

Seelenpfad 12

Wer das versteht ...

Auch ein verdorrtes Blatt dünkt königlich,
wenn über ihm sich Liebe neigt –

Reinhold Schneider (1909-1958)

Maria saß im Sessel von Kristians Appartement. Sie blickte auf das Wattenmeer, das sich im Licht der untergehenden Sonne in eine glitzernde Fläche verwandelt hatte. Es schien fast, als ob es brenne. Kristian erschien ihr heute unruhig. Dauernd sprang er vom Sitz auf, stellte sich ans Fenster und starrte mit verklärtem Blick über das Watt. Es wirkte, als suche er eine Antwort auf eine Frage, für die es keine Antwort gab.

Maria griff nach seiner Hand, die sich merkwürdig kühl anfühlte. »Du kannst es nicht ändern«, sagte sie schließlich.

Er wandte den Blick kurz zu ihr. »Nein, so sehr ich auch forsche, es gibt keine Lösung. Mein Sohn wird für immer aus meinem Leben verschwunden bleiben.« Er fuhr sich mit den Fingerspitzen durchs Haar. Sein Blick war hohl und wirkte auf unbestimmte Art furchtbar traurig.

Maria war nicht sicher, wie sie mit ihm umgehen sollte. Sie stellte sich hinter ihn und umfasste seinen Bauch. Er reagierte nicht auf diese Zuwendung. Es kam ihr beinahe so vor, als würde er es nicht einmal bemerken. Kein Tätscheln ihrer Hand, kein sachtes Darüberstreichen, wie sie es sonst von ihm gewohnt war. Kristian wirkte seltsam erstarrt.

»Ich hätte dir von dem Bild nicht erzählen sollen. Das hat dich aufgewühlt«, sagte sie.

Er schüttelte den Kopf, sah Maria aber nicht an. »Es ist gut, dass ich es weiß. Weißt du, all die Jahre habe ich alles verdrängt, wollte nichts wissen darüber. Daran ist auch meine Ehe schließlich zerbrochen. Meine Frau fühlte sich allein gelassen. Dieses Verdrängen nützt keinem was.«

»Wir können den Mörder aber nicht fassen, Kristian. Das ist Sache der Polizei.«

Nun drehte er sich doch ganz zu Maria um, umfasste ihr schmales Gesicht mit den Händen und drückte ihre Wangen so fest zusammen, dass es schmerzte. »Wir können uns darauf aber nicht verlassen! Seit über zehn Jahren läuft hier ein Monster herum und bringt kleine Jungen um. Erinnere dich, wen hast du damals im Nebel gesehen?« Sein Druck auf ihre Wangen verstärkte sich. »Wen?«

Maria versuchte, sich zu befreien. Es gelang ihr erst, als sie hervorstieß, dass er ihr weh tat.

»Entschuldige«, sagte er resigniert. »Ich würde so gern wissen, wen du gesehen hast, dann wären wir ein Stück weiter.«

»Ich kann mich nicht erinnern. Auch nicht, wenn du mir weh tust.«

Nach dieser Aussage entspannte Kristian sich merklich. »Ich glaube dir«, sagte er.

Maria zuckte zusammen. »Was soll denn das? Warum solltest du mir das denn nicht glauben?«

»Ich geh schlafen«, murmelte Kristian. »Mir wäre es lieb, wenn du die heutige Nacht im Bett verbringen könntest, und ich auf dem Sofa. Nach Hause wirst du bekanntlich nicht wollen.«

Maria sah Kristian mit immer größer werdendem Befremden an. Sir fügte sich seinen Anweisungen, fühlte sich aber doch zurückgesetzt. »Ich fahre morgen zurück nach Carolinensiel«, sagte sie, bevor sie die Tür hinter sich schloss. In ihrem Hals formte sich ein Kloß. Sie wollte ihm aber nicht zeigen, wie verletzt sie über die Zurückweisung war.

Maria atmete einmal tief durch. Noch war sie ihm nicht zu nahe gekommen, noch hatte sie ihr Herz nicht vollends verschenkt. Sie würde morgen nach Hause fahren und so weiterleben wie zuvor. Nein, sie würde es nicht dulden, dass Kristian sie verletzte, weil er keine Nähe zuließ, warum auch immer.

ooo

Daniel fror. Er hatte sich seit seiner Ankunft im Westteil der Insel herumgetrieben. Hier waren um diese Zeit nur wenige Menschen. Wenn nächste Woche die Osterferien begannen, würde sich das rasant ändern. Im Augenblick trieben sich nur die Schüler aus den umliegenden Heimen hier herum, aber deren Anzahl war so gering, dass sie sich in der Dünenlandschaft rasch verloren. Ihn beachtete keiner. Er war seit jeher ein unauffälliger Mensch, wie oft war ihm das in den letzten Tagen zugutegekommen. Nun war es aber vorrangig, ein Nachtquartier zu finden. Ohne Schlaf würde er morgen nichts erreichen und er musste es tun. Dazu war er hier.

Er folgte dem schmalen gepflasterten Weg, bis rechts von ihm ein paar Gärten auftauchten. Ein Grundstück wirkte besonders verwildert, dieser Schutz kam ihm jetzt entgegen. Er rüttelte an der vergitterten Tür. Sie war mit einem Vorhängeschloss und einer Kette gesichert. Sie zu knacken wäre zu auffällig gewesen. Er kletterte darüber, riss sich dabei allerdings ein Loch in die Jacke.

Hohes Gras umspielte seine Beine, er stolperte über einen kleinen Fels, der als Dekoration hergestellt worden war.

Er ließ seinen Blick durch die Dunkelheit schweifen.

Ihm war so verdammt kalt. Am Ende des Anwesens, hinten rechts, schien sich ein kleines Wochenendhaus zu befinden. Mit etwas Glück konnte er dort einbrechen.

Die erste Hütte auf dem Grundstück war eher ein baufälliger Schuppen, dahinter befand sich ein neuerer Holzbau. Daniel tastete sich dorthin. Diese Laube war rund gebaut, hatte weder Ecken noch Kanten. Er drückte die Klinke herunter. Die Tür war verschlossen.

Er sah sich um. Dicht hinter ihm stand ein alter Brunnen, der sicher nicht mehr in Betrieb war. Darauf lag ein durchlöcherter Topf, den er vorsichtig anhob. Er hatte Glück. Darunter lag der Schlüssel.

Er pustete seinen Atem gegen die klammen Finger. Es war schwierig für ihn, den Schlüssel in das Loch zu bekommen. Er brauchte drei Anläufe, bis es ihm gelang.

Dann klackte es und er konnte eintreten. Es roch wider Erwarten nicht muffig in dem Raum. Daniel versuchte kurz, sich zu orientieren, saugte die Luft in sich auf. Der unterschwellige Geruch von Nadelholz durchzog die Laube, darunter mischte sich der Duft von Kräuterschnaps.

Daniel ertastete eine Kerze. Er zog sein Feuerzeug aus der Hosentasche und zündete sie an. Der Holzbau war rundum von einer breiten Bank umgeben, in der Mitte befand sich ein überdimensionaler Kamin. Er war schon fertig zurechtgemacht. Es lag klein gehacktes Holz auf einem Berg Zeitungspapier, darüber waren dicke Scheite angeordnet. Daniel ließ sein Feuerzeug weiter kreisen. Unter der Bank fand er eine ungeöffnete Packung Kekse und mehrere Flaschen Wasser. Für die Nacht war also gesorgt. Er machte sich nur wenige Gedanken, ob ihn jemand hier finden konnte. Es war schon recht spät am Abend, die Gefahr war nicht allzu groß.

Daniel setzte sich auf die Bank, entzündete das Feuer und kuschelte sich auf eines der Schafsfelle, die auf den

Bänken lagen. Im Liegen griff er nach der Kekspackung und schob sich einen Keks nach dem anderen in den Mund. Anschließend spülte er mit Wasser nach.

Er war so müde. Nun konnte er aber in aller Ruhe einschlafen, brauchte sich keinen Kopf darum machen, dass er womöglich erfror. Er würde gut schlafen heute Nacht. Morgen wollte er früh aufstehen. Es gab viel zu tun für ihn.

ooo

Er wacht früh genug auf. Der Junge wird kommen, dessen ist er sich sicher. Er wird ihn erretten.

Der Mann saugt die klare Morgenluft auf. Die Insel ist so schön. Er liebt das weite Meer, das Geräusch der an den Strand auflaufenden Wellen. Es hat etwas Geruhsames. Er braucht eine solche Umgebung, weil dort der Frieden zu spüren ist. Der ewige Frieden, wenn das Kinderherz zu schlagen aufgehört hat.

Er wartet wie verabredet an der Strandpromenade. Dorthin ist es von der Ferienwohnung des Jungen nicht weit. Der Junge würde sonst nicht allein durch die Dunkelheit laufen. Mit Achim war es damals am leichtesten gewesen. Sommer, Wärme, Helligkeit ... Ein einfaches Unterfangen. In den Wintermonaten musste er den Jungen Sicherheit vermitteln. Bei Lukas war ihm das perfekt gelungen. Dass der allerdings diesen Namen trug, hat er erst später erfahren. Er fragt die Kinder nie danach. Es ist völlig unwichtig. Im Tod heißen alle gleich, was soll er sich darum kümmern.

Der Mann sieht auf die Uhr. Der Kleine ist nicht pünktlich. Das macht ihn nervös. Zu lange kann er hier nicht herumstehen. Er läuft Gefahr, dass doch einmal ein Spaziergänger vorbeikommt. Hundebesitzer treiben sich schon hin und wieder hier herum. Er drückt sich an die Strandmauer. Hat er sich getäuscht? Ist dem Kind seine Katze womöglich doch nicht so wichtig, wie er es eingeschätzt hat? Wenn der Junge nicht kommt, muss er, so rasch es geht, die Insel verlassen. Dann ist seine Deckung nicht mehr sicher. Der Junge könnte reden, ihn wiedererkennen. Der Mann lauscht den Geräuschen der verschwindenden Nacht. Er wird noch eine Minute warten. Eine Minute. Dann hat der Junge seine Chance verspielt.

Gerade, als der Mann sich abwenden will, hört er kleine Tippelschritte. »Hallo, du Schlangenonkel?«, raunt eine dünne Stimme. Ein Lächeln überzieht das Gesicht des Mannes. Der Junge ist gekommen. Wäre auch schade um seine Seele gewesen.

»Willst also doch, dass deine Katze lebt, oder?«, fragt der Mann. Das Nicken des Kindes erahnt er mehr, als dass er es erkennt.

Er nimmt den Jungen bei der Hand, genießt die aufgeregte Feuchte der Handinnenfläche. So fühlen sie sich an. So kurz vorher. Sein Herzschlag beschleunigt sich. »Wir müssen uns beeilen, sonst wacht die Schlange auf.«

Der Kleine tippelt mit schnellen Schritten neben ihm her. Kein Argwohn lässt ihn zögern. Er vertraut dem Mann blind.

Wer hätte das gedacht, dass ihm so rasch wieder eine Seele zugespielt wird. Während er neulich noch dachte, alles würde ihm zu viel, überwiegt jetzt seine Gier danach, es zu vollenden. Es wertet ihn auf, lässt ihn beim Allmächtigen eine Stufe höher steigen.

Der Junge neben ihm schnauft. »Ich brauch eine Pause«, sagt er.

»Später«, flüstert der Mann. Gleich haben sie die letzten Häuser hinter sich gelassen, dann können sie am Wasser entlanglaufen.

Nur noch kurze Zeit, nur noch ganz kurze Zeit.

»Ich hab dich schon in der Kirche gesehen«, japst der

Junge. »*Du hast da gesessen. Mama hat gesagt, du seist komisch.*«

Der Mann stoppt abrupt den schnellen Lauf. »*Was hat sie noch erzählt?*«

Der Kleine bekommt große Augen, jetzt spiegelt sich etwas Furcht darin und der Mann weiß, dass er einen Fehler gemacht hat. Nach Unstimmigkeiten von Müttern darf man nicht fragen. Mütter sind für Kinder in dem Alter unantastbar. Es könnte ihn nun zum Kippen bringen.

Er zieht den Jungen ganz dicht an sich ran, streichelt das blonde wirre Haar. Er muss ihn ablenken, nicht, dass er die Sache vertieft.

Der Atem des Kindes ist nicht frisch. Es muss direkt aus dem Bett hierher zu ihm gekommen sein. Was hat er für eine Macht über diese Jungen ... »*Mama muss sich keine Sorgen machen, wir retten doch nur deine Monka*«, *sagt der Mann.* »*Damit wird sie einverstanden sein.*«

Der Kleine entspannt sich merklich.

Der Mann ist zufrieden. Es ist gut, dass er sich zumindest den Katzennamen gemerkt hat. Das verbindet.

»*Ich mach das nur für Monka*«, *wiederholt der Junge.*

Der Mann nimmt ihn erneut bei der Hand. »*Es ist nicht mehr weit*«, *sagt er.* »*Bald ist alles gut.*«

ooo

Maria erwachte, weil ihr kalt war. Ihre Decke war weggerutscht. Die ganze Wohnung schien von einer lähmenden Stille eingehüllt. Kein Geräusch zog sich durch die Zimmer. Kein Ticken der Uhr, kein Glucksen der Heizung. Nichts.

Maria lauschte, ob sie Kristians Atem hören konnte. Es hätte sie immens beruhigt, denn diese Stille verursachte ihr Angst. Erst war es nur eine vage Stimmung, die sich aber schnell verstärkte. Maria stand auf und schlich ins Wohnzimmer. Die Decke auf dem Sofa lag beiseite geschlagen, der Zipfel streifte den Boden.

»Kristian?«, rief sie. Ihre Stimme klang seltsam dumpf und allein. »Kristian ...« Aber es kam keine Antwort. Er war nicht da. Seine Abwesenheit verursachte ein ungutes Gefühl. Es war sonderbar, dass er nicht auf dem Sofa lag und noch sonderbarer war, dass er sie von vorneherein allein ins Schlafzimmer abgeschoben hatte.

Sein Fortgehen in der Nacht war also geplant gewesen. Maria spürte einen bohrenden Schmerz, weil Kristian sie nicht ins Vertrauen gezogen hatte.

Sicher hatte er etwas entdeckt und war jetzt auf Mördersuche. »Vielleicht will er mich nur schützen«, flüsterte sie. Maria bekam Angst um Kristian. Er begab sich in höchste Gefahr, wenn er sich allein einem Psychopathen entgegenstellte. Jemand anders konnte es ja nicht sein, der die Jungen getötet hatte. Ein Irrer, ein Wahnsinniger. Hätte sie Kristian doch bloß nie etwas von dem Bild erzählt.

Sie musste ihn finden, notfalls den schweinsäugigen Kommissar anrufen und um Hilfe bitten.

Maria schlüpfte in ihre Jeans, zog sich rasch einen Pullover über den Kopf und suchte ihre Socken, die irgendwo herumlagen. Dabei stolperte sie ständig über ihre eigenen Füße.

Im Vorübergehen griff sie nach der Jacke, die im Flur neben der Tür hing, prüfte, ob sie den Schlüssel hatte, und stürzte ins Treppenhaus. Es schien gestern Abend geputzt worden zu sein, ein leichter Duft von Zitrone streifte ihre Nase.

Maria zog den Reißverschluss bis zum Hals zu und trat in die klare Morgenluft. Es war noch dunkel, aber die ersten Vögel stimmten bereits ihr Lied an und zeigten so, dass der Tag bald anbrechen würde.

Sie steckte die Hände in die Taschen und kuschelte

ihr Kinn in den Stoff. Die Jacke roch eigenartig stark nach Kristian. Unverkennbar kroch ihr sein Geruch ins Gesicht. Maria stoppte kurz und sah an sich herunter. Es war nicht ihre Jacke, die sie trug. Sie hatte Kristians an. Sie wollte gerade weitergehen, weil es in dem Augenblick wirklich egal war, als sie an der Brusttasche etwas stach. Maria öffnete den Reißverschluss und tastete sich in Richtung des Gegenstandes. Er war länglich und an einem Ende spitz.

Marias Herz begann zu klopfen. Was hatte Kristian in seiner Tasche? Maria zog es heraus. Sie ahnte, was es war, noch bevor sie es in das Licht der Straßenlaterne hielt.

ooo

Rothko konnte nicht schlafen. Ein unbestimmter Verdacht ließ ihn sich von einer Seite zur nächsten wälzen. Immer wieder quälten ihn Bilder von verfolgten kleinen Jungen, immer wieder schaffte er es nicht, rechtzeitig bei ihnen zu sein.

Der Fall brachte ihn an seine Grenzen, er ahnte nur, wie extrem ihn alles am Ende ausgelaugt haben würde.

Nebenan schnarchte Kraulke. Er musste zugeben, dass sein Kollege ihn in diesem Fall wirklich gut unterstützt hatte. Es war bislang die friedlichste gemeinsame Ermittlung gewesen. Trotz Kaffeeabstinenz und einer Wohnung, der jeglicher Komfort fehlte.

Rothko erhob sich, ging zum Fenster und starrte hinaus. Irgendetwas machte ihn heute verdammt unruhig. Er glaubte eigentlich nicht an Vorahnungen oder wahr werdende Träume. Und doch war es ihm, als spüre er ein Unheil auf sich zuwabern, das er nur stoppen konnte, wenn es genau zu orten war. Hatte er einen wichtigen Hinweis übersehen, was war ihm entgangen? Sicher war das die Ursache seiner Unruhe.

»Vorhersehung«, murmelte er. »Ich dreh jetzt tatsächlich am Rad, wie ätzend. Warum habe ich nicht auf dieser Kur bestanden?«

Er war aber hellwach, entschied sich, nach unten ins Büro zu gehen und alle Vernehmungsprotokolle ein weiteres Mal durchzusehen. Vielleicht würde ihn das beruhigen. »Vielleicht, vielleicht«, schimpfte er auf dem Weg nach unten vor sich hin. »Vielleicht ist das blödeste und vageste Wort, das die deutsche Sprache hervorgebracht hat.« Ihm schoss das Lied von Silbermond durch den Kopf. Vielleicht ist so ein feiges Wort. Recht hatten sie.

Im Büro war es kühl, die Heizung war über Nacht abgesenkt worden. Rothko machte kehrt und holte sich seinen Troyer und ein Paar dicke Wollstrümpfe. Trotzdem wurde die Nase kalt, als er sich angespannt über die Akten beugte.

Dieter Mans, Daniel Hicken und Karl Bauer. Seine Verdächtigen. Hatte er jemanden übersehen, gab es womöglich doch den großen Unbekannten, der irgendwo im Land bereits wieder auf der Suche nach einem neuen Opfer war?

Aber warum hatte man dann Daniel in Thüle gesehen? Und warum Dieter Mans? Obwohl es schon ein merkwürdiger Zufall war, das beide zur gleichen Zeit dort gewesen sein sollten. Wobei Dieter abgestritten hatte, sich zum Tatzeitpunkt dort aufgehalten zu haben. Seine Affäre sei zu dem Zeitpunkt bereits acht Wochen beendet gewesen. Nun wolle sich seine Verflossene rächen. Sie sei so, nicht umsonst habe er sie verlassen.

Rothko hatte seine Äußerung für recht glaubwürdig gehalten, aber es stand eben Aussage gegen Aussage. Er hatte ohnehin Daniel stärker in Verdacht. Ausnahmsweise hatte ihm dabei Kraulke nicht einmal widersprochen. Zumal Daniel abgängig war, sein Handy ausgeschaltet hatte, so dass er auch darüber nicht zu orten war. Niemand hatte den jungen Mann gesehen, keiner wusste, wo er sich derzeit aufhielt. Er hatte die ganze Insel absuchen lassen, war wider Erwarten auf eine großartige Mitarbeit der Insulaner gestoßen. Aber dennoch hatten sie Daniel nicht ausfindig machen können.

Je länger Rothko darüber nachdachte, desto sicherer war er, dass es ihn vor allem wahnsinnig machte, Daniel nirgendwo auftreiben zu können. Der Mann verkörperte für ihn so etwas wie eine tickende Zeitbombe. Er hatte vermutlich schon drei Mal zugeschlagen und er würde es wieder tun, wenn Rothko ihn nicht stoppte. Der Kommissar fuhr sich mit der Hand über die Stoppeln, die in den letzten Wochen merklich an Länge gewonnen hatten, weil er für einen Friseurbesuch einfach keine Zeit gefunden hatte.

Das Wort »Stoppen« hallte in seinem Ohr, lief auf und nieder, glich in seiner Wiederholung diesen Endlosspiralen, die es in jedem Dekoladen zu kaufen gab. Er musste Daniel Hicken stoppen. Bevor der neuerlich zuschlagen würde. Gleich heute früh musste er Verstärkung anfordern. Ein untrügliches Gefühl raunte ihm jetzt zu, dass der junge Mann sich mit großer Sicherheit noch auf der Insel befand. Daniel war kein Mensch der weiten Entfernungen. Ein Segler hatte ihm erzählt, dass Daniel mit seinem Boot zwar mal bis Helgoland oder Holland gekommen, das aber eine Ausnahme gewesen war. Geredet hätte er oft über die große Freiheit, aber gelebt, nein gelebt hatte er sie nie.

Rothkos Puls beruhigte sich. Er wusste jetzt, was er tun musste und er war sich auch sicher, gegen wen er agierte. Der große Unbekannte war zu einer realen Person geworden und hatte einen Namen bekommen.

ooo

Maria fror entsetzlich. Die Erkenntnis dessen, was sie in der Hand hielt, ließ ihr Herz stolpern. Es konnte nicht sein, durfte nicht. Das war nicht der Kristian, den sie kannte. Sie hoffte, er habe es nur zufällig in der Tasche, dass es keine tiefere Bedeutung hatte.

Und dass er sich nicht auf dem Weg dorthin gemacht hatte, wo sie befürchtete. Weil es früher Morgen war und die kleinen Jungen immer um diese Zeit verschwanden. Er wusste das auch. Sie hoffte, ihn rechtzeitig zu finden. Bevor ein noch größeres Unheil geschah. Sie musste Kristian stoppen.

Weil Maria nicht klar war, wann genau er die Wohnung verlassen hatte, blieb ihr auch keine Zeit, Rothko zu informieren. Zumal sie in der Hektik ihr Handy bei Kristian hatte liegen lassen.

Zumindest erklärte all das seine Unruhe am Vorabend.

Maria beschleunigte ihren Schritt. Er musste Richtung Osten gegangen sein. Beide Jungen waren dort verschwunden. Mörder wie diese arbeiteten immer nach demselben Schema. Das hatte sie im Internet nachgelesen.

Am Strandweg lag ein herrenloses Fahrrad, das glücklicherweise nicht abgeschlossen war. Sie schwang sich ohne große Überlegung in den Sattel, raste los. Gottlob stand der Wind günstig, so dass sie rasch vorankam. Am Dünenüberweg, über den sie damals auch mit Achim zum Strand gegangen war, warf sie das Rad in die Büsche und erklomm die Stufen. Als sie den Dünenkamm erreicht hatte, stockte ihr der Atem. In der aufgehenden Sonne erkannte sie Daniel, der vor ihr die Dünen hinunterkletterte.

Sofort begann sich ihr Gedankenkarussell zu drehen. Daniel. Er hatte Achim gehasst und irgendwann gesagt, am liebsten wäre es ihm, er könne fortan alle blonden Jungen beseitigen, wenn sie einen solchen Einfluss auf ihr Leben nehmen würden. Sie hatte es weggewischt, nicht ernst genommen. Daniel konnte furchtbar theatralisch sein, das kannte sie von jeher. Schon als kleiner Junge hatte er sich die Arme mit Schuhcreme schwarz gefärbt, weil ihn jemand als Caroliner Sprosse bezeichnet hatte. Wegen der vielen Sommersprossen, die sich aber ausschließlich auf seinen Unterarmen und sonst nirgendwo auf seinem Körper verteilten. Aber Daniel war für sie trotz allem als Mörder der Jungen genauso unwahrscheinlich wie Kristian. Zu eng waren sie mit ihr verbunden, zu sehr mochte sie beide.

Während sie versuchte, Daniel möglichst unauffällig zu folgen, versuchte sie ihre Gedanken zu sortieren. Sie kam zu keinem Entschluss, konnte nicht nachvollziehen, was hier geschah.

Am liebsten wollte Maria sich jetzt niedersinken lassen, keinen Schritt weiter gehen, die Augen vor der Wahrheit, die sie gleich unweigerlich erfahren würde, verschließen.

ooo

Rothko war gerade wieder oben in sein Bett gekrochen, als es unten klingelte. Es war nicht das vorsichtige Klingeln von jemandem, der eine verschwundene Brieftasche melden wollte. Es war auch nicht der aggressive Klingelton, den ein paar Betrunkene auf ihrem Heimweg als lustigen Streich abließen. Dieses Klingeln war anderer Natur. Es klang nach Panik, Verzweiflung und großer Angst. Woran der Kommissar das ausmachte, konnte er selbst nicht sagen, aber er war sich sicher, dass er sich nicht irrte. Schnellstmöglich schlüpfte er seine Hose, zog sich im Laufen einen Pulli über den Kopf und rannte barfuß nach unten. Vor der Tür stand eine Frau, die augenscheinlich ohne nachzudenken direkt zur Polizeistation gerannt war. Über ihrem Nachthemd trug sie einen lose zugebunden Bademantel, ihre nackten Füße steckten in Frotteebadelatschen.

So standen sich beide barfüßig gegenüber und betrachteten einander. Während die Frau es zuvor übermäßig eilig gehabt hatte, direkt zu kommen, so fehlten ihr nun die Worte, um den Schrecken, den der Kommissar in ihren Augen ablesen konnte, in klare Aussagen zu fassen. Rothko bat sie herein, allein, damit sie zufällig erwachten Nachbarn nicht zu sehr auffiel.

Er bugsierte sie ins Büro, in dem kurz zuvor die Heizung wieder hochgefahren und das nun schon ein wenig erwärmt worden war. Er bot ihr ein Glas Wasser, das sie jedoch augenblicklich beiseite schob, obwohl ihr Mund ausgetrocknet wirkte und ihre Sprache klang. »Er ist weg«, sagte sie. Ihre Stimme zitterte.

»Wer ist weg?«, fragte er vorsichtig.

»Justin.«

»Ihr Sohn?«

Die Frau nickte.

Rothko war es jetzt völlig egal, wie sie hieß, welche Daten er eigentlich aufnehmen müsste. Er sprintete nach oben, weckte Kraulke, holte anschließend den Inselpolizisten aus dem Bett, der wiederum sofort Ubbo informierte. Rothko verständigte die Kollegen vom Festland.

Die Frau saß bleich und hilflos im Büro. Rothko schrie Jillrich noch zu, er möge ihr einen guten Ostfriesentee brauen, und die Personalien aufnehmen. Er würde mit Ubbo und Kraulke sofort losgehen. »Gefahr im Verzug«, rief er noch, als der Kollege ihm etwas ratlos nachsah.

Sie nahmen ihre Diensträder und rasten los gen Osten, in der Hoffnung, dass der Täter auch dieses Mal die gleiche Masche fahren würde. Der Täter, dachte Rothko. Daniel Hicken, der sich versteckt hielt und jetzt ein Kind in der Gewalt hatte.

ooo

Daniel war am Strand angekommen. Da es schon merklich heller geworden war, erkannte Maria, dass er seinen Jogginganzug trug. Kaum war er unten, hüpfte er ein paar Mal locker auf und nieder, begann im Anschluss in Richtung Westen davonzulaufen. Er hatte sie nicht gesehen, obwohl er durchaus einen Blick hinauf zur Düne geworfen hatte.

Daniel war also zum Joggen unterwegs. Es sollte Maria erleichtern, tat es aber nicht. Sie fühlte den Schwanz der Schlange in ihrer Tasche.

Sie stapfte ebenfalls durch den Sand nach unten, schlich sich am Rand der Dünen voran. Was hatte Kristian vor?

In der nächsten Dünensenke hörte sie Stimmen. Die eine klang unendlich weich und freundlich, hatte etwas Engelhaftes an sich.

Die weitere war hart, trieb jemanden an, es endlich zu tun, nicht nachzulassen, wenn ihm sein Seelenheil und das der anderen wichtig seien. Maria schlich näher. Kristian stand mit dem Rücken zu ihr. Er hatte die Hände um den Hals eines kleinen blonden Jungen gelegt, der Maria wie die Reinkarnation von Achim erschien. Kristians Hose war offen, sein Glied erigiert. Maria empfand unglaublichen Ekel, als sie das sah. Aus Kristians Mund strömten sanfte Worte, die dem Jungen Mut zuflüsterten und dass er bald erlöst sei, wenn er das mit ihm getan habe, was er tun müsse, um ihn und die Katze zu retten. Denn das wolle der Junge ja, deshalb habe er die Prüfung auf sich genommen.

Der Kleine hatte große Augen, verharrte einem Kaninchen gleich, das der Schlange ins Auge blickte. Er wartete auf den Biss der Otter, die Kristian zu Hause vergessen hatte.

Maria griff unwillkürlich in die Tasche. »Suchst du das?«

Kristian zuckte zusammen, fuhr herum. Die Augen, in die Maria blickte, waren nicht die, die sie kannte. Sie wirkten leer, irre und dunkler, als es ihr vorher bewusst gewesen war. Kristian sah an sich herunter, als könne er nicht verstehen, dass nicht er, sondern Maria die Jacke trug.

Er schubste den Jungen in den Dünensand. Der blieb regungslos liegen, als begreife er gar nicht, dass sein Peiniger von ihm abgelassen hatte. Maria begriff erst, als Kristians Glied in Sekundenschnelle zusammenschrumpfte, in welcher Gefahr sie sich befand.

Sie merkte kaum, dass seine Hände ihren Hals umfassten, erkannte nur glitzernde Sterne, als ihr die Luft wegblieb.

ooo

Rothko war bereits nach wenigen hundert Metern völlig aus der Puste. Bei Kraulke zeigte sich das intensive Training im Fitnessstudio. Er stampfte mit auf- und niedergleitendem Oberkörper in die Pedale und ließ seinen Kollegen schon bald weit hinter sich zurück. Rothko hielt kurz an und musste verschnaufen. Es ging doch nicht an, dass ein Kind sich in Gefahr befand und womöglich sterben sollte, weil er nicht fit genug für diese Fahrrad-Rallye war.

Er atmete tief durch und radelte hinter Kraulke her, der sein Zurückbleiben inzwischen bemerkt hatte und an der nächsten Ecke auf ihn wartete. »Schneller, Chef! Wir können nicht auf die Hilfe vom Festland warten!« Mit diesen Worten sprang er zurück in den Sattel und fuhr erneut an. Rothko hatte nun der Ehrgeiz gepackt, er holte auf. Seine Lungen brannten von der kalten Luft. Aber er hatte hier eine Aufgabe zu erfüllen. Er musste rechtzeitig an Ort und Stelle sein, es war seine Schuld, wenn dem Jungen etwas passierte.

Auf der Straße joggte ihnen ein Mann entgegen, den Rothko bei näherem Hinsehen sofort als Daniel ausmachte. Er sprang zeitgleich mit Kraulke vom Rad. Daniel wusste überhaupt nicht, wie ihm geschah, als sich zwei Arme fest um seinen Körper schlangen und ihm die Hände auf dem Rücken verdreht wurden. »Wo ist der Junge?«, zischte der Kommissar. Es fiel ihm schwer, klare Worte zu sprechen, zu stark hatte ihn die Tour hierher angestrengt.

Daniel sah Rothko mit großen Augen an. »Welcher Junge, Herr Kommissar?«

»Der Kleine, den Sie, wie schon die anderen, entführt haben. Lebt er noch?« Rothkos Druck auf Daniels Unterarm verstärkte sich und der Kommissar verspürte den unwiderstehlichen Drang, diesen Arm, der bereits so viel Unheil angerichtet hatte, zu zerquetschen. Aber er musste neutral bleiben, sich zusammenreißen.

Daniels Augen weiteten sich. »Sie irren«, stieß er schließlich hervor. »Ich habe mit der Sache nichts zu tun. Ich bin doch kein Mörder.« Er rang nach Luft, klang wie ein Blasebalg. »Ich habe nur einen Fehler. Ich liebe Maria, aber sie mich nicht und das ist schwer.« Er stieß die Luft aus, als sei es sein letzter Atemzug. »Sie liebt diesen Kristian.«

Rothko und Kraulke lockerten den Griff gleichzeitig.

»Wer ist Kristian?« Kraulke sah Daniel so direkt in die Augen, wie Rothko es selbst nicht vermocht hätte.

Daniel zog die Luft erneut mit einem Fiepen ein. »Der Vater von Achim. Er geistert seit Längerem hier herum und ...« Er schluckte, Rothko erkannte den Schmerz in seinen Augen. »Er hat ein ... ein Verhältnis mit ihr.«

Rothko sah seinen Kollegen an und wusste sofort, was der dachte. Kristian Nettelstedt war ihr Mann. Der große Unbekannte. Ein Funken Mistrauen blieb noch, verlangte von Rothko die Frage an Daniel, ob er nicht doch nur ablenken wolle. Doch als Daniel kurzatmig hervorstieß, dass er glaube, Maria eben in den Dünen erkannt zu haben, war es dem Kommissar, als fielen ihm sämtliche Schuppen von den Augen.

»Kommen Sie mit, Herr Hicken, zeigen Sie uns, wo Sie Maria gesehen haben. Es ist zwei Sekunden vor zwölf!«

ooo

Maria hatte es geschafft, sich aus Kristians klammerndem Griff zu befreien. Sie wusste selbst nicht wie. Da Kristians Nase blutete, musste sie ihn wohl dort getroffen haben.

Kristian war wie erstarrt, ihm fehlte jegliche Mimik. Er befand sich in einem selbst gewebten Kokon, den auch Maria nicht zerreißen konnte. Keiner der drei bewegte sich. Die Situation war irreal, die Luft zwischen den drei Menschen brannte, jeder war darauf bedacht, keinen Fehler zu machen, weil jede falsche Reaktion tödlich sein könnte. Weder der Junge noch Maria wagten einen lauten Atemzug. Maria war in Versuchung, wegzulaufen, doch sie konnte dieses Kind nicht hier bei Kristian lassen. Dann überlegte sie, einen Schritt auf das verängstigte Kind zuzumachen, aber sie befürchtete, jede falsche Bewegung könne eine Kettenraktion auslösen, die in einer großen Katastrophe enden würde. Was sollte sie nur tun?

Sie musste weg mit dem Jungen, sie musste Kristian anzeigen, ihn festnehmen lassen. Doch sie befand sich allein hier im Osten der Insel, die Sonne war gerade erst aufgegangen. Die Wahrscheinlichkeit, dass sich hier bald jemand herverirren würde, war winzig klein. Ihr Handy lag in Kristians Wohnung. Sie hatte keine Chance. Sobald er wirklich begriff, in welcher Gefahr er sich durch sie, Maria, befand, würde er sie doch töten, dessen war sie sich sicher.

Keiner wusste von ihm, niemand hatte eine Ahnung, dass er sich hier herumtrieb. Maria war jetzt klar, warum er sie über Achim ausgefragt hatte, warum er sich nie bei Herrn Rothko gemeldet hatte. Doch all das Wissen nützte ihr in dieser Situation nichts. Sie war ihm ausgeliefert. Wieder überfiel sie der Gedanke zu fliehen, einfach abzuhauen, wenigstens ihr eigenes Leben zu retten.

Aber ein Blick in die verzweifelten Augen des Jungen, in denen mehr als deutlich zu lesen stand, dass sie bitte nicht gehen möge, hielt sie an Ort und Stelle fest.

In Kristians Gesicht war derweil das Leben zurückgekehrt. Er hatte einen leicht irren Ausdruck, aber die vorhin noch so sanfte Stimme fiel in seinen normalen Tonfall zurück, als er sagte: »Ich werde euch beide nicht hierlassen können.« Er nickte zu dem Kleinen. »Er hat seine Chance ohnehin vertan, da ist nichts mehr zu retten. Und du«, er sah Maria in die Augen. Sie konnte keine Liebe mehr darin erblicken. »Du hast auch alles kaputtgemacht. Alles.« Er räusperte sich. »Ich muss mich jetzt selbst rausboxen, ob es mir gefällt oder nicht.«

»Daniel hat mich gesehen, als ich hier hergekommen bin«, schoss Maria blind, in der Hoffnung, Kristian zu verunsichern. Doch diese Bemerkung war ein fataler Fehler.

Wut blitzte aus seinen Augen, den ganzen Körper durchlief ein Schauer und Maria glaubte für einen Augenblick, einem Werwolf gegenüberzustehen, so stark veränderte sich Kristians gesamtes Auftreten. Erneut packten seine Hände ihren Hals. Noch während er zudrückte, versuchte sie nach ihm zu treten, japste nach Luft, wand sich unter der Berührung, aber dieses Mal drückte er schneller und gezielter zu als vorhin. Ganz von fern glaubte sie irgendwann ein »Stopp, aufhören!« zu vernehmen, aber da war sie sich sicher, dass es Stimmen waren, die nichts mehr bewirken konnten, weil die Engel sie bereits mit ihren weichen Flügeln auf ein helles, weißes Licht zutrugen und sie keine Lust mehr verspürte, zurückzukommen.

ooo

Rothko war es eine große Genugtuung, als er Kristian Nettelstedt abführen ließ. Kraulke hatte die Handschellen nahezu mit Wonne zuschnappen lassen. Es war dieses leise Schnippen, das ihm Befriedigung bereitete.

Rothko hatte es dem Kollegen überlassen, er selbst kümmerte sich um den kleinen Jungen, der während der ganzen Aktion nicht einen Laut von sich gegeben hatte.

Er nahm ihn auf den Arm. Es kam ihm vor, als trage er eine Puppe, so leblos und steif ließ das Kind sich abtransportieren. Er taute erst auf, als er von der Wärme seiner Mutter umfangen wurde. Rothko verspürte ein außergewöhnlich befriedigendes Gefühl, als er das Bild der erleichterten Mutter in sich aufsog, die ihr Kind in den Armen wiegte.

Der erste Satz, den der Junge von sich gab, war: »Jetzt muss Monka sterben. Weil ich nicht stark genug war.«

Seine Mutter drückte ihn eng an sich: »Ach, Justin, jedes Lebewesen muss von uns gehen irgendwann. Der Mann hat gelogen, wenn er etwas anderes erzählt hat.«

Dem Jungen lief eine Träne über die Wange. In Rothko potenzierte sich die Wut auf Kristian Nettelstedt, der es neben der körperlichen Brutalität auch noch geschafft hatte, Justin ein Schuldgefühl zu vermitteln, das für ein Kind seines Alters nicht erträglich war. Der Kleine würde psychologische Hilfe brauchen, nicht nur, weil er knapp den Fängen dieses Killers entronnen war.

Für Jungen wie ihn konnte die Schuld am Tod seines Tieres zu einer außergewöhnlichen Belastung werden. Es würde sehr schwer, wenn nicht gar unmöglich sein, ihn vom Gegenteil zu überzeugen.

Zunächst aber war es wichtig, dass Justin weg von hier in eine einigermaßen persönliche Atmosphäre kam. Und wenn es nur die Ferienwohnung war. Wobei seine Mutter bereits angedeutet hatte, dass sie morgen nach Hause zurückkehren wollte.

Als Justin mit ihr die Polizeistation verlassen hatte, ging Rothko zurück zu Kraulke und Kristian Nettelstedt, der seinen Kopf auf die mit Handschellen gefesselten Hände gelegt hatte. Rothko schloss die Tür hinter sich ab und bedeutete Kraulke, dem Mann die Handschellen abzunehmen.

Kristian fasste sich an die roten Stellen, an denen sich das Metall gerieben hatte. Sein Blick hatte sämtliche Irrationalität verloren. Vor ihnen saß ein Mann mit klarem Verstand.

Rothko schob ihm ein Glas Wasser hin, das er mit ein paar Zügen in sich hineinkippte. »Wann haben Sie den ersten Jungen getötet?«

Kristian zuckte mit den Schultern. »Kann mich nicht erinnern.«

Rothko kniff die Lippen zusammen. »Aber für den toten Lukas sind Sie sehr wohl verantwortlich, oder?«

»Ich frage nie nach Namen.«

Rothko war drauf und dran, den Mann zu schütteln und die Antworten aus ihm herauszuprügeln. »Es gab zwei weitere Jungen. Thülsfelder Talsperre. Alexander Reinisch. Nie gefunden. Achim Nettelstedt, Ihr eigener Sohn. Das Skelett zehn Jahre später hier auf der Insel. Lukas Mans, tot in den Ostdünen. Justin Meyer. Von Ihnen fast umgebracht, ebenfalls in den Dünen. Reden Sie! Wer noch?« Rothko hieb mit der Faust auf den Tisch.

Kristian nickte fast unmerklich, zuckte aber gleichzeitig mit den Schultern. »Ich bin nicht böse. Ich musste sie retten. Vor dem Bösen und Unreinen.« Er schnaufte leise. »Ich weiß nicht, wie viele. Zwei noch dazu?«

Kraulke begann, mit den Fingerkuppen auf dem Aktenschrank zu trommeln. Auch Rothko musste sich beherrschen, nicht laut zu werden, aber in dem Fall hätte er vollends verloren. »Die Kinder sahen allesamt ähnlich aus. Zart, blond, feingliedrig.«

»Weibisch«, spuckte Kristian aus. »Das waren weibische Jungs. Und ich habe sie vor der Sünde bewahrt.«

Kraulke kam einen Schritt näher und zum ersten Mal in ihrer Zusammenarbeit war Rothko wirklich froh, ihn in seiner Nähe zu haben. »Vor welcher Sünde?«, fragte er gefährlich ruhig.

»Alte Männer lieben solche Jungen. Wenn ich sie nicht errette, kommen sie in die Hölle. Ich bin beauftragt, um mich reinzuwaschen.«

Rothko glaubte, sich gleich auf den Boden übergeben zu müssen. »Wo ist die Leiche von Alexander Reinisch?«

»Im Wald.« Mehr war aus ihm nicht herauszubekommen. Die Polizei musste also mit dem vollen Programm aufwarten. Mit etwas Glück würde Kristian den Fundort zumindest in den nächsten Tagen noch ein wenig eingrenzen.

»Lukas mussten Sie also, genau wie Justin und Alexander, erretten. Aber Achim war Ihr Sohn. Warum Ihren eigener Sohn?«

»Er war nicht mein Sohn. Ein Stiefkind. Er war wie all die anderen auch. Von der zukünftigen Sünde gezeichnet. Er wurde immer blasser und dünner und gefährlicher. Ich habe ihn nicht getötet, nur bewahrt!«

Rothko wurde das jetzt zu bunt. »Vor sich selbst? Wer sonst sollte sich an Ihrem Stiefsohn vergreifen?«

Kristian blickte den Kommissar mit blutunterlaufenen Augen an. Sein Atem wehte schal zu ihm herüber. »Der Nachbar hat es schon gemacht. Hab ich gesehen.«

Kraulke sprang auf, griff Kristian am Kragen. »Sie schauen zu, wie der Nachbar Ihren Stiefsohn missbraucht, zeigen das nicht an, sondern verurteilen Ihr Kind zum Tode?« Kraulkes Stimme klang eisig.

»Bevor er seine Seele verliert ...« Kristian fehlten jetzt die ketzerischen Worte, mit denen er noch vor wenigen Sekunden versucht hatte, sie von der Richtigkeit seiner Taten zu überzeugen.

Rothko spürte den unwiderstehlichen Drang, diesen

Menschen aus der Polizeistation zu entfernen. Egal, was ihn in seiner Laufbahn dazu getrieben hatte, sich dieses anmaßende Denken zu verschaffen: Es war einfach zu widerlich. Der Kommissar wartete nur darauf, dass die Kollegen vom Festland kamen und ihn mitnahmen. Kristian würde mit diesen Fantastereien, an die er wirklich zu glauben schien, mit Sicherheit in die geschlossene Anstalt kommen. Ein Aufschrei würde durch das Land gehen, solchen Leuten gehöre wer weiß was abgeschnitten, am besten müsse der Kopf rollen. Hin und wieder ertappte sich Rothko sogar heimlich selbst dabei, so zu denken. Doch er war sich auch klar, dass mit diesen Pauschalurteilen niemandem gedient war und man der Sache nicht gerecht wurde.

In solchen Augenblicken war der Kommissar froh darüber, Polizist und kein Richter geworden zu sein, nicht über diese Tatbestände urteilen zu müssen.

Denn er sah neben den Tätern und ihrer nicht seltenen Reue auch die Menschen, denen so etwas angetan wurde. Er musste die Pein derer ertragen, die mit der Last des Verlustes zu leben hatten.

Er sah Frauen wie Angelika Mans, die den Glauben an das Leben verloren hatten. Weil ihnen ihr Kind genommen wurde.

Rothko erhob sich. Vor der Tür ertönten Stimmen. Er vermutete, dass es die Kollegen waren, die Kristian aufs Festland bringen sollten.

Er schloss die Tür auf. Im selben Augenblick wurde er an die Wand geschleudert, sah, dass auch Kraulke völlig überrascht war, als er das lange blonde Haar und den Stahl einer Klinge erkannte, die sich unvermittelt tief in Kristian Nettelstedts Bauch verlor.

»Du bringst keinen mehr um, falls dich irgendwelche Leute als geheilt aus der Anstalt entlassen.« Angelika Mans sank ermattet neben dem sterbenden Kristian nieder, der zunächst mit erstauntem Blick auf das Messer in seinem Bauch starrte, bevor die Augen nach und nach ihren Glanz verloren.

    Angelikas Ausdruck war das erste Mal, seit Rothko sie gesehen hatte, in gewisser Weise entspannt. Er schnappte nach Luft. Der Schock stand auch seinem Kollegen ins Gesicht geschrieben. Er machte einen Schritt auf Kristian zu, prüfte die Lebenszeichen und griff nach dem Telefon.

Einen Monat später

Maria saß auf der großen Düne im Osten Wangerooges, hatte die Beine zum Schneidersitz untergeschlagen. Sie lehnte sich mit dem Rücken an das Seelenwandererschild, hatte das Gefühl, angekommen zu sein.

Angelika befand sich in U-Haft, wartete auf ihren Prozess. Dieter Mans war gleich mitgefahren. Wollte auf sie warten. Auf irgendeine Weise hatten sich die beiden plötzlich ein Stück aufeinander zubewegt, vielleicht würden sie auch die Liebe wieder ausgraben können, die unter so viel Schutt begraben worden war.

Maria wusste nicht, ob sie ihrer Freundin einen Mann wie Dieter Mans wahrhaftig wünschen sollte. Sie glaubte nicht daran, dass er sich ändern würde. Angelika war zwar der Ansicht, dass der Tod ihres Kindes ihn sehr verändert hatte und er eine Familie dadurch wertschätzen konnte, wusste aber auch nicht, ob sie ihn je wieder lieben und ihm vertrauen könnte.

Daniel war ebenfalls schon zusammen mit Karl nach Carolinensiel zurückgefahren. Karl war die ganzen Jahre so in Sorge um Maria gewesen, dass er, dem Verhalten seiner Generation entsprechend, versucht hatte, alles zu verdrängen und von ihr fernzuhalten. Worüber man nicht sprach, das war auch kein Problem, das belastete.

Er hatte Maria gestern in den Arm genommen, sich entschuldigt dafür, dass er die Sache mit Achim bis zum Schluss falsch eingeschätzt hatte. Danach hatte er ihr das Bild zurückgegeben. Es war arg zerknittert, aber es war ihre letzte Erinnerung an den Jungen. Sie hatte es in eine Schutzfolie verpackt und würde es rahmen und aufhängen. Was brachte Verdrängen schon. Sie wollte Achim gar nicht wegschieben, das Ganze war ein Teil ihres Lebens, das sie annehmen musste.

Daniel hatte geweint, als sie im Krankenhaus erwacht war. Er hatte ihre Hand gehalten, an ihrem Bett gesessen. Er liebte sie seit Jahren, konnte nicht ertragen, dass sie all die Zeit seine Anbetung nicht erwiderte, und hasste jeden, der ihr zu nahe trat. Kristians Auftreten war für ihn wie ein Stoß mit dem Messer ins Herz gewesen.

Er habe sofort gemerkt, was für eine Macht er auf Maria ausübte und wie Kristian sie faszinierte. Er hatte diese Beziehung einfach nicht ausgehalten und war deshalb abgehauen, ungeachtet der Tatsache, wie verdächtig er sich mit dem Verhalten machte. Er hatte es schlichtweg nicht ertragen, Maria turtelnd mit einem anderen Mann zu sehen. Aber während seiner Flucht war ihm aufgefallen, dass es schändlich ist, vor dem Leben und der Wahrheit davonzulaufen. Denn als er in den Dünen den Ausraster dem Mann gegenüber gehabt hatte, war ihm klar geworden, unter welchem Verdacht er mittlerweile stand. Er sei nur Marias wegen noch einmal nach Wangerooge zurückgekommen.

Er wollte sich von ihr verabschieden, ihr sagen, dass er weder Achim noch Lukas umgebracht hatte und dass er sie ewig lieben würde, ihr und Kristian aber nicht im Weg stehen wollte. Sein Plan war gewesen, mutig zu sein. Sich einer Herausforderung zu stellen und Richtung England zu segeln. Dort hatte er vorgehabt, sich ein neues Leben aufzubauen.

Maria hatte das nicht glauben wollen. Daniel und abhauen. Er, dessen weiteste Reise Schiermonnikoog in Holland gewesen war. Wie tief musste seine Verletzung sein. Aber sie konnte ihn einfach nicht lieben. Ihre Freundschaft musste ihm genügen.

Auch wenn ihre Gefühle zu Kristian dermaßen fehlgeleitet waren, er hatte ihr trotzdem gezeigt, wie Leidenschaft sein konnte, so pervers das jetzt auch für Maria klang. Das mit Daniel war definitiv keine Leidenschaft.

Der Kommissar hatte ihn noch gefragt, was er denn in Thüle gemacht habe, aber Daniel konnte beweisen, dass er dort wirklich niemals gewesen war. Wer auch immer ihn dort erkannt haben wollte, musste sich geirrt haben.

Es blieb nur Kristian, der ihr Gedankenkarussell am Laufen hielt. Das war ein Thema für sich. Schon der Gedanke an seinen Namen tat Maria unendlich weh. Dieser Zwiespalt, in dem sie sich befand, war unerträglich. Da war der Mann, der es vermocht hatte, in ihr das Gefühl der Liebe zu erwecken. Der Mann, der so einfühlsam war wie noch nie ein Mensch in ihrem Leben. Jemand, der ihr Innerstes verstanden hatte. Aber da gab es die andere Seite an in ihm, die sie nicht kannte, die ihr ewig fremd und unverständlich sein würde.

Sie hatte nur einen kleinen Einblick bekommen können in den wenigen Augenblicken in den Dünen. Als das zweite Gesicht zum Vorschein gekommen war. Ein Gesicht, das er als Kristian Nettelstedt möglicherweise ja auch nur zum Teil wahrnahm.

Aber dafür waren seine Verschleierungstaktik und das Versteckspiel eigentlich zu perfekt. Maria hatte sich in ein Trugbild verliebt. In einen Menschen, den es, so wie sie ihn die meiste Zeit gesehen hatte, gar nicht gab. Das tat vermutlich am meisten weh. Die Erklärungen des Kommissars hatte sie gar nicht wahrgenommen. Die Geschichte war ihr einfach noch zu nah und sie konnte es nicht ertragen. Die Enttäuschung darüber, dass sich das, was sie sich von der Beziehung erhofft hatte, nie erfüllen würde, und dass sie sich so in einem Menschen geirrt hatte, tat einfach zu weh.

Daneben quälte sie gleichzeitig der unbändige Hass auf Kristian, der kleine Jungen wie Achim und Lukas getötet hatte, so grausame Dinge tat. Nie würde sie den angstvollen Blick des Jungen vergessen können, wie er um sein Leben bangend in den Dünen gestanden hatte. Die Arme hilflos baumelnd, das Entsetzen im Gesicht. Marias Kopf weigerte sich nach wie vor, sich den Namen des Kindes zu merken. Das Aussprechen oder Denken schaffte zu viel Nähe. Nähe, die sie im Augenblick nicht ertragen konnte.

Sie würde froh sein, wenn sie nachts nicht mehr aufwachte und ihr erster Gedanke Kristian galt. Dem Kristian, den sie geliebt hatte. Wenn sie sich nicht mehr bei jeder Gelegenheit fragte, wie er eine Situation eingeschätzt hätte. Wenn sie nicht mehr in sein Horoskop blicken würde, um zu fühlen, wie es ihm ging dort oben. Sie hasste sich selbst dafür, doch war sie noch nicht so weit, um es schlichtweg zu lassen. Das Durcheinander der Gefühle zwischen Liebe und Hass zermürbte sie. Sie musste etwas ändern in ihrem Leben, wenn es je aufhören sollte.

Maria starrte aufs Meer hinaus. Es war ein schöner Tag und die Sonne erwärmte mit ihren Strahlen die Insel schon merklich. Es war so friedlich hier. Eigentlich hatte Maria nur wenig Lust, zurück nach Carolinensiel zu gehen. Tant' Mimi hatte angekündigt, die Pension aufzugeben. Ob nicht sie, Maria, einen Neuanfang auf Wangerooge wagen wolle. Maria gefiel der Gedanke. Neben all dem Schrecklichen hatte sie hier auch wundervolle Stunden erlebt und sie fand, die Insel verdiene eine faire Chance, zumal alle Bedingungen, sich wohl zu fühlen, hier vereinigt waren.

Maria atmete tief ein. »Erholung ist eine Insel« schoss ihr der Werbeslogan von Wangerooge in den Sinn. Wo die Verantwortlichen recht hatten, hatten sie recht. Es war paradiesisch schön hier, die Menschen waren nett ... Sie sog noch einmal die Luft tief ein. Sie würde bleiben. Maria wurde das Gefühl nicht los, sie könne, trotz der Vergangenheit, hier richtig glücklich werden.

ENDE

NACHWORT

Wieder einmal ist ein Roman vollendet. Es hat mich viele schlaflose Nächte gekostet, einem Täter so nahe zu sein, mich so in ihn hineinzuversetzen, weil ich die Verbrechen selbst als verabscheuungswürdig empfunden habe. Doch ich musste ihn mental ein Stück begleiten, war aber froh, als er endlich dingfest gemacht werden konnte.

Ich bedanke mich dieses Mal ganz herzlich bei Irma Hinrichs und Hanna Onnen von der Pension *Haus Gerhard Hinrichs* in der Siedlerstraße für die schönen Tage, die ich zur Recherche dort verbringen durfte. Die netten Gespräche und vielen hilfreichen Tipps werde ich genauso wenig vergessen wie die tägliche Kanne Tee am Abend, damit ich in Ruhe arbeiten konnte.
Und ich danke Herrn Curt Hanken vom Hotel *Hanken* für den informativen Vormittag, die Erklärungen und das Erkunden des Seelen-Pfades, den ich aber in diesem Buch nicht chronologisch wiedergegeben habe.

Weiter stand mir, wie immer, Kriminaloberkommissar Onno Folkers zur Seite. Auch ihm herzlichen Dank für die Einblicke in die »kaffeefreie« Zone der Wangerooger Polizeistation und die anderen hilfreichen Tipps.
Für die sehr plastischen Beschreibungen des Seenebels und die Erkenntnisse der Segelschifffahrt danke ich meinem Schwiegervater Eckhard Kölpin ganz besonders. Ohne sie wären mir ein paar Sachen nicht so klar gewesen.

Zum Schluss ein herzlicher Dank an meine Eltern, meine Familie und meinen Mann Frank! Ohne sie geht einfach nichts.

Regine Kölpin im Januar 2010.

REGINE KÖLPIN

ist 1964 in Oberhausen (NRW) geboren und lebt in Friesland. Sie liebt die Nordseeküste, weil sie das raue Klima, die Weite des Meeres und der Landschaft als Inspiration braucht.
Regine Kölpin hat einige Preise und Auszeichnungen erhalten. Zuletzt war sie nominiert für den *Kärntner Krimipreis 2008*, hat 2009 den *E.G.O.N. – Naturgeschichten für Kinder* gewonnen und für das Jahr 2010 das Krimistipendium *Tatort Töwerland* erhalten.
Für Kinder und Jugendliche schreibt sie unter ihrem Mädchennamen Regine Fiedler.
Regine Kölpin arbeitet freiberuflich und an Schulen als Dozentin für kreatives Schreiben. Sie ist Mitglied im *Verband deutscher Schriftsteller (VS)*, in der Europäischen Autorenvereinigung *Die Kogge*, im *Syndikat* und bei den *Mörderischen Schwestern*. Dort ist sie Chefredakteurin der Website und 2. Vizepräsidentin.
www.regine-koelpin.de

Regine Kölpin
Krähenflüstern
OstFrieslandkrimi
978-3-934927-95-7
224 S.; 8,90 Euro

Regine Kölpin
Spinnentanz
OstFrieslandkrimi
978-3-939689-13-3
208 S.; 8,90 Euro

TrioMortabella
Liebe, Laster, Leichen
978-3-939689-28-7
224 S.; 8,90 Euro

Christiane Franke
Blutrote Tränen
Ostfrieslandkrimi
978-3-934927-94-0
192 Seiten; 8,90 Euro

Manfred C. Schmidt
Gut Schuss
Ostfrieslandkrimi
978-3-939689-39-3
256 S.; 9,90 Euro

Hanna Dunkel
Mordsache Ulsnis
Schleswig-Holstein
978-3-939689-30-
256 S.; 9,90 Euro

Wolke de Witt
Sturm im Zollhaus
Ostfrieslandkrimi
Leer
978-3-934927-77-3
224 Seiten; 8,90 Euro

Barbara Wendelken
Berbertod
Ostfrieslandkrimi
Leer
978-939689-25-6
272 S.; 9,90 Euro

Mischa Bach
Rattes Gift
Ostfrieslandkrimi
Leer
978-9-939689-23-2
272 S.; 9,90 Euro

H. & P. Gerdes (Hrsg):
**Friesisches
Mordkompott
Herber Nachschlag**
978-3-939689-20-1
9,90 Euro

H. & P. Gerdes (Hrsg):
**Friesisches
Mordkompott
Süßer Nachschlag**
978-3-939689-21-8
9,90 Euro

Corina C. Klengel
Todesrune
Harzkrimi
978-3-939689-32-4
ca 480 Seiten
11,90 Euro

Ulrike Barow
Baltrumer Bärlauch
Inselkrimi
Baltrum
978-939689-31-7
240 S.; 9,90 Euro

Regula Venske
Bankraub mit
Möwenschiss
Inselkrimi – Juist
978-939689-18-8
208 S.; 8,90 Euro

Peter Gerdes
Wut und Wellen
Inselkrimi
Langeoog
978-3-939689-34-8
ca 256 S.; 9,90 Euro

Ulrich Hefner
Das Lächeln der
toten Augen
Frieslandkrimi
978-3-934927-69-8
440 Seiten; 9,90 Euro

Maeve Carels
Zur ewigen
Erinnerung
OstFrieslandkrimi
978-3-939689-08-9
400 Seiten; 9,90 Euro

W. W. Domsky
Ehre, wem Ehre …
Kriminalroman
978-3-939689-33-1
256 Seiten
9,90 Euro